Diogenes Taschenbuch 20754

Werkausgabe
in 13 Bänden

Band 12

Raymond Chandler

Englischer Sommer

Drei Geschichten und Parodien,
Aufsätze, Skizzen und Notizen
aus dem Nachlaß
Mit Zeichnungen von
Edward Gorey,
einer Erinnerung von
John Houseman
und einem Vorwort von
Patricia Highsmith
Aus dem Amerikanischen von
Wulf Teichmann
und Hans Wollschläger

Diogenes

Chandler's Stories and Essays
Copyright © 1959 by Helga Greene Literary Agency, London;
Introduction Copyright © 1977 by Patricia Highsmith
(erschienen als Vorwort zu ›The World of Raymond Chandler‹,
Weidenfeld & Nicolson, London 1977);
Memoir Copyright © 1965 by John Houseman (erschienen im
Harper's Magazine, August 1965);
Illustrations Copyright © 1976 by Edward Gorey;
(erschienen in ›The Notebooks of Raymond Chandler and
English Summer‹, Weidenfeld & Nicolson, 1977).
Hans Wollschläger übersetzte *Die Bronzetür*;
Werner Mintosch, Alfons Barth und Tobias Inderbitzin
die *Titel* und *Chandlerismen;*
alle anderen Übersetzungen sind von Wulf Teichmann.
Den Anhang mit Biblio- und Filmographie
stellte Franz Cavigelli zusammen.
Umschlagfoto: Pola Negri

Originalausgabe
Alle deutschen Rechte vorbehalten
Copyright © 1980 by
Diogenes Verlag AG Zürich
60/86/29/6
ISBN 3 257 20754 9

Inhalt

Vorwort
von Patricia Highsmith 7

Drei Geschichten

Englischer Sommer 19
English Summer

Die Bronzetür 54
The Bronze Door

Professor Bingos Schnupfpulver 91
Professor Bingo's Snuff

Parodien, Skizzen und Notizen

Bier in der Mütze des Oberfeldwebels 155
Beer in the Sergeant Major's Hat

Eine bewährte Methode, die Mitbürger zu schockieren:
Ist das ein Wunder? 160
*A Routine to Shock
the Neighbours: Is It Any Wonder?*

Eine bewährte Methode, die Mitbürger zu schockieren:
Schneller, langsamer, keins von beiden 165
A Routine to Shock the Neighbours: Faster, Slower, Neither

Story-Idee: Phantastisch 169
Story Idea: Fantastic

Großer Gedanke 170
Great Thought

Einen Essay beginnend 171
Beginning an Essay

Waren unter Zollverschluß   172
Bonded Goods

Titel   175
Titles

Chandlerismen   177
Chandlerisms

Zwei Hollywood-Aufsätze

Oscar-Abend in Hollywood   181
Oscar Night in Hollywood

Abschied mit Vorbehalten   195
A Qualified Farewell

Eine Erinnerung   211
von John Houseman

Anhang
Chandler-Bibliographie
und -Filmographie   235

Vorwort
von Patricia Highsmith

In einer 1952er Penguin-Ausgabe von *Die Tote im See* wird hinten im Klappentext Elizabeth Bowen zitiert:

Raymond Chandler ist nicht einfach ein weiterer Krimi-Autor – er ist ein so eminenter Künstler, er hat eine so durch und durch originelle Einbildungskraft, daß er, wie ich meine, bei keiner Betrachtung der modernen amerikanischen Literatur ausgelassen werden sollte.

Hohes Lob. Und zum ersten Erscheinen von *Gefahr ist mein Geschäft* in England heißt es im Waschzettel desselben Penguin-Buches:

Der Autor sagt seinen Lesern alles, was sie wissen müssen, und zwar nur durch Mitteilen von Handlung und Dialog. Er hält sich nicht damit auf, darzulegen, was seine Gestalten denken, oder zu analysieren, welches ihre Motive sind, sondern er treibt sie durch eine Reihe von Ereignissen...

Das war damals vielleicht etwas Neues. Seitdem hat mancher Schriftsteller Chandlers Stil kopiert. Was in den vierziger Jahren ein neuer Stil oder eine neue Manier war, ist heute ein Ideal geworden oder hat wenigstens eine Mode begründet. Doch welcher Schriftsteller hat schon ganz denselben Stil wie:

»Mir gefällt Ihr Benehmen nicht.«

»Macht nichts. Ich verkauf's ja nicht.«

Er zuckte zurück, als hätte ich ihm eine sieben Tage alte Makrele unter die Nase gehängt.

Wie der Stil, so der Mensch, aber merkwürdigerweise deckt Chandlers Stil sich kaum mit seinem Charakter oder seinem Leben. Oder hält er das Publikum die ganze Zeit zum Narren? Oder war er sein ganzes Leben tief unglücklich? Oder was beabsichtigte er als Schriftsteller? Eine der seltsamen Tatsachen bei Chandler ist die, daß er Schriftsteller, jedenfalls Autor erzählender Prosa, erst wurde, als er die vierzig überschritten hatte. In Amerika geboren, stammt er ab von einem amerikanischen Quäker und einer irischen Mutter, die, nachdem sie verlassen worden war, nach England zurückkehrte, wo der Knabe seine Schulbildung erhielt. Mit vierundzwanzig ging Chandler wieder nach Amerika und faßte nach einigem Umherziehen in Los Angeles Fuß, dieser seelenlosesten der amerikanischen Städte, wo er eine Zeitlang leitender Angestellter einer Ölfirma war. Er heiratete eine Frau namens Cissy, die achtzehn Jahre älter war als er. Er hatte den *Wunsch* zu schreiben, wie so viele Menschen, die es meistens nicht schaffen, sich einen Namen zu machen oder auch nur gedruckt zu werden. Eine andere seltsame Sache bei Chandler ist die, daß er, als er dann endlich zu schreiben begann, keinen Gebrauch von dem gewaltigen emotionalen Stoff machte, der ihm zur Verfügung stand. Aber wie gewaltig oder wichtig reale Ereignisse sind, hängt eben davon ab, welches Gewicht ein Schriftsteller ihnen beimißt. Chandler war von Natur aus scheu, sein ganzes Leben lang, und vielleicht ein bißchen sehr zurückhaltend. Dickens hielt den Schuhputzer-Job, den er als Zwölfjähriger ausübte, für so wichtig, daß er diesen Stoff in *David Copperfield* verwendete, aber Dickens hatte *Pickwick* mit vierundzwanzig geschrieben. Dickens lachte und weinte bei seinen eigenen Lesungen. Chandler dagegen war vorsichtig, ein bißchen mißtraute er der Freundlichkeit anderer und lebte, wie er selber sagte, »am Rande von nichts«.

Seine Kindheit war turbulent genug – der Vater, der die Mutter wegen einer anderen Frau verließ, als der Sohn sieben war, und ihm damit für das ganze Leben Abscheu vor dem einimpfte, was Chandler als schlechtes männliches Benehmen ansah. Andere emotional belastete Ereignisse ergaben sich dadurch, daß er in England in einen matriarchalischen Haushalt verpflanzt wurde, der aus Mutter und zwei Tanten bestand; daß er im Ersten Weltkrieg zur kanadischen Armee ging und einziger Überlebender einer vernichteten Truppeneinheit war; daß er sich mit Cissy einließ – einer verheirateten Frau, als er sie kennenlernte –, und die gütliche Lösung, die von Cissy, Ehemann und Chandler gefunden wurde, so daß er sie heiraten konnte. Cissy starb mit über achtzig Jahren, und Chandler war ihr, geistig wenigstens, bis zuletzt treu ergeben. Sie waren tatsächlich ein sehr trautes Paar in dem Sinne, daß sie stets in einem Haus zusammenlebten, obwohl keine Kinder da waren. Frank MacShane erwähnt in seiner eingehenden Biographie, daß Chandler sich oft des Altersunterschiedes zwischen sich und seiner Frau bewußt war und sich Sorgen darüber machte, was die Leute wohl, dachten. In seinen dreißiger Jahren mag Chandler ein paarmal vom Pfad der Treue abgewichen sein, doch danach hielt er jahrzehntelang recht ordentlichen Kurs und drehte erst ganz zuletzt durch, als Cissy tot war.

All dies ist Stoff für Leidenschaft und für Romane – man sieht das in destillierter oder verzerrter Form bei Dostojewski: Fjodors Kindheit, seine drei wichtigen Lieben –, aber nichts von diesem durch das eigene Leben gelieferten Stoff findet sich bei Chandler, es sei denn der dünne und durchgängige Strang, der bei Marlowe sichtbar wird: ein Sinn für Anstand.

Er ist nicht leicht auszumachen, dieser fadendünne Strang, denn bei Chandler springt zunächst ins Auge, daß er ersten Erfolg durch das Verfassen harter, populärer Groschenheft-Stories hatte, und seine Bücher waren Weiterentwicklungen dieser Schablonen-Fiktion. Wenigstens schrieb er für die damals beste dieser Reihen, ›Black Mask‹, und deren Herausgeber, H. L. Mencken und George Jean Nathan und später dann Captain Joseph Shaw, wußten, wie sie einen Privatdetektiv als Helden haben wollten.

Es ist anzunehmen, daß Chandler sich als Schriftsteller durch die sieben Bücher, die er mit Philip Marlowe als

Hauptfigur schrieb, Genugtuung verschaffte; und durch die Aussage, die er über seine Zeit machte. Marlowe sieht die Dinge realistisch, und außer vielleicht über das Wetter oder über die Schwierigkeit, mit einem männlichen oder weiblichen Partner zu leben oder mit ihm auszukommen, wenn dieser starke sexuelle Gelüste hat, behält er seine Meinung für sich. Wie der Verfasser des Waschzettels sagte: ». . . nur . . . Handlung und Dialog«. Und damit entsteht auch ein Bild von Los Angeles und von amerikanischen Sitten? Das Bild ist sowohl klar als auch farbig, wie ein Aquarell von Edward Burra oder ein Gemälde von Leger, mit kräftigen, kompromißlosen Konturen. Chandler konnte in sechs Worte stets eine Menge hineinpacken.

Seine ersten Seiten sind unwiderstehlich. Wenn seine Figur ein Hinkender ist, dann ist sie ein *Hinkender,* einer, der den Leser fast umhaut. Über ein Buch hat Chandler gesagt: »Irgendwie hab ich's mit den Vergleichen in diesem übertrieben« – oder ·etwas in dieser Richtung. Ein paar wenige sind überspannt, aber das Ausgefallene ist ebenso Chandlers Warenzeichen wie die Häufigkeit der Vergleiche, so daß es nicht originell oder auch nur natürlich wirkt, sondern nur wie eine Nachahmung Chandlers, wenn spätere Schriftsteller dasselbe versuchen. Chandlers Vergleiche geben seinem Werk nicht nur Kraft und unvergeßliche Gestalten, sondern den Humor der unbändigen, frechen amerikanischen Sorte.

Blickt man auf Chandlers recht ungewöhnliches Leben, so fragt man sich, wie es kam, daß er – als Fünfundfünfzigjähriger – in einer Hollywooder Filmfabrik landete und für einen Wochenlohn jeden Tag wie jeder andere zur Arbeit zu erscheinen hatte. Chandler hatte inzwischen – es war das Jahr 1943 – *Der große Schlaf* und *Lebwohl, mein Liebling* in Paperback-Ausgaben veröffentlicht (nach den Hardcovers bei Knopf) und wurde langsam berühmt, deswegen hatte Paramount ihm einen Job als Drehbuchautor angeboten, für 750 Dollar die Woche, was »für einen Mann, der zehn Jahre lang von einem Jahreseinkommen von wenigen tausend Dollar gelebt hatte, eine phantastische Summe war«, sagt Frank MacShane. Aber Chandler fühlte sich nicht wohl und arbeitete, obwohl weiterhin unter Vertrag, schließlich zu Hause. Er war seinen Kollegen gegenüber scheu und abgekapselt gewesen und hatte es von Anfang an entsetzlich gefunden, von neun bis fünf in einem Bürogebäude zu schreiben und sich mit etwas herumzuschlagen, was er als unsägliche und unmögliche Plots bezeichnete. Für einen erwachsenen Mann, der es gewohnt war, die Dinge auf seine eigene Weise anzufassen, muß es die Hölle gewesen sein. Ein Foto aus dieser Zeit zeigt Chandler neben Billy Wilder auf einem Sofa. Chandler, obwohl er für den Fotografen ein höfliches Lächeln aufsetzt, wirkt abgespannt und vielleicht nicht ganz klar, während Billy, kurzärmlig auf einen Ellbogen gestützt, Chandler anblickt, als fragte er sich: »Ist das nun ein Wunderkind oder nicht?«

Und man sieht, daß Chandler nirgends richtig hinpaßt. Weder war er richtiger Amerikaner noch richtiger Engländer. Unter seinen Kollegen fühlte er sich fehl am Platze, und potentiellen Freunden gegenüber war er argwöhnisch, bis er sich ihrer – irgendwie – sicher war; dann soll er allerdings charmant, sogar warmherzig gewesen sein. Teilweise muß diese Gespanntheit an Cissy daheim gelegen haben, die mit ihrem chronischen Husten und ihrer launenhaften Gesundheit kaum die gut aufgelegte Gastgeberin gewesen sein kann, die, wie üblich in Kalifornien, noch zu jeder Nachtstunde Besucher empfängt. Es heißt, Chandler habe Gäste an der Haustüre fortgeschickt, wenn Cissy sich nicht wohl fühlte.

Wer aber blieb, war Marlowe, seiner selbst, seines Verstandes, seiner körperlichen Kraft und sogar seiner Moral sich einigermaßen sicher. Bestimmte Jobs weigerte sich Marlowe anzurühren. Marlowe war »unabhängig«, mißtraute den Polizisten, ihrem Verstand und ihrer Moral. Neger waren »*dinges*«, Juden »*sheenies*«, und hoffentlich werden diese Bezeichnungen der Umgangssprache nicht im Namen der bürgerlichen Freiheiten oder etwas dergleichen aus Chandlers Werken getilgt. Schließlich hat Marlowe sie benutzt. Marlowe hatte hinsichtlich Gesellschaft, Leben und Liebe einen Schutzpanzer aus Zynismus. Marlowe war Raymond Chandlers Held, ja, sein Sir Galahad in der Form des zwanzigsten Jahrhunderts. Chandler selber sah Cissy – vielleicht nicht Cissy, aber ein *Mädchen,* und wer konnte das schon sein? – als »das Mädchen mit den kornblumenblauen Augen«, wie er in einem Gedicht schrieb, bevor er Cissy kennenlernte. Er umgab sich also in gewissem Sinne mit dem, was er brauchte, mit Cissy, der fast eremitenhaften Ehefrau und halben Mutterfigur, und mit Philip Marlowe, einem Mann, der mit den unfeineren Elementen eines brutalen Lebens zurechtkam. Es ist so etwas wie Religion und Idealismus, mit harter Faust und sogar einer Pistole zu deren Verteidigung.

Die erste dieser zwei Bastionen, die verschwinden sollte, war 1954 Cissy. Chandler war damals sechsundsechzig. Er ging wieder nach London und wußte einfach nicht, wie er den Beifall, die freudige Aufnahme, die er bei seinen englischen Lesern fand, verkraften sollte. Keine Frau, keine weibliche Person stand ihm zur Seite, und er war ziemlich verloren. Der Jubel, der Scotch, die Gastfreundschaft machten ihn schwindlig. Er war seinem Element entrissen, seinem stillen Haus in La Jolla mit seiner Katze, mit der stets gegenwärtigen Cissy, mit ihrer gemeinsamen nachmittäglichen Teestunde und dem gewohnten Tagesablauf. Chandlers galante Anwandlungen hörten bis zuletzt nicht auf, manchmal waren sie falsch inspiriert, doch nie wurden sie von den zwei oder drei Engländerinnen, die ihn gern hatten und bewunderten, mit Füßen getreten oder belächelt. Das Ende ist traurig, sogar tragisch: Als Siebzigjähriger, zu einer Zeit, in der er nicht nur von anonymen Verehrern, sondern in England und Amerika wie nie zuvor von Freunden umgeben war, fühlte Chandler sich allein. Er überlebte Cissy um vier Jahre, einen Teil davon wegen Trinkens im Krankenhaus. Seine Schutzdämme waren dahin, und die Welt war über ihn hereingebrochen wie eine Sturzflut. Es scheint, daß Cissy schwerer wog als Marlowe.

Von einem meiner Bücher, *Zwei Fremde im Zug*, ist Chandler, als er in Hollywood Drehbuchautor war, tief betroffen worden, und aus dem Grab heraus hat er's mir heimgezahlt. Es ist schwierig, Raymond Chandler zu resümieren, schwieriger als man meinen möchte in Anbetracht seiner eher wenigen Bücher, die einander so ähnlich sind. Chandler scheint unlogisch, sein Leben ist so ganz anders als das, was er schrieb. Dickens scheint im Vergleich dazu einfach und vorhersehbar. Chandler schrieb in einem Brief: »Wahrscheinlich sind alle Schriftsteller verrückt, sind sie aber in irgendeiner Weise gut, dann sind sie, glaube ich, schrecklich ehrlich.« Das klingt wahrlich nach einem Schriftsteller, einem Mann, der die Aufgabe nicht scheut, der seinen eigenen Einsichten gegenüber ehrlich ist und der willens ist, sich das Herz aus dem Leibe zu arbeiten – vielleicht buchstäblich.

Drei Geschichten

Englischer Sommer

*Begrabt mich, wo die Soldaten des
Rückzugs begraben sind, unter
dem verblichenen Stern.*

Stephen Vincent Benét

I

Es war eines jener uralten Bauernhäuser, von denen
man sagt, sie seien malerisch, und die die Engländer
zum Wochenende oder für einen Monat im Sommer auf-
suchen, in einem Jahr, in dem sie sich die Alpen oder Vene-
dig oder Sizilien oder Griechenland oder die Riviera nicht
leisten können, in einem Jahr, in dem sie ihren infernalisch
grauen Ozean nicht sehen wollen.

Wer lebt schon im Winter an solchen Orten? Wer würde
es mit der langen, schrecklichen, feuchten Stille aufnehmen,
um das herauszufinden? Allenfalls eine friedliche alte Frau
mit Apfelbäckchen und zwei irdenen Wärmflaschen im Bett,
die nichts auf der Welt mehr kümmert, nicht einmal der Tod.

Nun war es jedoch Sommer, und die Crandalls weilten
für einen Monat dort, und ich, als ihr Gast, für eine unbe-
stimmte Anzahl von wenigen Tagen. Edward Crandall selber hatte mich eingeladen, und ich war seiner Einladung
gefolgt, ein bißchen, um ihr nahe zu sein, ein bißchen, weil
es etwas wie eine Beleidigung war, und von manchen Leuten lasse ich mich gern beleidigen.

Ich glaube nicht, daß er hoffte, mich mit ihr beim Liebe-
machen zu ertappen. Ich glaube auch nicht, daß ihm das

etwas ausgemacht hätte. Er war zu sehr mit den Dachziegeln, den Hofmauern, und den Schatten der Heuhaufen beschäftigt. Er hätte ohnehin keinem von uns beiden diese Aufmerksamkeit gezollt.

Aber ich habe nie Liebe mit ihr gemacht, also hätte er uns auch nicht ertappen können – nicht in den drei Jahren, in denen ich, mit Abständen, bei ihnen verkehrte. Meinerseits war es eine seltsame, sehr naive, sehr morbide, heikle Sache. Unter den gegebenen Umständen – sie ertrug ihn nach wie vor mit vollkommenem Stillschweigen – wäre es mir als eine allzu grobe Geste erschienen. Vielleicht irrte ich mich da; wahrscheinlich. Sie war sehr reizvoll.

Es war ein kleines Bauernhaus am äußersten Ende eines Dorfes namens Buddenham, aber trotz seiner natürlichen Abgeschiedenheit hatte es jene überflüssigen Mauern, die manche englischen Gärten haben, als könnten die Blumen in unanständigen Stellungen ertappt werden. Den Teil gleich hinter dem Haus beliebten sie »Gehege« zu nennen. Er strömte jenen fast unerträglichen Duft englischer Sommerblumen aus. Auf der Sonnenseite wuchsen Nektarinen in Spalieren, und für den Tee standen dort auf dem festen, uralten Rasen ein Tisch und rustikale Stühle, wenn es für den Tee draußen warm genug war; was es während meiner Anwesenheit dort nie war.

Vorn war wieder Garten, noch so ein nach Rosen und Reseden duftender, von Mauern umgebener Raum mit einschläfernden gestreiften Hummeln. Es gab einen Weg und eine Hecke und einen Zaun und ein Tor. So war es draußen. Es gefiel mir alles. Im Innern haßte ich eines, die Treppe. Sie war irgendwie von einer tödlich kalten Genialität des Falschen, als sei sie eigens entworfen, damit deine junge Frau, die du vor sechs Monaten geehelicht, herabstürzt, sich den Hals bricht und damit Stoff liefert für eine jener plötzlichen Tragödien, an denen die Leute sich weiden, derweil sie sich die tränennassen Lippen lecken.

Es störte mich nicht einmal, daß es nur ein Badezimmer und keine Dusche gab. Nachdem ich mich zehn Jahre für jeweils längere Zeiträume in England aufgehalten hatte, wußte ich, daß kaum ein Haus mehr zu bieten hatte, selbst die größeren nicht. Und man gewöhnt sich daran, morgens erst durch ein diskretes Klopfen geweckt zu werden, woraufhin, ohne daß man geantwortet hat, leise die Tür geöffnet wird und die Vorhänge aufgezogen werden; und dann durch das dumpfe Geräusch eines kupfernen Gefäßes von seltsamer Form, voll heißen Wassers, das in einer großen Schüssel abgesetzt wird, in der man knapp sitzen kann – sofern man die nassen Füße auf den Boden stellt. Dies ist altmodisch heute, besteht aber an manchen Orten fort.

Das war zu ertragen, aber nicht die Treppe. Einmal war da eine ziemlich unentschlossene halbe Wendung ganz oben, in völliger Dunkelheit, und eine vollkommen überflüssige halbe Stufe, genau im schlechtest möglichen Winkel. Jedesmal stolperte ich darüber. Dann war da, auf dem Treppenabsatz nach dem geraden Stück, vor der halben Wendung, ein Geländerpfosten, hart und scharfkantig wie ein Stahlträger und von der Stärke einer gutgewachsenen Eiche. Er war, so ging die Sage, aus dem Ruderbaum einer spanischen Galeone geschnitzt, die ein sehr englischer Sturm an eine sehr englische Leeküste geworfen hatte. Nach den üblichen Jahrhunderten war ein Teil des Ruderbaumes nach Buddenham gelangt und in einen Geländerpfosten verwandelt worden.

Noch eins – die beiden Stahlstiche. Sie hingen in einem absurden Kippwinkel zur Wand auf dem geraden Teil der Treppe – und die Treppe war schon überladen. Sie hingen nebeneinander, in derart monumentalen Rahmen, wie Stahlstiche es früher gern hatten. Eine Ecke konnte einem den Schädel spalten wie eine Axt. Es waren Der trinkende Hirsch und Der gestellte Hirsch. Von den Kopfhaltungen abgesehen, schien es dasselbe Tier zu sein. Aber ich sah sie nie wirklich. Ich kletterte einfach an ihnen vorbei. Der einzige Ort, von dem aus man sie wirklich sehen konnte, war der Gang, der zur Küche und Speisekammer führte. Von dort aus konnte man sie, sofern man dort etwas zu tun hatte und Stahlstiche nach Landseer mochte, nach Herzenslust durch das Treppengeländer hindurch betrachten. Es mochte ein Vergnügen sein, aber nicht für mich.

An diesem besonderen Nachmittag stolperte ich wie gewöhnlich mit ausweichendem Kopf diese Treppe hinab, frischgemut wie ein Brite meinen Kirschholzstock schwingend, der sich im Treppengeländer verfing, und sog den schwach sauren Geruch des Leims hinter der Tapete ein.

Das Haus kam mir ungewöhnlich still vor. Ich vermißte das brüchige, monotone Summen Bessies in der Küche. Die alte Bessie gehörte zum Haus und sah ganz so aus, als wäre sie mit der spanischen Galeone durch eine Menge Klippen an Land gekommen.

Ich warf einen Blick ins Wohnzimmer, und das war leer, also ging ich zurück und durch die Fenstertür in das »Gehege«. Dort, in einem Gartensessel, saß Millicent. Saß nur da. Es scheint, daß ich sie beschreiben muß, und sicher werde ich das übertreiben, wie den Rest.

Sie war, nehme ich an, sehr englisch, aber zerbrechlicher als die Engländerinnen. Sie hatte diese keramische Zartheit und Anmut, die an gewisse sehr feine Arten von Porzellan denken läßt. Sie war recht groß – ziemlich groß sogar, und mag von bestimmten Blickwinkeln aus ein wenig spitz gewirkt haben. Aber dieser Ansicht war ich nie gewesen. Und vor allem hatte sie die fließenden Bewegungen, die unendliche, mühelose Grazie eines Märchens. Sie hatte helles Haar, so helles, goldenes, feines Haar, daß man davon nie eine einzelne Strähne sah. Es war das Haar einer Prinzessin in einem entlegenen, grimmigen Turm. Es war das Haar, das eine alte Amme gebürstet haben würde, Stunde um Stunde bei Kerzenlicht, in einem ungeheuren, düsteren

Raum, es sanft in müden Händen haltend, während die Prinzessin vor einem Spiegel aus poliertem Silber saß, halb schlafend, und gelegentlich auf das blanke Metall blickte, aber nicht, um sich zu betrachten. Sie hatte Träume vor diesem Spiegel. Solcherart war das Haar, das Millicent Crandall hatte. Ich berührte es nur einmal, und da war es zu spät.

Sie hatte auch reizende Arme, und die Arme schienen das gleichsam zu wissen, ohne daß sie selber es wußte. So daß sie immer richtig gehalten wurden, in schmachtendsten und anmutigsten Kurven, auf dem Kaminsims mit hängender Hand, oder es fiel der Rand eines eher strengen Ärmels so gerade, daß die Kurve, die er erblicken ließ, an Kraft gewann, ohne an Liebreiz einzubüßen. Und beim Tee machten ihre Hände graziöse, ungewollte, wunderschöne Bewegungen über dem Silber. Das war in London, besonders in dem langen grauen Salon, den sie dort im ersten Stock hatten. Es regnete ein wenig, und das Licht hatte die Farbe des Regens, und die Bilder an den Wänden, welche Farbe auch in ihnen sein mochte, waren grau. Aber ihr Haar war nicht grau.

Heute jedoch sah ich sie nur an, schwang den Kirschholzstock und sagte: »Hat wohl keinen Zweck, Sie zu fragen, ob Sie sich von mir an den See begleiten und herumrudern lassen wollen, oder?«

Sie lächelte halb. Ihr halbes Lächeln war verneinend.

»Wo ist Edward? Golfspielen?«

Das gleiche halbe Lächeln, aber nun lag Spott darin.

»Etwas mit Kaninchen heute, mit dem Wildhüter, den er im Dorfkrug traf. *Natürlich*, ein Wildhüter. Ich glaube, ein ganzer Haufen von denen versammelt sich um eine Art Lichtung herum, in einem Gehölz, einem Kaninchengehege, und die Frettchen werden hineingeschickt in die Kaninchenlöcher, und so müssen die Kaninchen herauskommen.«

»Ich weiß«, sagte ich. »Dann trinken sie das Blut.«

»Das wäre was für mich gewesen, wenn ihr mir nur mal eins übrig gelassen hättet. Nun laufen Sie schon los und seien Sie nicht zu spät zum Tee zurück.«

»Es muß schön sein«, sagte ich, »einfach auf den Tee zu warten. An einem warmen Fleckchen, in einem hübschen Garten, umsummt von Bienen, nicht zu nahe, und der Duft der Nektarinen erfüllt die Luft. Auf den Tee zu warten, als wäre er eine Revolution.«

Sie sah mich nur an mit ihren hellblauen, englischen Augen. Nicht müden Augen, aber Augen, die allzu lange die gleichen Dinge gesehen hatten.

»Revolution? Was, um alles auf der Welt, bedeutet denn das?«

»Ich weiß nicht«, sagte ich aufrichtig. »Es klang bloß wie ein guter Gag. Bis dann.«

Für die Engländer sind Amerikaner immer ein bißchen dumm.

Ich ging hinunter zum See, zu rasch. Es war kein richtiger See nach amerikanischen Maßstäben, aber er hatte eine Menge winziger Inseln, und diese gaben Blickpunkte ab und ließen ihn länger erscheinen, als er war, und die Wasservögel stießen herab und schnatterten oder saßen einfach auf Schilfrohren, die aus dem Wasser wuchsen, und sahen hochmütig aus. An manchen Stellen kam der alte Urwald sehr nahe an das graue Wasser heran. An diesen Stellen gab es keine Wasservögel. Jemandes rissiger, aber irgendwie immer noch nicht leckender alter Kahn war mit einem kurzen Seil an einem Stamm festgemacht, schwer von Alter und Farbe. Damit ruderte ich immer zwischen den kleinen Inseln herum. Niemand wohnte auf ihnen, aber es gedieh da so manches, und ab und zu hörte ein Alterchen auf zu jäten und zu hacken, schirmte mit der Hand die Augen und starrte zu mir herüber. Ich rief ihm dann einen höflichen, halb englischen Gruß zu. Er antwortete nicht. Er war zu alt, zu taub und brauchte seine Kraft für anderes.

Ich ermüdete an jenem Tag schneller als sonst. Das alte Boot kam mir so schwerfällig vor wie eine bei Hochwasser im Mississippi treibende Scheune. Die schon immer zu kurzen Ruder waren kürzer denn je. So bummelte ich bei der Rückkehr, und es drangen Bündel gelben Lichts durch die Buchen, ferne, in einer anderen Welt. Es wurde kalt auf dem Wasser.

Ich zog das Boot hoch, um die Vorleine an dem Stamm festzumachen, und richtete mich auf, an einem Finger lutschend, zu dem der Knoten nicht nett gewesen war.

Ich hatte keinen Laut von ihr oder von ihrem großen Rappen gehört, nicht einmal von den klingenden Ringen an den Enden der Trense. Das Laub des vergangenen Jahres muß dort herum sehr weich gewesen sein, oder sie wußte einen Pferdezauber.

Aber als ich mich aufrichtete und umwandte, war sie nur vier Schritt von mir entfernt.

Sie trug ein schwarzes Reitkostüm und eine weiße Halsbinde, und das Pferd, auf dem sie rittlings saß, sah böse aus. Ein Hengst. Sie lächelte, eine schwarzäugige Frau, jung, aber kein Mädchen mehr. Ich hatte sie noch nie gesehen. Sie war schrecklich hübsch.

»Sie rudern gern?« fragte sie beiläufig und in jener ungezwungenen englischen Art, die weit mehr ist als nur Bequemlichkeit. Sie hatte die Stimme einer Drossel, einer amerikanischen Drossel.

Der schwarze Hengst sah mich aus geröteten Augen an und zerstampfte ruhig ein oder zwei Blätter, stand dann wie ein Fels und bewegte ruhig ein Ohr hin und her.

»Ich hasse es«, sagte ich. »Nichts als Schwerarbeit und Blasen. Danach drei Meilen nach Hause zum Tee.«

»Warum tun Sie's dann? Ich tue nie etwas, was ich nicht gern tue.« Sie berührte den Hals des Hengstes mit einem Stulpenhandschuh so schwarz wie das Fell.

Ich zuckte die Achseln. »Wahrscheinlich mach ich's doch

irgendwie gern. Als Training. Es beruhigt die Nerven. Macht Appetit. Mir fällt kein vernünftiger Grund ein.«

»Sollte Ihnen aber«, sagte sie, »Sie sind doch Amerikaner.«

»Bin ich das?«

»Natürlich. Ich habe Sie rudern sehn. So heftig. Da wußte ich gleich Bescheid. Und natürlich Ihr Akzent.«

Meine Augen müssen ein bißchen gierig auf ihrem Gesicht geruht haben, aber es schien ihr nichts auszumachen.

»Die Leute, bei denen Sie wohnen, sind die Crandalls in Buddenham, nicht wahr, Mr. American? Sowas spricht sich schnell rum in diesen Nestern. Ich bin Lady Lakenham, zu Lakeview.«

Etwas in meinem Gesicht muß sich versteift haben. Als hätte ich es laut herausgesagt: Ach, *die* Frau sind Sie!

Sie bemerkte es, würde ich sagen. Sie bemerkte das meiste. Vielleicht alles. Aber auch nicht der kleinste neue Schatten trat in ihre tiefschwarzen, unergründlichen Augen.

»Das herrliche Tudor-Haus – ich hab es schon gesehn – von weitem.«

»Sehen Sie es sich näher an und seien Sie schockiert«, sagte sie. »Probieren Sie meinen Tee. Der Name, wenn Sie die Güte haben?«

»Paringdon. John Paringdon.«

»John ist ein schöner, verniger Name«, sagte sie. »Ein bißchen alltäglich vielleicht. Ich werde mich daran gewöhnen müssen in den wenigen Augenblicken unseres Bekanntseins. Halten Sie Romeos Steigbügelriemen, John – oberhalb des Eisens, und vorsichtig.«

Der Hengst scheute etwas, als ich den Riemen berührte, aber sie gurrte ihm zärtlich zu, und er begann sich nach Hause in Bewegung zu setzen, eine Anhöhe hinauf, langsam, mit sehr wachen Ohren. Auch als plötzlich ein Vogel über den See schwirrte, tief unter den Bäumen, zuckten nur die Ohren auf.

»Gute Manieren«, sagte ich.

Sie zog die schwarzen Brauen hoch.

»Romeo? Je nachdem. Wir treffen alle möglichen Leute, nicht wahr, Romeo? Und unsere Manieren wechseln.«

Leicht schwang sie die Reitgerte.

»Aber Ihnen würde das nichts ausmachen, oder?«

»Ich weiß nicht«, sagte ich. »Vielleicht doch.«

Sie lachte. Später fiel mir auf, daß sie sehr selten lachte.

Meine Hand auf dem Steigbügelriemen war wenige Zoll über ihrem Fuß. Ich hatte den Wunsch, ihren Fuß zu berühren. Warum, wußte ich nicht. Ich hatte das Gefühl, daß sie nichts dagegen gehabt hätte. Warum ich dieses Gefühl hatte, wußte ich ebenfalls nicht.

»Oh, Sie haben auch gute Manieren«, sagte sie. »Das kann ich sehen.«

Ich sagte: »Ich bin mir da immer noch nicht sicher. Meine Manieren sind rasch wie eine Schwalbe und langsam wie ein Ochse, aber immer an der falschen Stelle.«

Die Reitgerte schnitt leer durch die Luft, aber weder gegen mich gerichtet noch gegen den schwarzen Hengst, der das offensichtlich auch nicht erwartete.

»Ich fürchte, Sie flirten mit mir«, sagte sie.

»Ich fürchte, ja.«

Der Hengst war schuld. Er war zu plötzlich stehengeblieben. Meine Hand rutschte zu ihrem Fußgelenk. Ich ließ sie dort.

Ich hatte auch keine Bewegung an ihr bemerkt, hatte keine Ahnung, wie sie das Pferd zum Stehen gebracht hatte. Es stand nun da wie in Bronze gegossen.

Sehr langsam blickte sie hinab auf meine Hand auf ihrem Fußgelenk.

»Absichtlich?« fragte sie.

»Sehr«, sagte ich.

»Sie haben wenigstens Mut«, sagte sie. Ihre Stimme klang

fern, wie ein Rufen im Wald. Diese Art Entfernung. Ich zitterte wie ein Blatt.

Sie beugte sich sehr langsam herab, bis ihr Kopf fast in der Höhe des meinen war. Der Hengst schien keinen Muskel seines großen Leibes zu bewegen.

»Ich könnte drei Dinge tun«, sagte sie. »Raten Sie.«

»Leicht. Weiterreiten, mich die Reitgerte fühlen lassen oder einfach lachen.«

»Ich habe mich geirrt«, sagte sie mit plötzlich angespannter Stimme. »Vier Dinge.«

»Geben Sie mir Ihren Mund«, sagte ich.

II

Das Anwesen tauchte plötzlich auf, unterhalb des Hanges, der oben ein großes, grasbewachsenes Rund hatte, wahrscheinlich der Überrest eines römischen Heerlagers. Unten am Hang lag Lakeview, das bezeichnenderweise keinen Blick auf den See bot.

In völlig verwahrlostem Zustand, wie man das in England sonst nicht sieht, lag es da, ein Urwald ineinander verfilzter Weinranken, eine Wildnis weitläufiger, unkrautüberwucherter Rasenflächen. Sogar der tief angelegte Garten war ein Schandloch geworden. Das Gras auf dem elisabethanischen Kegelrasen daneben wuchs fast kniehoch. Das Haus selbst war ein herrlicher Bau im traditionellen elisabethanischen Stil, rote, mit der Zeit dunkel gewordene Backsteine und dick mit Blei verglaste Erkerfenster. Fette Spinnen schliefen dahinter wie Bischöfe, und ihre Netze verhängten stellenweise das Glas, und schläfrig äugten sie heraus, wo einst habichtgesichtige Dandys in geschlitzten Wämsern auf England hinausgeblickt hatten, unbefriedigt in ihren hitzigen Tagen von dessen klösterlichem Charme.

Stallungen erschienen, moosbewachsen und schwankend vor Vernachlässigung. Ein Gnom, nur Hände, Nase und Reithose, trat aus einer schattigen Box und hielt den Hengst.

Sie glitt herab auf die Backsteine des Hofes und ging wortlos fort.

»Es ist nicht Vernachlässigung«, sagte sie, als wir außer Hörweite des Gnoms waren. »Es ist einfach Mord. Er wußte, daß ich das Grundstück hier liebte.«

»Ihr Mann?« Ich sagte das leise, mit fast zusammengekniffenen Lippen, und haßte ihn.

»Gehn wir vorn hinein. Da haben Sie den schönsten Blick auf die Haupttreppe. Bei der hat er sich selbst übertroffen. Er hat ihr seine ganz persönliche Aufmerksamkeit geschenkt.«

Vorn war ein weiter Platz, ringförmig von der Zufahrt umgeben und eingerahmt von uralten Eichen. Der Rasen war schlimmer als das übrige, denn er war schlecht gemäht und sah gelb aus. Die Eichen warfen lange Schatten, die sich heimtückisch über den verdorbenen Rasen stahlen, schweigende, dunkle, tastende Finger des Hasses. Schatten, doch mehr als Schatten, wie der Schatten einer Sonnenuhr mehr ist als ein Schatten.

Ein runzliges Weib, so alt und verwachsen wie der Stallgnom, öffnete auf das ferne, gereizte Schrillen der Glocke. Engländer von Stand scheinen nie in ein Haus zu gehen. Sie müssen hereingelassen werden. Die Alte murmelte in irgendeinem obskuren Dialekt vor sich hin, als belegte sie jemanden mit Flüchen.

Wir traten ein, und wieder schnitt die Reitgerte durch die Luft.

»Da also«, sagte sie mit einer Stimme, die härter nicht hätte sein können, »da haben Sie sein bestes Werk aus der mittleren Periode, wie die Maler sagen. Sir Henry Lakenham, Baronet, wohlgemerkt, und bitte denken Sie daran, daß ein Baronet unserer Ansicht nach viel mehr ist als ein Baron oder Vicomte – Sir Henry Lakenham, einer unserer ältesten Baronets, und eine unserer ältesten Treppen treffen hier ein wenig ungleich zusammen.«

»Sie meinen, die Axt war neu«, sagte ich.

Die Haupttreppe, oder was davon übrig war, lag vor uns. Man hatte sie für eine fürstliche Herabkunft gebaut, für eine große Dame mit einem Gefolge in Samt und Sternen, für ein raffiniertes Spiel der Schatten an der riesigen holzgetäfelten Decke, für einen Sieg oder einen Triumph oder eine Heimkehr, und auch dafür, gelegentlich einfach als Treppe zu dienen.

Sie war enorm breit und geschwungen, sie hatte die langsame, unbezähmbare Rundung der Zeit. Das Geländer allein muß ein Vermögen wert gewesen sein, aber das vermutete ich nur. Es war zu splittrigem, dunklem Kleinholz zerhackt.

Es dauerte eine ganze Weile, bis ich mich davon abwandte. Von nun an gab es einen Namen, der mir immer den Magen umdrehen würde.

»Augenblick noch«, sagte ich. »Sie sind noch immer seine . . .«

»Oh, das gehört zu meiner Rache.«

Das alte Weib hatte sich murmelnd davongemacht.

»Was haben Sie ihm angetan?«

Sie antwortete nicht gleich. Dann, leichthin: »Ich wünschte, ich könnte es wieder und wieder tun, für immer und alle Zeiten, und daß es ihm ewig zu Ohren kommen würde, unten an den finsteren Orten, wo er letztlich wandeln wird.«

»Das ist nicht Ihr Ernst. Nicht alles.«

»Nein? Kommen Sie hier entlang. Unsere Romneys sind berühmt – für ihre Abwesenheit.«

Wir gingen an etwas entlang, was wohl einmal eine Gemäldegalerie gewesen war. An dem Damast der Wände

waren dunklere, pflaumenfarbene Rechtecke. Unsere Schritte auf einem nackten, staubigen Fußboden hallten.

»Schwein!« sagte ich in das Hallen und die Leere. »Schwein!«

»Es geht Ihnen nicht wirklich nahe«, sagte sie. »Oder?«

»Nein«, sagte ich. »Nicht ganz so, wie ich tue.«

Nach der Galerie kam ein Raum, der wohl einmal die Waffenkammer gewesen war. Von dort führte eine schmale Geheimtür zu einer schmalen Geheimtreppe, die sich vertraulich und anmutig in die Höhe wand. Die gingen wir hinauf und gelangten so endlich in einen Raum, der wenigstens eingerichtet war.

Sie nahm ihren steifen schwarzen Hut ab, lockerte achtlos ihr Haar und warf Hut, Handschuhe und Reitgerte auf eine Bank. Es stand da ein riesiges Himmelbett. Karl der Zweite hatte wahrscheinlich darin geschlafen – nicht allein. Es stand da ein Frisiertisch mit Flügelspiegeln und den üblichen Reihen glitzernder Flaschen. Ohne einen Blick auf all das zu werfen, ging sie daran vorbei zu einem Tisch in der Ecke, wo sie Scotch mit Soda mixte, lauwarm natürlich, und mit zwei Gläsern in den Händen kam sie zurück.

Sehnige Hände, die Hände einer Reiterin. Nicht die hübschen, weichen Dinger, die Millicent Crandalls Hände waren. Dies waren Hände, die schrecklich hart zufassen, die weh tun konnten. Sie konnten ein Jagdpferd über einen unmöglichen Zaun, einen Mann über einen versehrenden Abgrund reißen. Hände, die die zerbrechlichen Gläser, die sie hielt, fast zerdrückten. Ich sah ihre Knöchel, weiß wie frisches Elfenbein.

Ich stand noch an der großen, alten Tür und hatte seit meinem Eintreten keinen Muskel bewegt. Sie reichte mir ein Glas. Es zitterte ein wenig, und die Flüssigkeit darin vibrierte.

Ihre Augen – es waren diese weit entfernten, unerreichbaren Augen. Diese uralten Augen. Sie sagen nichts, sie sind vollkommen zurückgenommen. Sie sind das letzte Fenster, das in einem sonst nicht geheimnisvollen Haus nie geöffnet wird.

Irgendwo, glaube ich, war immer noch der schwache Geruch von Spanischen Wicken in einem englischen Garten, von Nektarinen an einer sonnigen Mauer, ein anderer Duft und ein anderer Kopf.

Ich griff ungeschickt hinter mich und drehte den riesigen Schlüssel herum, er war so groß wie ein Universalschraubenschlüssel und steckte in einem Schloß von den Ausmaßen einer Büfettür.

Das Schloß kreischte, und wir lachten nicht. Wir tranken. Noch ehe ich mein Glas absetzen konnte, hatte sie sich so fest an mich gepreßt, daß ich zu atmen aufhörte.

Ihre Haut war süß und wild, wie die wilden Blumen auf einem sonnendurchglühten Abhang im Frühling in der heißen weißen Sonne meiner Heimat. Unsere Lippen brannten ineinander, verschmolzen beinahe. Dann öffneten sich die ihren, und ihre Zunge drängte hart an meine Zähne, und ihr Leib bebte und zuckte.

»Bitte«, sagte sie mit erstickender Stimme, den Mund in meinem begraben. »Bitte, o bitte . . .«

Es konnte nur das eine Ende geben.

III

Ich weiß nicht mehr, wie spät es war, als ich zum Haus der Crandalls zurückkehrte. Ich mußte mich später aus einem gewissen Grund für eine Zeit entscheiden, aber ich wußte eigentlich nie, wann es gewesen war. Die englischen Sommernachmittage dauern wie die Engländer ewig. Ich wußte, daß die alte Bessie zurück war, denn ich konnte sie in der Küche ihren Ton summen hören, wie von einer Fliege an einer Fensterscheibe.

Vielleicht war nicht einmal die endlose Teestunde abgelaufen.

Am Fuß der Treppe machte ich kehrt und zwang mich, ins Wohnzimmer zu gehen. Was mir anhaftete, war weder Triumph noch Niederlage, aber es schien nicht dort hinzugehören, wo Millicent war.

Sie stand da, natürlich, als wartete sie auf mich, den Rücken der frivolen Spitzengardine der Fenstertür zugekehrt. Die war reglos wie sie. Es war gerade zu wenig Leben in der Luft, um sie zu bewegen. Sie stand da, als hätte sie schweigende, erstarrte Stunden lang gewartet. Irgendwie hatte ich das Gefühl, daß sich das Licht auf ihrem Arm oder der Halbschatten vor ihrem Haus kaum weiterbewegt hatte.

Sie sagte nicht gleich etwas. Daß sie nichts sagte, wirkte wie Donnerhall. Dann sagte ihre marmorglatte Stimme überraschenderweise: »Sie lieben mich nun seit drei Jahren, John, nicht wahr?«

Das war sehr gut, sehr gut.

»Ja«, sagte ich. Es war zu spät, viel zu spät, um noch irgend etwas zu sagen.

»Ich hab es immer schon gewußt. Sie wollten ja auch, daß ich es weiß, John, nicht wahr?«

»Ja, ich denke schon. Ja.« Das Krächzen, das ich hörte, schien meine Stimme zu sein.

Ihre hellblauen Augen waren ruhig wie ein Teich bei Vollmond.

»Das zu wissen ist mir nie unlieb gewesen«, sagte sie.

Ich näherte mich ihr nicht. Ich stand einfach da, fast hätten meine Sohlen Löcher in den Teppich gebrannt.

Ganz plötzlich, in diesem grünlichen Spätnachmittagslicht, wurde ihr zarter Körper von Kopf bis Fuß von einem Schauer durchlaufen.

Erneutes Schweigen. Ich tat nichts, um es zu beenden. Endlich langte sie nach der ausgefransten Kordel des Klingelzugs. Es klingelte im hinteren Teil des Hauses, als weinte dort ein Kind.

»Nun, Tee können wir immer noch trinken«, sagte sie.

Ich fand aus dem Zimmer, ganz normal, scheinbar ohne die Tür zu benutzen.

Ich schaffte die Treppe diesmal ohne Straucheln, die ganze gerade Flucht hinauf und dann die Kurve. Aber ich war nun ein anderer. Ein ruhiger, kleiner, stiller Mann, den man an seinen Ort getan hatte und auf den es nicht ankam, der sich aber auch um nichts zu kümmern brauchte. Aller Sorgen enthoben. Am Ende. Ein kleiner Mann, zwei Fuß groß vielleicht, der mit den Augen rollte, wenn man ihn fest genug schüttelte. Komm, Schatz, tu ihn wieder in seine Schachtel und gehn wir reiten.

Dann, ganz oben, wo gar keine Stufe mehr war, stolperte ich, und als wäre dadurch ein Luftzug entstanden, ging eine Tür auf, leise, wie ein fallendes Blatt. Nur halb auf. Die Tür zu Edward Crandalls Schlafzimmer.

Er war da drin. Das Bett hinter der Tür war sehr hoch, mit wenigstens zwei Eiderdaunenmatratzen, wie es üblich ist in jenem Teil des Landes. Das war eigentlich alles, worauf mein Blick fiel – das Bett. Er lag darüber hingebreitet, auf dem Gesicht, als äße er es. Sturzvoll. Hinüber. Ein bißchen früh, sogar für ihn.

Ich stand da in dem Elfenlicht, das weder Nachmittag noch Dämmerung war, und sah ihn mir an. Die große, schwarze, schöne Bestie, der Eroberertyp. Ekelhaft voll, und das vor Dunkelheit.

Zum Teufel mit ihm. Ich zog leise die Tür hinter mir zu und ging fast auf Zehenspitzen weiter zu meinem Zimmer und wusch mich in der Schüssel mit kaltem Wasser. Wie kalt es war, so kalt wie der Morgen nach einer Schlacht.

Ich tastete mich wieder die Treppe hinunter. Inzwischen war der Tee serviert worden. Sie saß hinter dem niedrigen Tisch, hinter der großen, blanken Teemaschine, von der sie beim Eingießen einen Ärmel zurückhielt, so daß ihr bloßer weißer Arm aus dem Ärmel herauszuschießen schien.

»Sie müssen müde sein«, sagte sie. »Sie müssen schrecklich hungrig sein«, sagte sie in jenem flachen, lässigen, völlig toten Ton, der mich an die abfahrenden Züge im Victoria-Bahnhof während des Krieges erinnerte, an die sorglosen englischen Frauen auf dem Bahnsteig bei den Ersterklassewagen, die jene unbedeutenden Dinge so leicht zu den Gesichtern dahinsagen, die sie nie wiedersehen würden. So sorglos, so ruhig, so völlig tot innerlich.

Genauso war es. Ich nahm eine Tasse Tee und einen Keks.

»Er ist oben«, sagte ich. »Hinüber für heute. Natürlich wissen Sie das.«

»O ja.« Ihr Ärmel wirbelte leicht herum, sehr reizvoll.

»Bring ich ihn ins Bett?« fragte ich. »Oder laß ich ihn einfach verfaulen, wie er da liegt?«

Ein sonderbarer Ruck ihres Kopfes. Für einen Augenblick war da ein Ausdruck auf ihrem Gesicht, den ich bestimmt nicht sehen sollte.

»John!« Wieder ganz ruhig jetzt. »So haben Sie ja noch nie über ihn gesprochen.«

»Ich habe überhaupt nie viel über ihn gesprochen«, sagte ich. »Komisch. Dabei hat er mich eingeladen. Und ich bin auch gekommen. Komisch die Menschen. So sind sie nun mal. Dabei war es ganz schön hier. Ich reise ab.«

»John!«

»Zum Teufel damit«, sagte ich. »Ich fahre. Sagen Sie ihm meinen Dank – wenn er nüchtern ist. Danken Sie ihm vielmals für die Einladung.«

»John!« Zum drittenmal, einfach so. »Benehmen Sie sich nicht reichlich sonderbar?«

»Die amerikanischen Kehllaute erwachen«, sagte ich, »nach langem Winterschlaf.«

»Haben Sie ihn so sehr gehaßt?«

37

»Wenn Sie einem alten Freund verzeihen wollen«, sagte ich. »Es sind zu viele Ausrufungszeichen in dieser Unterhaltung. Vergessen Sie mein schlechtes Benehmen. Natürlich bring ich ihn ins Bett – und dann geh ich etwas englische Luft schnappen.«

Aber sie hörte kaum noch zu. Vorgebeugt, in den Augen fast den Ausdruck einer Hellseherin, begann sie rasch zu sprechen, als müßte etwas gesagt werden und es bliebe nicht mehr viel Zeit oder etwas könnte dazwischenkommen.

»Drüben in Lakeview gibt es eine Frau«, sagte sie. »Eine Lady Lakenham. Eine schreckliche Frau. Eine Männerfresserin. Er hat sich mit ihr getroffen. Heute morgen hatten sie irgendeinen Streit. Er hat mir das alles vor den Kopf geknallt, als wir allein im Haus waren, voller Verachtung, wobei er ein Glas Brandy nach dem andern in sich hineinschüttete, die Hälfte auf seine Jacke. Sie hat ihm mit der Reitgerte ins Gesicht geschlagen und ist mit ihrem Pferd über ihn weggeritten.«

Natürlich hörte auch ich ihr nicht zu, jedenfalls nicht bewußt. Schlagartig, wie man mit dem Finger schnippt, war ich ein Mann aus Holz geworden. Es war, als wäre alle Zeit zu einem einzigen Augenblick geronnen und als hätte ich den geschluckt wie eine Pille. Das hatte mich zu einem Mann aus Holz gemacht. Ich konnte sogar fühlen, wie ein hölzernes Grinsen an meinem Gesicht zerrte.

Also auch dort war er vor mir dagewesen.

Sie hörte auf zu sprechen, wie es schien, und blickte mich über die Teemaschine hinweg an. Ich sah sie. Ich konnte sehen. Man kann, sogar in solchen Momenten. Ihr Haar war immer noch so hell, ihre Melancholie immer noch so vornehm. Sie machte die gewohnten Bewegungen, langsame, reizende Kurven von Arm und Hand und Handgelenk und Wange, die zu der Zeit von fast unerträglicher Verführungskraft waren, im Rückblick jedoch nur die verblaßte, ungewisse Anmut von Nebelschwaden haben sollten.

Ich mußte ihr wohl meine Tasse gereicht haben, und sie goß Tee nach.

»Sie hat ihm eins mit der Reitgerte übergezogen«, sagte sie. »Stellen Sie sich das vor! Edward! Dann ritt sie ihn nieder mit ihrem großen Pferd.«

»Auf einem großen schwarzen Hengst«, sagte ich. »Sie ritt ihn nieder wie ein Bündel schmutziger Lumpen.«

Ihr Atem stockte in der Stille.

»Ja, sie hat ihre starken Seiten«, sagte ich brutal. »Und sie liebt das Haus. Lakeview. Sie sollten sehen, was Lakenham im Innern daraus gemacht hat. Mit der Haupttreppe hat er sich sein bestes Stückchen geleistet – auch so ein Schuft von Ehemann.«

Stockte ihr immer noch der Atem oder lachte jemand hinter einem Wandteppich, irgendein Hofnarr, der sich vor einem bösen König versteckte?

»Ich kenne sie auch«, sagte ich. »Intim.«

Es schien ihr ein bißchen langsam zu dämmern, als müßte ein Eingeborener in einer Grashütte auf Sumatra geweckt werden und meilenweit durch den Dschungel laufen, und als müßte ein Mann zu Pferd durch eine ungeheure Wüste reiten und ein Segelschiff Sturm auf Sturm ums Kap Horn bestehen, um die Nachricht heimzubringen. Genauso lange schien es zu dauern.

Ihre Augen wurden sehr groß und sehr ruhig und wie graues Glas. Es war keine Farbe in ihnen und kein Licht.

»Er muß gedacht haben, er hätte den Morgen«, sagte ich. »Ich hatte am Nachmittag eine Verabredung. Ich hab einfach nicht . . .« Ich hielt inne. Das war nicht komisch, in keiner Art von Gesellschaft.

Ich stand auf. »Es tut mir leid. Ganz nutzlos leid. Ich bin ebenso leicht zu gewinnen wie der Erstbeste, trotz all meiner Visionen. Es tut mir leid. Leid, und ich weiß, das ist nur ein Wort.«

Sie stand ebenfalls auf. Sie kam um den Tisch herum,

sehr langsam. Dann waren wir einander sehr nahe, doch ohne einander zu berühren.

Und dann berührte sie meinen Ärmel, ganz leicht, als hätte ein Schmetterling sich darauf niedergelassen, und ich hielt ganz still, wollte den Schmetterling nicht verscheuchen. Er flog davon. Er hing schwebend in der Luft. Er setzte sich wieder auf meinen Ärmel. Ihre Stimme sagte, so leise wie der Schmetterling sich bewegt hatte: »Wir brauchen nicht darüber zu sprechen. Wir verstehen. Wir verstehen alles, Sie und ich. Wir brauchen kein Wort zu sagen.«

»Es kann jedem passieren«, sagte ich. »Wenn es passiert, ist es die Hölle.«

Da war noch etwas anderes hinter ihren Augen. Sie waren nicht mehr leer, aber auch nicht sanft. Kleine Türen öffneten sich weit entfernt, am Ende dunkler Korridore. Türen, die sehr lange geschlossen gewesen waren. Unsäglich lange. Schritte kamen, aus einem steinernen Gang. Schlurfend, ohne Hast, ohne Hoffnung. Ein Rauchfaden, gefangen von einem Luftzug, wirbelte ins Nichts. All diese Dinge schien ich hinter ihren Augen zu sehen und zu wissen. Unsinn natürlich.

»Jetzt bist du mein«, flüsterte sie. »Ganz mein.«

Sie umfaßte meinen Kopf und zog ihn herab. Ihre Lippen, die ungeschickt an meinem Mund herumtasteten, waren kalt und fern wie arktischer Schnee.

»Geh nach oben«, flüsterte sie geheimnisvoll, »und sieh nach, ob er in Ordnung ist, bevor du gehst.«

»Selbstverständlich.« Ich sprach wie ein Mann mit Lungenschuß.

Also ging ich wieder aus diesem Zimmer hinaus und wieder diese Treppe hoch.

Tapsig diesmal, tapsig aus uralter Vorsicht. Ein alter Mann mit spröden Knochen. Ich schaffte es zu meinem Zimmer und machte die Tür zu. Keuchend lehnte ich mich eine Weile dagegen. Dann wechselte ich die Wäsche und zog den einzigen Straßenanzug an, den ich mithatte, stopfte die übrigen Sachen in einen Koffer, machte den Koffer zu und schloß ihn sehr leise ab. Lauschend, ganz sachte mich bewegend, ein kleiner Junge, der sehr, sehr ungezogen gewesen ist.

Und in der Stille, zu der ich beitrug, kamen Schritte die Treppe herauf, gingen in ein Zimmer und kamen heraus und gingen die Treppe wieder hinunter. Sehr langsam all dies, kriechend wie meine Gedanken.

Wieder kamen Geräusche. Der gebrochene, unablässige Summton der alten Frau in der Küche, das Brummen einer verspäteten Biene unter meinem Fenster, das Knarren des Karrens eines alten Landmannes weit unten auf der Dorfstraße. Ich nahm meinen Koffer und ging aus dem Zimmer. Ich schloß die Tür, leise, leise.

Und oben an der Treppe mußte *seine* Tür wieder weit auf sein. Weit auf, als wäre jemand extra heraufgekommen und hätte sie aufgemacht und aufgelassen.

Ich setzte den Koffer ab und lehnte mich an die Wand und starrte hinein. Er schien sich seither nicht viel bewegt zu haben. Ziemlich klarer Fall. Es sah aus, als hätte er sich mit Anlauf auf das hohe Bett gestürzt, mit beiden Händen die Überdecke gepackt und wäre so in das große Jenseits des Alkohols hinübergewechselt.

Dann, in der grauen Stille, wurde mir das Fehlen jeglichen Lautes bewußt. Das röchelnde Atmen des sinnlos Betrunkenen, das halb ein Schnarchen und halb ein Murmeln ist. Ich lauschte – oh, sehr angestrengt. Es fehlte – sein Atmen. Er machte überhaupt kein Geräusch, ausgestreckt, das Gesicht nach unten auf diesem hohen Bett.

Aber das war es gar nicht, was mich ins Zimmer gebracht hatte, lautlos, geduckt wie ein Panther, selber den Atem anhaltend. Es war etwas, was ich bereits gesehen, aber noch nicht begriffen hatte. Sein linker Ringfinger. Komisch war das. Er war einen halben Zoll länger als der Mittelfinger daneben; an der Hand, die schlaff auf der Bettdecke hing. Er hätte einen halben Zoll kürzer sein müssen.

Er war einen halben Zoll länger. Die zusätzliche Länge war nichts anderes als ein Eiszapfen geronnenen Blutes.

Es war von weit aus seiner Kehle gekommen, lautlos, unerbittlich, und hatte diesen komischen Eiszapfen da verursacht.

Er war natürlich tot, seit Stunden.

IV

Ich schloß die Tür des Wohnzimmers sehr höflich, sehr behutsam, wie ein alter Familienpriester in den Tagen einer der antikatholischen Verfolgungen, der sich in sein Schlupfloch zurückzieht.

Dann ging ich auf leisen Sohlen durchs Zimmer und schloß die Fenstertüren. Ich glaube, dabei wehte ein letzter leichter Dufthauch von Rosen und Nektarinen herein, als wollte er sich über mich lustig machen.

Sie saß zurückgelehnt in einem niedrigen Sessel und rauchte ungeschickt eine Zigarette, den hellen Goldkopf an ein Kissen gelehnt. Ihre Augen – ich wußte nicht, was in ihren Augen war. Ich hatte ohnehin genug von dem, was in Augen war.

»Wo ist die Waffe? Sie sollte in seiner Hand sein.«

Ich sprach scharf, aber nicht laut, nicht mit weittragender Stimme. Aber es war nun kein sanftes englisches Grau mehr in mir.

Sie lächelte sehr schwach und deutete auf eines jener schmalbrüstigen Möbelstücke, die auf wackeligen Klötzen ruhen und manchmal Schubladen haben, in der Hauptsache aber hinter Glas Reihen von kleinen Tassen und Bechern enthalten, die zusammen mit einem Wappen in prächtiger

Goldschrift verkünden: »Ein Geschenk von Bognor Regis«
– oder von wem auch immer.

Dieses besondere Schränkchen – oder was immer es war –
hatte eine schwerfällig geschwungene Schublade, die ich
herauszog, wobei die Becher unter Glas ein bißchen klapperten.

Er war da drin, auf einem rosa Bogen Auslegepapier,
neben einem Zierdeckchen mit Fransen. Ein Webley-Revol-
ver. Unschuldig wie ein Fischmesser.

Ich beugte mich darüber und roch daran. Es schien jener
herbe Geruch nach Kordit da zu sein. Ich berührte die
Waffe nicht – noch nicht.

»Sie wußten es also«, sagte ich. »Sie wußten, daß ich mich
die ganze Zeit zum Narren halten ließ. Sie wußten es,
während wir Tee tranken. Sie wußten, daß er da oben auf
diesem Bett lag und Blut verlor, langsam, ganz langsam –
ja, die Toten bluten, aber sehr langsam – aus einer Wunde
im Hals, unter dem Hemd entlang, den Arm hinab, die Hand
hinab, den Finger hinab. Sie wußten es die ganze Zeit.«

»Dieses Tier«, sagte sie mit vollkommen ruhiger Stimme.
»Dieser Dreckskerl, wissen Sie, wozu er mich gezwungen
hat?«

»Also gut«, sagte ich. »Ich kann das ja verstehn. Von
solchen Leuten laß ich mir auch nicht alles gefallen. Aber
es muß etwas geschehen. Die Waffe hätte gar nicht berührt
werden dürfen. Wo sie war, machte sie sich wahrscheinlich ganz gut. Jetzt haben Sie sie angefaßt. Fingerabdrücke,
Sie wissen. Schon mal was von Fingerabdrücken gehört?«

Ich sprach nicht mit einem Kind und meinte es auch
nicht sarkastisch. Ich wollte ihr nur etwas klarmachen, für
den Fall, daß es ihr noch nicht klar war. Irgendwie war sie
ihre Zigarette losgeworden, ohne daß ich eine Bewegung
bemerkt hatte. Derlei Dinge brachte sie fertig. Nun saß sie
sehr still da, die Hände auf den Armlehnen des Sessels,
schmal, jede für sich, zart wie die Dämmerung.

»Sie waren allein hier«, sagte ich. »Es geschah, während Bessie außer Haus war. Niemand hörte den Schuß oder hätte ihn für etwas anderes als den Schuß eines Jagdgewehrs gehalten.«

Da lachte sie. Es war ein leises, ekstatisches Lachen, das Lachen einer Frau in einem großen Himmelbett, die sich in die Kissen zurückstreckt. Als sie lachte, verhärteten sich die Linien ihres Halses ein wenig. Und sie würden nie mehr weich werden, das sah ich.

»Warum«, fragte sie, »machen Sie sich wegen all dem überhaupt Sorgen?«

»Sie hätten mir eher davon erzählen sollen. Worüber lachen Sie? Finden Sie, daß Ihre englische Rechtsprechung so komisch ist? ... Und Sie sind hochgegangen und haben diese Tür geöffnet – Sie. Damit ich es vor meiner Abreise noch erfahre. Warum?«

»Ich habe Sie geliebt«, sagte sie. »Auf meine Weise. Ich bin eine kalte Frau, John. Wußten Sie, daß ich eine kalte Frau bin?«

»Gedacht hab ich's mir schon, aber das ging mich nun mal nichts an. Sie beantworten meine Frage nicht.«

»Was Sie anging, lag ja auch auf einem andern Gebiet.«

»Das ist tausend Jahre her. Zehntausend. Das war zur Zeit der Pharaonen. Zerfallen in uralten Leichentüchern. Dies jetzt ist heute.« Ich zeigte nach oben, mit einem strengen, steifen Finger.

»Es ist wunderschön«, seufzte sie. »Lassen Sie uns keine billige Sensation daraus machen. Es ist eine wunderschöne Tragödie.« Liebevoll berührte sie ihren zarten, schlanken Hals. »Sie werden mich hängen, John. Sie tun das – in England.«

Ich starrte sie an mit dem, was ich an Augen hatte; mit dem, was in ihnen war.

»Vorsätzlich«, sagte sie kühl. »Mit der gehörigen Förmlichkeit. Und ein paar schwachen, allgemeinen Äußerungen

45

des Bedauerns. Und der Gefängnisdirektor wird tadellose Bügelfalten in der Hose haben, die genauso vorsätzlich und sorgfältig und kaltblütig hineingebügelt wurden wie – wie ich ihn erschoß.«

Ich atmete gerade genug, um am Leben zu bleiben. »Vorsätzlich?« Es war eine dumme Frage. Ich wußte die Antwort bereits.

»Natürlich. Ich hatte es schon seit Monaten vor. Heute der Tag kam mir irgendwie ein bißchen brutaler vor als sonst. Diese Frau drüben in Lakeview hat seine Selbstachtung nicht erhöht. Sie hat ihn billig gemacht. Er war schon immer ein widerlicher Kerl. Also tat ich, was ich tat.«

»Aber Sie hätten ihn ertragen können, wenn er nichts weiter als ein widerlicher Kerl gewesen wäre.«

Sie nickte mit diesem Kopf. Ich hörte ein seltsames, schepperndes Geräusch, das klang wie sonst nichts auf Erden. Etwas pendelte hin und her, etwas mit einer Kapuze. Sehr sanft pendelte es hin und her, in einem kalten Licht, an einem langen, verborgenen, feinen Hals.

»Nein«, sagte ich tonlos. »Niemals. Dies ist doch ganz einfach. Wollen Sie tun, was ich sage?«

Sie erhob sich, in einer einzigen fließenden Bewegung, und kam auf mich zu. Ich nahm sie in die Arme. Ich küßte sie. Ich berührte ihr Haar.

»Mein Ritter«, flüsterte sie. »Mein gefiederter Ritter. Mein Strahlender.«

»Wie?« fragte ich, auf die Waffe in der Schublade zeigend. »Sie werden seine Hand auf Pulvernitrate untersuchen. Das heißt, auf eine Gasentladung, zu der es kommt, wenn die Waffe abgefeuert wird. Es ist etwas, das eine Zeitlang in der Haut bleibt und eine chemische Reaktion hervorruft. Da muß vorgesorgt werden.«

Sie strich mir übers Haar. »Das werden sie, Liebster. Sie werden finden, wovon du sprichst. Ich legte die Waffe in seine Hand und hielt sie dort fest und besänftigte ihn.

46

Mein Finger lag auf seinem Finger. Er war so betrunken, daß er gar nicht merkte, was er tat.«

Sie strich mir noch immer übers Haar.

»Mein gefiederter, strahlender Ritter«, sagte sie.

Ich hielt sie nicht mehr; sie hielt mich. Ich preßte mein Gehirn aus, langsam, ganz langsam; zu einem Klumpen.

»Vielleicht fällt die Untersuchung nicht eindeutig aus«, sagte ich. »Und dann könnten sie Ihre Hand ebenfalls untersuchen. Also müssen wir zwei Dinge tun. Hören Sie mir zu?«

»Mein gefiederter Ritter!« Ihre Augen leuchteten.

»Sie müssen Ihre rechte Hand mit einer guten, groben Kernseife in heißem Wasser waschen, aber tüchtig. Es tut vielleicht weh, aber machen Sie das so lange, wie es geht, ohne die Haut abzuscheuern. Das würde man sehen. Es ist mein Ernst. Das ist wichtig. Die andere Sache ist – ich nehme die Waffe mit. Das dürfte sie verwirren. Ich glaube nicht, daß ein Nitrattest nach achtundvierzig Stunden noch Sinn hat. Verstehn Sie?«

Sie sagte immer wieder die gleichen Worte, in der gleichen Weise, und in ihren Augen leuchtete das gleiche Licht. Ihre Hand auf meinem Kopf war die gleiche, zarte, verweilende Hand.

Ich haßte sie nicht. Ich liebte sie nicht. Es war einfach etwas, was ich zu tun hatte. Ich nahm den Revolver und das rosa Papier darunter, denn es war ein kleiner Ölfleck darauf. Ich sah mir das Holz der Schublade näher an. Das schien sauber zu sein. Ich steckte die Waffe und das Papier ein.

»Sie schlafen nicht im selben Zimmer wie er«, hämmerte ich ihr ein. »Er ist betrunken – schläft seinen Rausch aus. Nichts Neues, nichts, worüber man sich aufzuregen oder zu beunruhigen hätte. Sie hörten einen Schuß, natürlich, irgendwann in der betreffenden Zeit, aber nicht allzu genau und auch nicht allzu abweichend. Sie dachten, es wäre eine Jagdwaffe im Wald.«

Sie hielt meinen Arm. Ich mußte den ihren streicheln. Ihre Augen verlangten es.

»Sie sind ganz schön angewidert von ihm«, sagte ich. »Es ist oft genug vorgekommen, so daß Sie ihn für heute satt haben. Also überlassen Sie ihn bis zum Morgen sich selbst. Dann wird Bessie . . .

»Oh, nicht die alte Bessie«, sagte sie sehr schön. »Nicht die arme alte Bessie.«

Das mag ein netter Zug an ihr gewesen sein. Er beeindruckte mich nicht. Ich schickte mich an zu gehen. »Die Hauptsache – waschen Sie sich die Hand, aber nicht so sehr, daß sie sich entzündet – und ich verschwinde mit der Waffe. Alles klar?«

Sie klammerte sich wieder an mich, wild und ungeschickt. »Und später – ?«

»Und später –« Träumerisch atmete ich gegen ihre eisigen Lippen.

Ich machte mich von ihr los und verließ das Haus.

V

Ich hielt mich fast drei Wochen; oder sie ließen mich. Für einen Amateur, in einem kleinen, dichtbesiedelten Land wie England, war ich ziemlich gut.

Ich fuhr meinen Kleinwagen spät in der Nacht in das einsamste Unterholz, das ich mit ausgeschalteten Scheinwerfern erreichen konnte. Es schien mir tausend windgepeitschte Meilen von allem entfernt. War es natürlich nicht. Ich schleppte meinen Koffer durch endlose englische Landschaften, durch Dunkelheit, über Weiden mit dösendem Vieh, die Ränder schweigender Dörfer entlang, in denen keine einzige Lampe die Nacht erwärmte.

Nicht allzu bald gelangte ich zu einer Bahnstation und fuhr nach London. Ich wußte, wo ich hinzugehen hatte, zu einer kleinen Pension in Bloomsbury, nördlich vom Russel Square, ein Haus, wo niemand war, was er sein sollte oder sein wollte, und wo niemand Fragen stellte, am allerwenigsten die Schlampe, die sich Wirtin nannte.

Frühstück, eine kalte, fettige Masse auf einem Tablett vor der Tür. Mittagessen, Bier, Brot und Käse, sofern man es haben wollte. Das Abendessen, sofern man sich das leisten konnte, suchte man sich am besten draußen. Wenn man abends spät nach Hause kam, verfolgten einen die weißgesichtigen Gespenster vom Russell Square. Sie strichen dort herum, wo früher die eisernen Geländer gewesen waren, als gewähre ihnen die bloße Erinnerung an diese Geländer ein wenig Schutz vor der Lampe des Polizisten. Sie verfolgten einen die ganze Nacht mit ihrem »Hallo, Süßer«, mit Erinnerungen an ihre verkniffenen, von innen dünngenagten Lippen, an ihre großen hohlen Augen, in denen eine Welt bereits tot war.

Da lebte ein Mann bei den Untergetauchten, der Bach spielte, ein bißchen zu viel und ein bißchen zu laut, aber er tat es für seine Seele.

Da gab es einen einsamen alten Mann mit einem ebenmäßigen, feinen Gesicht und schmutzigen Gedanken. Da gab es zwei junge hölzerne Schmetterlinge, die sich für Schauspieler hielten.

Ich war das alles sehr bald leid. Ich kaufte mir einen Rucksack und begab mich auf die Wanderschaft nach Devonshire. Ich war natürlich in den Zeitungen, aber nicht an hervorragender Stelle. Nichts Aufregendes, keine unscharfe Wiedergabe meines Paßfotos, auf dem ich aussah wie ein armenischer Teppichhändler mit Zahnschmerzen. Nur ein diskreter Absatz; daß ich vermißt werde, Alter, Größe, Gewicht, Augenfarbe, ein Amerikaner, der wahrscheinlich Informationen habe, die für die Behörden von Wert sein könnten. Ein paar kurze biographische Bemerkungen über Edward Crandall, nicht mehr als drei Zeilen. Er war ihnen nicht wichtig. Nur ein wohlhabender Mann, der nun mal tot war. Daß sie mich als Amerikaner bezeichneten, gab den Ausschlag. Mein Akzent war, wenn ich mir Mühe gab, fast gut genug für Bloomsbury. Für ländliche Gegenden würde er mehr als gut genug sein.

In Chagford, hart am Rande von Dartmoor, holten sie mich ein. Ich war natürlich gerade beim Tee, Logiergast eines kleinen Bauernhauses, ein Schriftsteller aus London auf der Suche nach ein wenig Ruhe. Nette Manieren, aber nicht sehr gesprächig. Katzenfreund.

Sie hatten zwei dicke Katzen, eine schwarze und eine weiße, die Devonshiresahne ebenso gern mochten wie ich. Die Katzen und ich, wir saßen also beim Tee. Es war ein düsterer Nachmittag, grau wie ein Gefängnishof. Ein Henkerstag. Klumpiger Nebel hing tief über dem harten gelben Stechginster des Moors.

Es waren zwei. Ein Wachtmeister namens Tressider, der Ortspolizist, obwohl der Name nach Cornwall verwies, und der Mann von Scotland Yard. Der war mein Feind. Der Ortspolizist saß nur in der Ecke und roch nach seiner Uniform.

Der andere war um die fünfzig und prächtig gebaut, wie sie es dort sind, wenn sie es sind, rotgesichtig, ein Stabsfeldwebel der Garde, ohne die unbarmherzige, tödlich sachliche Stimme. Er war sanft und ruhig und freundlich. Er legte seinen Hut auf dem anderen Ende des langen Speisetisches ab und hob die schwarze Katze auf.

»Bin froh, Sie anzutreffen, Sir. Inspektor Knight vom Yard. Sie haben uns ganz schön in Trab gehalten für unser Geld.«

»Trinken Sie einen Tee«, sagte ich. Ich ging die Klingel ziehen und lehnte mich an die Wand. »Trinken Sie Tee – mit einem Mörder.«

50

Er lachte. Wachtmeister Tressider lachte nicht. Sein Gesicht drückte nichts aus als den scharfen Wind auf dem Moor.

»Gern, aber lassen Sie uns von dem andern jetzt nicht sprechen, wenn ich Sie bitten darf. Nur um Sie zu beruhigen – niemandem hat die Geschichte allzu großen Kummer gemacht.«

Ich muß ganz schön weiß geworden sein. Er sprang auf, griff nach einer Flasche Dewar's, die auf dem Kaminsims stand, und schüttete etwas daraus in ein Glas, schneller als ich geglaubt hatte, daß ein so stattlicher Mann sich bewegen kann. Er drückte es mir an den Mund. Ich schluckte.

Eine Hand tastete mich ab, so sauber und suchend wie der Schnabel eines Kolibris, so schnell und gründlich.

Ich grinste ihn an. »Sie kriegen ihn schon noch«, sagte ich. »Ich trag ihn nun mal nicht zum Tee.«

Der Schutzmann trank seinen Tee in der Ecke, der Mann von Scotland Yard am Tisch, auf dem Schoß die schwarze Katze. Rang ist schließlich Rang.

Am selben Abend fuhr ich mit ihm nach London zurück.

Und es war nichts dabei, gar nichts.

Sie hatten sich reinlegen lassen, und sie wußten es, und sie verloren, als gewönnen sie, wie Engländer das immer tun. Nach außen hin hieß es: Warum hatte ich die Waffe an mich genommen? Weil sie töricht damit umging und mir das Angst machte. Aha, aha. Aber wär es nicht wirklich besser gewesen – Sie wissen, die Krone – und daß die gerichtliche Untersuchung auf Verlangen der Polizei verschoben wird, gibt doch einen Hinweis darauf, daß da irgendwas nicht stimmt, finden Sie nicht? Ich fand das auch, zerknirscht.

Das war nach außen hin. Nach innen hin sah ich es hinter den kalten grauen Steinmauern ihrer Augen. Sie waren einfach zu spät darauf gekommen, und daran war ich schuld.

Einfach zu spät war in ihren kalten, scharfen Gehirnen die Möglichkeit aufgedämmert, daß er einfach so betrunken und blöde gewesen war, sich von irgend jemand eine Waffe in die Hand drücken zu lassen, die so zielte, daß er nicht sehen konnte, wohin, und daß dieser Jemand »Bäng!« gemacht hatte und ihn den Abzug drücken ließ, mit einem Finger auf seinem schlaffen Finger, um ihn dann zurücksinken zu lassen – ganz im Ernst.

Ich sah Millicent Crandall bei der verschobenen gerichtlichen Untersuchung, eine Frau in Schwarz, die mir irgendwo einmal begegnet war, vor langer Zeit. Wir sprachen nicht miteinander. Ich sah sie nie wieder. Sie muß hinreißend in schwarzen Chiffonnachthemden ausgesehen haben. Nun konnte sie eins tragen, jeden Tag, jahrein, jahraus.

Lady Lakenham traf ich einmal in Piccadilly, am Green Park, als sie mit einem Mann und einem Hund spazierenging. Sie schickte die zwei weiter und blieb stehen. Ich glaube, der Hund war eine Art Schäferhund mit gestutztem Schwanz, nur viel kleiner. Wir gaben einander die Hand. Sie sah traumhaft aus.

Ihre Augen waren schwarzer Marmor, undurchlässig, ruhig, zufrieden.

»Hervorragend, wie Sie sich für mich steifgemacht haben«, sagte ich.

»Ach was, Liebling, ich hatte ein tolles Fest mit dem Assistenten des Kommissars von Scotland Yard. Der ganze Laden hat geschwommen von Scotch und Soda.«

»Ohne Sie«, sagte ich, »hätten sie's vielleicht mir anzuhängen versucht.«

»Heute abend«, sagte sie sehr rasch, sehr geschäftig, »bin ich leider schon ausgebucht. Aber morgen – ich wohne im Claridge. Kommst du?«

»Morgen«, sagte ich. »Oh, bestimmt.« (Morgen würde ich England verlassen.) »Sie haben ihn also mit Romeo niedergeritten. Wenn ich unverschämt sein darf – warum?«

Dies am Piccadilly, am Green Park, während höfliche Passanten vorbeiströmten.

»Oh, hab ich das? Wie schrecklich häßlich von mir. Du weißt nicht, warum?« Eine Drossel, so still wie der Green Park selbst.

»Natürlich«, sagte ich. »Männer seines Typs machen diesen Fehler. Sie denken, jede Frau, die sie anlächelt, gehört ihnen.« Etwas von dem wilden Duft ihrer Haut wehte mich an, als brächte ein Wüstenwind ihn über tausend Meilen zu mir.

»Morgen«, sagte sie. »Gegen vier. Du brauchst nicht mal vorher anzurufen.«

»Morgen«, log ich.

Ich starrte ihr nach, bis sie nicht mehr zu sehen war. Bewegungslos, völlig bewegungslos. Sie gingen höflich um mich herum, diese Engländer, als wäre ich ein Denkmal oder ein chinesischer Weiser oder eine lebensgroße Figur aus Dresdener Porzellan.

Ganz bewegungslos. Ein frostiger Wind blies Blätter und Papier über den nun glanzlosen Rasen des Green Park, über die gepflegten Fußwege, beinahe die hohe Böschung hinauf zum Picadilly selbst.

Ich stand da eine lange, lange Zeit, wie es schien, und sah dem Nichts nach. Es war nichts da, dem ich hätte nachsehen können.

Die Bronzetür

Der kleine Mann kam von der Calabar-Küste, von den Papua-Inseln oder von Tongatabu, irgendwoher aus weiter Ferne. Ein Baumeister des Empire, etwas ausgefranst schon an den Schläfen, gelbhäutig und dürr, und leicht betrunken jetzt an der Club-Bar. Er trug eine verschossene Schulkrawatte, die er vermutlich Jahr um Jahr in einer Blechschachtel aufbewahrte, damit die Hundertfüßer sie ihm nicht wegfraßen.

Mr. Sutton-Cornish kannte ihn nicht, er kannte ihn wenigstens jetzt noch nicht, aber er kannte die Krawatte, weil es die Krawatte seiner eigenen Schule war. So faßte er sich ein Herz und sprach den Mann an, und der Mann unterhielt sich mit ihm, weil er ein bißchen betrunken war und sowieso niemanden kannte. Sie tranken zusammen und sprachen von der alten Schule, und wenn sie sich einander auch nicht vorstellten, so war das Gespräch zugleich doch fast freundschaftlich, wie es die ganz eigene reservierte Art der Engländer will.

Für Mr. Sutton-Cornish war das ein erregendes Erlebnis, denn außer den Dienern redete im Club sonst kein Mensch mit ihm. Er war ein viel zu großer Einzelgänger, und in Londoner Clubs muß man nicht reden mit Leuten. Grad dafür sind sie ja da.

Mr. Sutton-Cornish kam diesmal mit etwas schwerer Zunge zum Tee nach Hause, zum erstenmal seit fünfzehn Jahren. Er saß verwirrt im Wohnzimmer oben, eine Tasse lauwarmen Tee in der Hand, und im Geiste beschäftigte er sich immer noch mit dem Gesicht des Mannes, machte er es jünger und pausbäckiger, ein Gesicht, das man sich über

54

einem Eton-Kragen oder unter einer Cricket-Mütze der Schulmannschaft vorstellen konnte.

Plötzlich kam es ihm, und er kicherte. Auch das hatte er seit gut ein paar Jahren nicht mehr getan.

»Llewellyn, meine Liebe«, sagte er. »Llewellyn der Jüngere. Hat noch einen älteren Bruder gehabt. Im Krieg gefallen, bei der bespannten Artillerie.«

Mrs. Sutton-Cornish starrte ihn über den üppig bestickten Teewärmer weg öde an. Ihre Augen, deren Farbe dem Braun von Kastanien glich – verdorrten Kastanien, keinen frischen –, waren dumpf und leblos vor Verachtung. Der Rest ihres breiten Gesichts wirkte grau. Der späte Oktobernachmittag war grau, und grau waren die schweren, tiefbauschigen, reich bestickten Vorhänge über den Fenstern. Selbst die Vorfahren an den Wänden waren grau – bis auf den einen bösen, den General.

Das Kichern blieb Mr. Sutton-Cornish in der Kehle stecken. Das lange graue Starren schaffte das leicht. Dann erschauerte er ein bißchen, und da er nicht mehr ganz im Vollbesitz seiner Fassung war, zuckte auch seine Hand. Sie schüttete, fast elegant, seinen Tee auf den Teppich und schickte die Tasse gleich hinterher.

»Ach Mist«, sagte er mit belegter Stimme. »Verzeihung, meine Liebe. Wenigstens nicht auf die Hose gegangen. Tut mir ganz schrecklich leid, meine Liebe.«

Eine Minute lang gab Mrs. Sutton-Cornish keinen anderen Laut von sich als das schwere Atmen einer beleibten Frau. Dann begannen plötzlich lauter Sachen an ihr zu klirren – zu klirren, zu rascheln, zu knarren. Sie steckte voll wunderlicher Geräusche, wie ein verwunschenes Haus, doch Mr. Sutton-Cornish überlief ein Schauder, denn er wußte, daß es Wut war, was sie erbeben ließ.

»Ah-h-h«, machte sie endlich ganz, ganz langsam, denn er klang wie das Atemholen eines Exekutionskommandos. »Ah-h-h. Du bist berauscht, James?«

55

Etwas regte sich jäh zu ihren Füßen. Teddy, der Spitz, hatte zu schnarchen aufgehört und hob den Kopf und witterte Blut. Er feuerte eine Salve kurzer, schnappender Kläfflaute ab, nur zum Einschießen, und brachte sich watschelnd auf die Beine. Seine vorquellenden braunen Augen starrten Mr. Sutton-Cornish übelwollend an.

»Ich sollte am besten wohl läuten, meine Liebe«, sagte Mr. Sutton-Cornish demütig und stand auf. »Was meinst du?«

Sie gab ihm keine Antwort. Sie sprach mit Teddy statt dessen, voller Sanftmut. Es war eine teigige Sanftmut, die etwas Sadistisches in sich hatte. »Teddy«, sagte sie sanft, »sieh dir diesen Mann da an. Sieh ihn dir genau an, diesen Mann, Teddy.«

Mr. Sutton-Cornish sagte beklommen: »Er soll mich aber nicht beißen, meine Liebe. Bitte nicht, meine Liebe, laß nicht zu, daß er mich beißt.«

Keine Antwort. Teddy spannte sich und schielte tückisch herüber. Mr. Sutton-Cornish wandte die Augen weg und blickte zu dem bösen Vorfahren auf, dem General. Der General trug einen scharlachroten Rock mit einer schräg darüberlaufenden Schärpe, die an den Schrägbalken im Wappenschild erinnerte. Sein Gesicht war gerötet, wie es Generalsgesichter zu seiner Zeit grundsätzlich waren. Er hatte eine Menge sehr pompös wirkender Orden auf der Brust und einen kühndreisten, starren Blick, den Starrblick eines unbußfertigen Sünders. Der General war kein Tugendbold gewesen. Er hatte mehr Ehen zerstört als Duelle ausgefochten, und er hatte mehr Duelle ausgefochten als Schlachten gewonnen, und Schlachten gewonnen hatte er jede Menge.

Nachdem er eine Weile zu den verwegenen Zügen aufgeblickt hatte, ermannte sich Mr. Sutton-Cornish, beugte sich nieder und nahm ein kleines dreieckiges Sandwich vom Teetisch.

»Da, Teddy«, würgte er hervor. »Fang's, Junge, fang's!«
Er warf das Sandwich. Es fiel Teddy vor die kleinen
braunen Pfoten. Teddy beschnüffelte es träge und gähnte.
Er bekam seine Mahlzeiten sonst auf Porzellan serviert,
nicht vorgeworfen. Er schlich sich mit Unschuldsmiene zur
Teppichkante hinüber und fiel plötzlich knurrend darüber
her.

»Bei Tisch, James?« sagte Mrs. Sutton-Cornish langsam
und furchterregend.

Mr. Sutton-Cornish trat auf seine Teetasse. Sie zerbrach
in dünne helle Scherben aus feinem Porzellan. Wieder überlief ihn ein Schauder.

Doch nun war es an der Zeit. Er steuerte mit raschem
Schritt auf die Klingel zu. Teddy ließ ihn beinahe hin-
gelangen und tat noch immer so, als wollte er diesmal nur
den Teppich quälen. Doch dann spie er ein Fransenende aus
und griff geduckt und lautlos an, die kleinen Pfoten federnd
im Teppichflor. Mr. Sutton-Cornish faßte gerade nach dem
Klingelzug.

Kleine blitzende Zähne rissen flink und gekonnt an
einer perlgrauen Gamasche.

Mr. Sutton-Cornish jaulte auf, fuhr herum – und trat
zu. Sein eleganter Schuh blitzte im grauen Licht. Ein seidig-
braunes Etwas segelte durch die Luft und landete kollernd.

Im Zimmer entstand eine ganz unbeschreibliche Stille,
eine Stille wie im innersten Raum eines Kühlhauses, um
Mitternacht. Teddy wimmerte kunstvoll einmal auf, kroch
mit gekrümmtem Leib über den Boden, kroch unter Mrs.
Sutton-Cornishs Stuhl. Ihre purpurn braunen Röcke bewegten sich, und Teddys Kopf tauchte langsam darin auf, von
Seide umrahmt, das Gesicht einer garstigen alten Frau mit
einem Schal um den Kopf.

»Hatte das Gleichgewicht verloren«, murmelte Mr. Sutton-Cornish und lehnte sich gegen den Kamin. »Wollte
nicht ... hab's nicht mit Absicht –«

Mrs. Sutton-Cornish erhob sich. Sie erhob sich mit einer Miene, als sammle sie ihr Gefolge um sich. Ihre Stimme war wie das kalte Blöken eines Nebelhorns über einem eisigen Fluß.

»Chinverly«, sagte sie. »Ich werde sofort nach Chinverly fahren. Auf der Stelle. Noch in dieser Stunde... Betrunken! Abscheulich betrunken am hellichten Nachmittag. Mißhandlung wehrloser kleiner Tiere. Widerlich! Gemein und widerlich! *Öffne die Tür!*«

Mr. Sutton-Cornish taumelte durch den Raum und öffnete die Tür. Sie schritt hinaus. Teddy trottete neben ihr her, auf der von Mr. Sutton-Cornish abgewandten Seite, und nahm diesmal sogar von dem Versuch Abstand, sie auf der Schwelle zum Stolpern zu bringen. Draußen drehte sie sich um, langsam, wie ein Linienschiff beidreht.

»James«, sagte sie, »hast du mir etwas zu sagen?«

Er kicherte nur – aus reiner Nervenanspannung.

Sie musterte ihn mit einem grauenhaften Blick, drehte sich wieder um, sagte über die Schulter: »Das ist das Ende, James. Das Ende unserer Ehe.«

Darauf sagte Mr. Sutton-Cornish recht abstoßend: »Guter Gott, meine Liebe – sind wir denn verheiratet?«

Sie wollte sich abermals umdrehen, tat es dann aber doch nicht. Ein Laut, als würde jemand in einem Verlies erdrosselt, kam noch von ihr. Dann schritt sie weiter.

Die Zimmertür hing offen wie ein gelähmter Mund. Mr. Sutton-Cornish stand dicht davor und horchte. Er rührte sich nicht, bis er im Oberstock Schritte hörte – schwere Schritte – die ihren. Er seufzte und blickte auf seine zerrissene Gamasche hinunter. Dann kroch er die Treppe hinab, in sein langes, enges Arbeitszimmer neben der Eingangshalle, und machte sich über den Whisky her.

Er nahm die Geräusche der Abreise kaum noch wahr, das Herunterschaffen des Gepäcks, Stimmen, das Tuckern des großen Wagens vor der Tür, Stimmen, das letzte Gekläff aus Teddys eisenalter Kehle. Das Haus wurde ganz still. Die Möbel warteten, gleichsam mit der Zunge in der Backe. Draußen waren die Laternen angegangen, in leichtem Nebel. Taxis hupten die nasse Straße entlang. Das Feuer auf dem Kaminrost glühte nieder.

Mr. Sutton-Cornish stand davor, ein bißchen schwankend, und betrachtete im Wandspiegel sein langes graues Gesicht.

»Machen wir einen kleinen Spaziergang«, flüsterte er krampfhaft. »Wir beide, du und ich. Sonst war ja auch nie jemand da, oder?«

Er schlich sich in die Halle, ohne daß Collins, der Butler, ihn hörte. Er legte Schal und Mantel an, setzte den Hut auf, griff nach Stock und Handschuhen und trat still in die Dämmerung hinaus.

Er blieb ein Weilchen am Fuß der Eingangstreppe stehen und blickte am Haus hinauf. Nr. 14 Grinling Crescent. Seines Vaters Haus, seines Großvaters Haus, seines Urgroßvaters Haus. Alles, was ihm geblieben war. Der Rest gehörte ihr. Sogar das Zeug, das er trug, das Geld auf seinem Bankkonto. Aber das Haus war immer noch sein – zumindest dem Namen nach.

Vier weiße Stufen, so fleckenlos wie Jungfrauenseelen, führten zu einer apfelgrünen, tiefgetäfelten Tür, gestrichen, wie Dinge früher gestrichen wurden, vor langer Zeit, im Zeitalter der Muße. Sie hatte einen Messingklopfer und ein Schnappschloß über der Klinke und eine von den Klingeln, die man drehen mußte statt drücken oder ziehen und die gleich hinter der Tür läuteten, was einen ziemlich irritieren konnte, wenn man es nicht gewohnt war.

Er wandte sich um und schaute über die Straße nach dem kleinen vergitterten, immer verschlossen gehaltenen Park hinüber, wo an Sonntagen die adretten Kinder von Grinling Crescent an der Hand ihrer Kindermädchen spazierengingen, die glatten Wege entlang, rund um den kleinen Zierteich, neben den Rhododendronbüschen.

Er betrachtete das alles ein wenig trübe, dann straffte er entschlossen die dünnen Schultern und marschierte in die Dämmerung hinaus und dachte dabei an Nairobi und Papua und Tongatabu, dachte an den Mann mit dem verschossenen Schulkragen, der nun wohl bald wieder dorthin zurückkehrte, wo immer das war, wo er herkam, und der dann wach dort im Dschungel lag und an London dachte.

»Droschke, Sir?«

Mr. Sutton-Cornish zögerte, blieb an der Bordsteinkante stehen und hob den starren Blick. Die Stimme kam von oben, eine jener windheiseren, bierseligen Stimmen, die man nicht allzu häufig mehr hört. Sie kam vom Kutschbock eines Hansom.

Der Hansom war aus der Dunkelheit herangeglitten, die Straße herauf, auf hohen gummibereiften Rädern, und die Pferdehufe machten ein langsames, gleichförmiges Klapp-klapp, das Mr. Sutton-Cornish, ehe der Kutscher ihn anrief, gar nicht wahrgenommen hatte.

Es sah alles ganz wirklich aus. Das Pferd hatte abgenutzte schwarze Scheuklappen und wirkte ganz so wohlgenährt und zugleich doch irgendwie verwahrlost, wie es für Droschkengäule früher bezeichnend war. Die halbhohen Wagenschläge waren zurückgeklappt, und Mr. Sutton-Cornish konnte die gesteppte graue Polsterung innen sehen. Die langen Zügel waren von Rissen durchzogen, und als sein Blick ihnen folgte, sah er den bulligen Kutscher sitzen, die breitkrempige ›Angströhre‹, die er trug, die riesigen Knöpfe an seinem Überrock oben und die weidlich abgewetzte Decke, die er sich unten mehrfach um den Leib geschlungen hatte. Er hielt die lange Peitsche leicht und elegant, ganz wie ein Hansom-Kutscher seine Peitsche halten sollte.

Der Haken war nur, daß es doch gar keine Hansoms mehr gab.

Mr. Sutton-Cornish schluckte, streifte einen Handschuh ab und streckte die Hand aus, um das Rad zu berühren. Es war sehr kalt, sehr fest und greifbar, und naß vom verschlammten Asphalt der Stadtstraßen.

»Glaube nicht, daß ich seit dem Krieg je wieder so einen Wagen gesehen habe«, sagte er laut und sehr nüchtern.

»Seit was für einem Krieg denn, Euer Gnaden?«

Mr. Sutton-Cornish erschrak. Er berührte das Rad ein weiteres Mal. Dann lächelte er, zog langsam und mit Sorgfalt den Handschuh wieder an.

»Ich steige ein«, sagte er.

»Brr – aufgepaßt, Prinz!« rief der Kutscher keuchend.

Das Pferd zuckte verächtlich den langen Schwanz. Mr. Sutton-Cornish stieg, nachdem er seinerseits *den Herrn* zum Aufpassen ermahnt hatte, über das Rad in die Kutsche, und es geschah reichlich unbeholfen, denn diese Kunst hatte man in den vielen Jahren ja doch verlernt. Er schloß rund um sich die Wagenschläge und lehnte sich in den Sitz zurück, der den angenehmen Geruch der Sattelkammer ausströmte.

Die Klappe über seinem Kopf ging auf, und die große Nase des Kutschers mit den Säuferaugen darüber brachte in den Rahmen der Öffnung ein geradezu unwahrscheinliches Bild – ein Bild, wie wenn ein Tiefseefisch einen durch die Glasscheibe eines Aquariums anstarrte.

»Wohin, Euer Gnaden?«

»Nun ... Soho.«

Es war die ausgefallenste Gegend, die ihm einfiel – für eine Fahrt im Hansom.

Die Augen des Kutschers starrten auf ihn herab.

»Wird Euer Gnaden dort nicht gefallen.«

»Es muß mir auch nicht gefallen dort«, sagte Mr. Sutton-Cornish bitter.

Der Kutscher starrte weiter auf ihn herab. »Jawoll«, sagte er. »Soho. Wardour Street etwa. Machen wir, Euer Gnaden.«

Die Klappe schlug zu, die Peitschenschnur knallte elegant am rechten Ohr des Gauls vorbei, und in den Hansom kam Bewegung.

Mr. Sutton-Cornish saß vollkommen still, den Schal fest um den dünnen Hals und den Stock zwischen den Knien und die behandschuhten Hände auf der Krücke des Stocks gefaltet. Er starrte stumm hinaus in den Nebel, der wie ein Tier auf der Brücke lag. Die Pferdehufe klappklappten aus Grinling Crescent hinaus, über den Belgrave Square, nach Whitehall hinüber und weiter zum Trafalgar Square und zur St. Martin's Lane.

Das Pferd lief weder schnell noch langsam, und doch lief es grad so schnell wie alles andere ringsum auch. Es bewegte sich, bis auf das Klappklapp, ganz ohne Laut durch eine Welt, die nach Benzindunst stank und nach verbranntem Öl und die durchschrillt und durchhallt war von Pfiffen und Hupen.

Und niemand schien es zu bemerken, und nichts schien sich ihm in den Weg zu stellen. Das war doch einigermaßen verwunderlich, fand Mr. Sutton-Cornish.

Aber schließlich hatte ein Hansom ja auch mit dieser Welt nichts mehr zu schaffen. Er war ein Gespenst, eine Ablagerung der Zeit, die Urschrift auf einem Palimpsest, mit ultraviolettem Licht in einem verdunkelten Raum noch einmal sichtbar gemacht.

»Ach wissen Sie«, sagte er, und er sprach zum Rumpf des Gauls, weil sonst ja nichts da war, zu dem er hätte sprechen können, »es könnten einem ja wirklich die tollsten Sachen passieren, wenn man sie einfach bloß passieren ließe.«

Die lange Peitschenschnur flog Prinz um die Ohren, so elegant und leicht, wie eine künstliche Forellenfliege über

62

das Wasser eines kleinen dunklen Teiches fliegt, am Fuß eines Felsens.

»Schon passiert«, fügte er finster hinzu.

Die Droschke kam am Bordstein zum Stehen, und die Klappe schnappte wieder auf.

»Nun, da wären wir, Euer Gnaden. Wie steht's denn mit einem kleinen französischen Abendessen für achtzehn Pence? Euer Gnaden wissen schon. Sechs Gänge aus Nichts. Ich spendier Ihnen eins, und Sie spendiern mir, und wir haben immer noch Hunger. Also, wie wär's?«

Eine eiskalte Hand griff Mr. Sutton-Cornish ans Herz Sechsgängige Mahlzeiten für achtzehn Pence? Ein Hansom-Kutscher, der fragte: »Seit was für einem Krieg denn, Euer Gnaden?« Vor zwanzig Jahren, möglicherweise –

»Lassen Sie mich raus«, sagte er schrill.

Er stieß die Schläge auf, warf Geld nach dem Gesicht in der Öffnung, sprang über das Rad auf den Gehsteig.

Er rannte zwar nicht, aber er ging doch ziemlich schnell, und dicht an einer dunklen Mauer entlang, und durchaus ein bißchen verstohlen. Doch folgte ihm nichts, nicht einmal das öde Klappklapp der Pferdehufe. Er bog um eine Ecke und in eine schmale, belebte Straße ein.

Das Licht kam aus der offenen Tür eines Ladens. ANTIQUITÄTEN UND KURIOSA stand auf der Fassade, in schwerer gotischer Schrift, aus Lettern, die einmal vergoldet gewesen waren. Es hing eine Funzel über dem Gehsteig, um Aufmerksamkeit zu wecken, und in ihrem Schein las er das Schild. Die Stimme kam von drinnen, von einem kleinen, beleibten Mann, der auf einer Kiste stand und über die Köpfe einer teilnahmslosen Menge stummer, gelangweilter, fremdländisch wirkender Männer hinweg seine Anpreisungen psalmodierte. In der psalmodierenden Stimme klang Erschöpfung mit und das Gefühl von Sinnlosigkeit.

»Nun, meine Herrschaften, wie lautet Ihr Gebot? Was bieten Sie für dieses prächtige Stück orientalischer Kunst?

Ein Pfund Sterling bringt die Kugel ins Rollen. Eine Pfundnote nur, Währung des Königreichs. Nun, wer sagt ein Pfund, meine Herrschaften? Wer sagt ein Pfund?«

Niemand sagte etwas. Der kleine, beleibte Mann auf der Kiste schüttelte den Kopf, wischte sich das Gesicht mit einem schmutzigen Taschentuch und holte tief Luft. Dann sah er Mr. Sutton-Cornish am Rand der kleinen Menge stehen.

»Wie wär's denn mit Ihnen, Sir?« stürzte er sich auf ihn. »Sie sehen mir ganz so aus, als wären Sie glücklicher Besitzer eines Landhauses. Und die Tür hier ist für ein Landhaus geschaffen worden! Wie wär's denn, Sir? Machen Sie doch ruhig mal den Anfang.«

Mr. Sutton-Cornish blinzelte ihn an. »Wie? Was war das?« fuhr er auf.

Die teilnahmslosen Männer lächelten matt und tauschten Bemerkungen aus, ohne die dicken Lippen zu bewegen.

»Nichts für ungut, Sir«, zwitscherte der Auktionator. »Ich dachte nur, wenn Sie ein Landhaus besäßen, wäre die Tür da möglicherweise genau das, was Sie brauchen.«

Mr. Sutton-Cornish wandte langsam den Kopf und folgte der ausgestreckten Hand des Auktionators, und da sah er denn zum erstenmal die Bronzetür.

Sie stand ganz für sich an der linken Wand des nahezu leeren Ladens. Sie stand etwa in zwei Fuß Abstand vor der Wand, auf ihrer eigenen Basis. Es war eine Flügeltür, offenbar aus Bronzeguß, obwohl das bei ihrer Größe eigentlich unmöglich schien. Sie war mit einem Schrift-Relief verziert, einem Wust aus arabischen Schnörkeln, einer endlosen Geschichte, die hier keinen Zuhörer fand, einer Prozession aus Bögen und Punkten, die alles mögliche ausdrücken konnten, von gesammelten Sprüchen aus dem Koran bis hin zu den Satzungen des gutorganisierten Harems.

Die Tür bestand keineswegs nur aus den beiden Flügeln. Sie hatte unten eine breite, schwere Basis und darüber einen

Aufbau, der von einem maurischen Bogen gekrönt wurde. Neben der Kante, an der die Flügel zusammentrafen, ragte ein riesiger Schlüssel aus einem riesigen Schlüsselloch, ein Schlüssel der Art, wie sie mittelalterliche Kerkermeister in mächtigen rasselnden Bunden am Ledergurt um den Leib zu tragen pflegten. Ein Schlüssel aus dem *Yeoman of the Guard* – ein Operettenschlüssel.

»Ah... die«, sagte Mr. Sutton-Cornish in die Stille. »Nun ja, wirklich, also wissen Sie, ich fürchte, wohl doch nicht, verstehn Sie.«

Der Auktionator seufzte. Vermutlich war keine Hoffnung je geringer gewesen, doch einen Seufzer war sie immerhin wert. Dann hielt er etwas in die Höhe, was geschnitztes Elfenbein hätte sein können, aber nicht war, starrte es pessimistisch an und warf sich wieder in die Brust:

»Nun, meine Herrschaften, habe ich hier eines der schönsten Stücke –«

Mr. Sutton-Cornish lächelte matt und glitt an der Menschentraube entlang, bis er nah an die Bronzetür kam.

Er stand davor, auf seinen Stock gestützt, einen mit polierter Rhinozeroshaut überzogenen Stahlstab von stumpfer Mahagoni-Farbe, einen Stock, auf den sich auch ein schwerer Mann hätte stützen können. Nach einer Weile streckte er müßig die Hand aus und drehte an dem großen Schlüssel. Der Schlüssel gab nur widerwillig nach, aber er gab nach. Ein Ring daneben diente als Türknauf. Mr. Sutton-Cornish drehte auch ihn und zerrte die eine Türhälfte auf.

Er straffte sich und steckte mit einer angenehm müßigen Gebärde seinen Stock durch die Öffnung. Und dann passierte ihm, zum zweitenmal an diesem Abend schon, etwas Unglaubliches.

Er fuhr scharf herum. Niemand schenkte ihm die geringste Beachtung. Die Auktion hatte sich totgelaufen. Die

65

stummen Männer schlenderten wieder in die Nacht hinaus. In einer Pause klang Hämmern auf im Hintergrund des Ladens. Der kleine beleibte Auktionator machte mehr und mehr den Eindruck, als müßte er ein faules Ei verzehren.

Mr. Sutton-Cornish blickte auf seine behandschuhte Rechte nieder. Es war kein Stock mehr darin. Sie war schlichtweg leer. Er trat auf die eine Seite und schaute hinter die Tür. Es lag kein Stock da, auf dem staubigen Boden.

Er hatte nichts gespürt. Nichts hatte ihm auch nur einen leisen Ruck gegeben. Der Stock war lediglich ein Stück weit durch die Tür gedrungen und – hatte einfach aufgehört zu existieren.

Er bückte sich nieder und hob ein Stück zerrissenes Papier auf, knüllte es hastig zu einem Ball zusammen, sah sich ebenso hastig noch einmal um und warf den Ball durch die Türöffnung.

Dann stieß er einen langsamen Seufzer aus, in dem so etwas wie jungsteinzeitliche Verzückung mit seinem zivilisierten Staunen im Widerstreit lag. Der Papierball fiel nicht zu Boden hinter der Tür. Er fiel, noch mitten in der Luft, einfach aus der sichtbaren Welt hinaus.

Mr. Sutton-Cornish streckte die leere Rechte aus und schob sehr langsam und vorsichtig die Türe zu. Dann stand er einfach da und leckte sich die Lippen.

»Eine Haremstür«, sagte er nach einer Weile ganz sanft. »Die Ausgangstür eines Harems. Wahrhaftig, das ist eine Idee.«

Und es war ja auch eine Idee, und eine ganz zauberhafte dazu. Die seidene Dame wurde, nachdem die Liebesnacht mit dem Sultan vorbei war, in aller Höflichkeit zu dieser Tür geleitet und schritt gelassen hindurch. Ins Nichts. Kein Schluchzen mehr in der Nacht, keine gebrochenen Herzen, kein Mohr mit grausamen Augen und großem Krummsäbel, keine seidene Schnur, kein Blut, kein dumpfes Platschen im mitternächtlichen Bosporus. Einfach das Nichts. Eine kühle, saubere, perfekt abgestimmte und vollkommen unwiderrufliche Tilgung des Vorhandenseins. Irgendwer schloß nur die Tür und verriegelte sie und zog den Schlüssel ab, und damit hatte sich's – bis zum nächstenmal.

Mr. Sutton-Cornish nahm gar nicht wahr, daß sich der Laden geleert hatte. Ganz schwach nur hörte er, wie sich die Tür zur Straße schloß, maß dem aber keine Bedeutung bei. Das Hämmern im Hintergrund brach für einen Augenblick ab, und Stimmen sprachen. Dann kamen Schritte näher. Es waren müde Schritte in der Stille, die Schritte eines Mannes, der genug hatte von diesem Tag und von sehr vielen solchen Tagen. Eine Stimme begann neben ihm zu sprechen, eine Feierabendstimme.

»Ein sehr schönes Stück, Sir. Allerdings ein bißchen abwegig für meinen Geschmack – um offen zu sein.«

Mr. Sutton-Cornish sah ihn nicht an, noch nicht.

»Ein bißchen abwegig für jedermanns Geschmack«, sagte er ernst.

»Ich sehe, Sie interessieren sich trotzdem dafür, Sir.«

Mr. Sutton-Cornish wandte langsam den Kopf. Hier unten am Boden, von seiner Kiste herunter, war der Auktionator bloß ein schmächtiges Männchen. Ein schäbiger, ungebügelter, rotäugiger kleiner Mann, der das Leben nicht gerade als Zuckerlecken kennengelernt hatte.

»Schon, aber was sollte man damit *machen?*« fragte Mr. Sutton-Cornish kehlig.

»Nun – es ist eine Tür wie jede andere auch, Sir. Ein bißchen schwer wohl, ein bißchen ausgefallen. Aber doch eine Tür wie jede andere.«

»Ich weiß nicht recht«, sagte Mr. Sutton-Cornish, noch immer mit kehliger Stimme.

Der Auktionator warf ihm einen raschen, taxierenden Blick zu, zuckte die Achseln und gab auf. Er setzte sich auf eine leere Kiste, zündete sich eine Zigarette an und ließ sich zwanglos ins Privatleben gehen.

»Was verlangen Sie denn dafür?« erkundigte sich Mr. Sutton-Cornish ganz plötzlich. »Was verlangen Sie dafür, Mr. – äh –«

»Skimp, Sir. Josiah Skimp. Nun, eine Zwanzig-Pfund-Note, Sir? Allein die Bronze dürfte das wert sein, als Kunstmaterial.« Die Augen des kleinen Mannes hatten wieder Glanz bekommen.

Mr. Sutton-Cornish nickte abwesend. »Davon verstehe ich nicht viel.«

»Aber gut und gerne, Sir.« Mr. Skimp hüpfte von seiner Kiste, kam herübergetapst und zog grunzend den einen Türflügel auf. »Geht mir über den Verstand, wie die überhaupt hierhergekommen ist. Für ausgemachte Lange Kerls. Nichts für so kleine Wichte wie mich. Schaun Sie, Sir.«

Mr. Sutton-Cornish hatte ein ziemlich gespenstisches Vorgefühl, natürlich. Aber er tat nichts dagegen. Er konnte's nicht. Die Zunge stak ihm in der Kehle, und seine Beine waren wie aus Eis. Der komische Kontrast zwischen der massiven Wucht der Tür und seiner eigenen schmächtigen Körperlichkeit schien Mr. Skimp zu belustigen. Sein kleines, rundes Gesicht spiegelte den Schatten eines Grinsens. Dann hob er den Fuß und hüpfte.

Mr. Sutton-Cornish sah ihm nach – solange es etwas zu sehen gab. Tatsächlich sah er noch viel länger hin. Das Gehämmer hinten im Laden schien zum Donner zu wachsen in der Stille.

Ein weiteresmal, nach längerer Zeit, beugte sich Mr. Sutton-Cornish vor und schloß die Tür. Diesmal drehte er den Schlüssel herum und zog ihn ab und steckte ihn in die Manteltasche.

»Müßte was tun«, murmelte er. »Man müßte was... kann doch nicht zulassen, daß so ein...« Seine Stimme verkroch sich, und dann zuckte er heftig zusammen, als habe ein scharfer Schmerz ihn durchfahren. Dann lachte er auf, laut und mißtönend. Kein natürliches Lachen. Kein sehr angenehmes Lachen.

»Das war ja gräßlich«, sagte er halblaut vor sich hin. »Aber erstaunlich komisch.« Er stand noch immer wie angewurzelt, als ein blasser junger Mann mit einem Hammer neben ihm auftauchte.

»Hat Mr. Skimp sich schon entfernt, Sir – falls Sie zufällig darauf geachtet haben sollten? Wir haben eigentlich schon geschlossen, Sir.«

Mr. Sutton-Cornish sah den blassen jungen Mann mit dem Hammer nicht an. Die Zunge klebte ihm am Gaumen, und mühsam sagte er:

»Ja ... Mr. Skimp hat sich ... entfernt.«

Der junge Mann wandte sich zum Gehen. Mr. Sutton-Cornish machte eine Handbewegung. »Ich habe diese Tür gekauft – von Mr. Skimp«, sagte er. »Zwanzig Pfund. Wollen Sie das Geld nehmen – und meine Karte?«

Der blasse junge Mann strahlte, entzückt darüber, daß er persönlich mit einem Verkauf zu tun bekam. Mr. Sutton-Cornish zog die Brieftasche hervor, entnahm ihr vier Fünf-Pfund-Noten, ferner eine Visitenkarte. Er schrieb etwas auf die Karte, mit einem kleinen goldenen Stift. Seine Hand zeigte eine überraschende Ruhe.

»Nr. 14 Grinling Crescent«, sagte er. »Lassen Sie die Tür auf jeden Fall gleich morgen schicken. Sie ist ... ist sehr schwer. Das Rollgeld werde ich natürlich bezahlen. Mr. Skimp wird –« Seine Stimme verkroch sich wieder. Nein, Mr. Skimp würde nicht mehr.

»Oh, das geht in Ordnung, Sir. Mr. Skimp ist mein Onkel.«

»Ach, das tut mir aber – – ich meine, nun, dann nehmen Sie bitte diese zehn Shilling für sich, ja?«

Mr. Sutton-Cornish verließ ziemlich hastig den Laden, und seine rechte Hand umklammerte tief in seiner Tasche den großen Schlüssel.

Ein gewöhnliches Taxi brachte ihn nach Hause zum Abendessen. Er speiste allein – nach drei Whiskys. Aber er war nicht so allein, wie er wirkte. Er würde es nie mehr sein.

Sie kam am nächsten Tag, in Sackleinen gehüllt und mit Stricken umwunden, und sah eigentlich ganz harmlos aus.

Vier bullige Männer in Lederschürzen schwitzten sie die vier Hausstufen hoch und hinein in die Halle, und dabei flogen eine Menge unfeine Äußerungen nur so herüber und hinüber. Sie hatten einen leichten Flaschenzug mitgebracht, um sie bequemer von ihrem Rollwagen herunterzubringen, aber die Stufen dann gaben ihnen fast den Rest. Endlich in der Halle, legten sie die Tür auf zwei niedrige Transportroller, und danach blieb alles in den Grenzen durchschnittlich schweißtreibender Plackerei. Sie stellten sie hinten in Mr. Sutton-Cornishs Arbeitszimmer auf, quer vor eine Art Alkoven, denn darauf hatte ihn eine besondere Überlegung gebracht.

Er gab ihnen ein großzügiges Trinkgeld, sie gingen weg, und Collins, der Butler, ließ die Haustür noch eine Weile offen, um die Wohnung durchzulüften.

Zimmerleute kamen. Das Sackleinen wurde abgestreift und eine Balkenkonstruktion um die Tür errichtet, so daß diese nun Teil einer Trennwand vor dem Alkoven wurde. Die Trennwand erhielt zusätzlich eine schmale Tür. Als die Arbeit getan und das Chaos beseitigt war, ließ Mr. Sutton-Cornish sich ein Ölkännchen geben und schloß sich in sein Arbeitszimmer ein. Dann, und erst dann, holte er den großen Bronzeschlüssel hervor und steckte ihn wieder in das riesige Schloß der Bronzetür und öffnete weit die beiden Flügel.

Er ölte die Angeln nur von der Rückseite her, für alle Fälle. Dann schloß er die Tür wieder und ölte das Schloß, entfernte den Schlüssel und machte sich zu einem schönen, langen Spaziergang auf, nach Kensington Gardens und zurück. Collins und das erste Stubenmädchen schauten sich die Tür an, während er aus dem Hause war. Die Köchin war noch nie oben gewesen.

»Geht mir über die Hutschnur, was der alte Narr eigentlich will«, sagte der Butler gefühllos. »Ich gebe ihm noch eine Woche, Bruggs. Wenn *sie* dann nicht zurück ist, schmeiße ich den Kram hin. Wie steht's mit Ihnen, Bruggs?«

»Lassen Sie ihm doch den Spaß«, sagte Bruggs und warf den Kopf zurück. »Diese alte Sau, mit der er verheiratet ist –«

»Bruggs!«

»Ach rutschen Sie mir doch den Buckel runter, Mr. Collins«, sagte Bruggs und stürmte aus dem Zimmer.

Mr. Collins verweilte noch lange genug, um den Whisky in der großen eckigen Karaffe auf Mr. Sutton-Cornishs Rauchtischchen zu probieren.

In einer flachen, hohen Vitrine im Alkoven hinter der Bronzetür stellte Mr. Sutton-Cornish allerlei Tand auf, altes Porzellan und Nippsachen und Elfenbeinschnitzereien und ein paar kleine Götzen aus glänzendem schwarzem Holz, sehr alt alles und unnütz. Es war kein sonderlicher Vorwand für eine so massive Tür. So stellte er noch drei Statuetten aus rosa Marmor dazu. Der Alkoven machte immer noch einen reichlich bescheidenen Eindruck. Natürlich stand die Bronzetür niemals offen, wenn nicht die Zimmertür verschlossen war.

Morgens wischte Bruggs oder das Stubenmädchen Mary Staub im Alkoven, der, natürlich, durch die Seitentür in der Trennwand betreten wurde. Das bereitete Mr. Sutton-Cornish anfangs immer ein heimliches Vergnügen, aber allmählich verlor dieses Vergnügen an Reiz. Etwa drei Wochen nachdem seine Frau mit Teddy fortgegangen war, passierte dann etwas, was ihn wieder aufheiterte.

Ein großer, brauner Mann mit gewichstem Schnurrbart

und sehr steten grauen Augen besuchte ihn und präsentierte eine Karte, die ihn als Detective-Sergeant Thomas Lloyd von Scotland Yard auswies. Er sagte, ein gewisser Josiah Skimp, Auktionator seines Zeichens, wohnhaft in Kennington, werde zum großen Leidwesen seiner Familie vermißt, und sein Neffe, ein gewisser George William Hawkins, ebenfalls Kennington, habe zufällig erwähnt, daß Mr. Sutton-Cornish am nämlichen Abend, da Mr. Skimp verschwand, in des letzteren Laden in Soho gewesen sei. Tatsächlich könnte Mr. Sutton-Cornish sogar der letzte gewesen sein, von dem man wisse, daß er mit Mr. Skimp gesprochen habe.

Mr. Sutton-Cornish stellte Whisky und Zigarren hin, legte die Fingerspitzen zusammen und nickte ernst.

»Ich entsinne mich seiner genau, Sergeant. In der Tat habe ich diese komische Tür dort bei ihm gekauft. Ein wunderliches Stück, nicht wahr?«

Der Sergeant warf einen Blick auf die Bronzetür, einen kurzen und leeren Blick.

»Nicht ganz mein Geschmack, Sir, fürchte ich. Da fällt mir ein, daß von der Tür auch die Rede war. Die Leute hatten ganz schön zu tun, um sie zu transportieren. Sehr milder Whisky, Sir. Wirklich sehr mild.«

»Bedienen Sie sich nur, Sergeant. Mr. Skimp ist also fortgelaufen und verschüttgegangen. Tut mir leid, daß ich Ihnen da nicht helfen kann. Wirklich gekannt habe ich ihn ja auch gar nicht, verstehen Sie.«

Der Sergeant bewegte nickend den großen, braunen Kopf. »Das hatte ich auch nicht angenommen, Sir. Der Fall ist dem Yard erst vor ein paar Tagen zugewiesen worden. Reiner Routine-Besuch, Sie wissen schon. Hat er irgendwie erregt gewirkt, zum Beispiel?«

»Er wirkte müde«, sagte Mr. Sutton-Cornish nachdenklich. »Als hätte er alles satt – das ganze Auktionsgeschäft. Ich habe nur einen Moment mit ihm gesprochen. Über die Tür, wissen Sie. Ein netter kleiner Mann – aber müde.«

Der Sergeant machte sich nicht die Mühe, der Tür einen weiteren Blick zu schenken. Er trank seinen Whisky aus und genehmigte sich einen zweiten Schluck.

»Keine familiären Probleme«, sagte er. »Nicht viel Geld, aber wer hat das heutzutage auch schon? Kein Skandal. Und gar nicht der melancholische Typ, heißt es. Merkwürdig.«

»Es gibt schon sehr sonderbare Typen in Soho«, sagte Mr. Sutton-Cornish milde.

Der Sergeant dachte darüber nach. »Harmlos aber. Früher mal ein rauhes Pflaster, die Gegend, aber in unserer Zeit nicht mehr. Dürfte ich vielleicht fragen, was Sie da gemacht haben?«

»Kleinen Spaziergang«, sagte Mr. Sutton-Cornish. »Bloß einen kleinen Spaziergang. Noch einen Schluck?«

»Nun, also, wirklich, Sir, drei Whiskys am Morgen... na, einmal ist keinmal, und vielen Dank auch, Sir.«

Detective-Sergeant Lloyd entfernte sich wieder – und ziemlich ungern.

Als er etwa zehn Minuten fort war, stand Mr. Sutton-Cornish auf und schloß die Tür des Arbeitszimmers ab. Er schritt auf leisen Sohlen durch den langen, engen Raum und zog den großen Bronzeschlüssel aus seiner inneren Brusttasche, wo er ihn jetzt ständig bei sich trug.

Die Tür war jetzt lautlos und leicht zu öffnen. Sie war gut ausgewuchtet für ihr Gewicht. Er öffnete sie weit, auf beiden Seiten.

»Mr. Skimp«, sagte er sanft in die Leere, »Sie werden von der Polizei gesucht, Mr. Skimp.«

Sein Vergnügen daran dauerte gut und gern bis zum Mittagessen.

Am Nachmittag kam Mrs. Sutton-Cornish zurück. Sie tauchte ganz plötzlich im Arbeitszimmer auf, rümpfte ob des Tabak- und Whiskygeruchs angewidert die Nase, lehnte einen Stuhl ab und blieb wuchtig und finster an der Tür stehen, die sie hinter sich geschlossen hatte. Teddy stand einen Augenblick still neben ihr, dann stürzte er sich auf die Teppichkante.

»Hör auf, du kleines Biest. Hör sofort damit auf, mein Liebling«, sagte Mrs. Sutton-Cornish.

Sie nahm Teddy hoch und streichelte ihn. Er lag in ihren Armen und leckte ihr die Nase und grinste höhnisch zu Mr. Sutton-Cornish hinüber.

»Ich habe«, sagte Mrs. Sutton-Cornish mit einer Stimme, die so spröde war wie trockener Talg, »nach zahlreichen sehr langweiligen Unterredungen mit meinem Anwalt festgestellt, daß ich ohne deine Mithilfe nichts machen kann. Naturgemäß bitte ich dich nur ungern darum.«

Mr. Sutton-Cornish vollführte kraftlose, auf einen Stuhl deutende Handbewegungen, und als diese ignoriert wurden, lehnte er sich resigniert gegen den Kamin. Er sagte, dem werde wohl so sein.

»Vielleicht ist es deiner Aufmerksamkeit entgangen, daß ich noch eine verhältnismäßig junge Frau bin. Und wir leben in einer modernen Zeit, James.«

Mr. Sutton-Cornish lächelte fahl und streifte die Bronzetür mit einem kurzen Blick. Sie hatte die Neuerwerbung noch gar nicht bemerkt. Dann legte er den Kopf auf die Seite und zog die Nase kraus und sagte milde, ohne sonderliches Interesse: »Du denkst an Scheidung?«

»Ich denke an sehr wenig anderes mehr«, sagte sie brutal.

»Und du wünschest nun, daß ich mich in der üblichen Weise kompromittiere, in Brighton, mit einer Dame, die man vor Gericht dann als Schauspielerin beschreiben wird?«

Sie funkelte ihn an. Teddy half ihr dabei. Ihren vereinten Bemühungen gelang es jedoch nicht, Mr. Sutton-Cornish zu verstören. Er gebot jetzt über andere Mittel.

»Nicht mit dem Köter da«, sagte er lässig, als sie keine Antwort gab.

Sie gab einen wilden Zornlaut von sich, ein Schnaufen, das fast wie ein Fauchen klang. Dann setzte sie sich, sehr langsam und schwerfällig, ein bißchen verdutzt. Sie ließ Teddy zu Boden springen.

»Wovon redest du eigentlich?« fragte sie erschlaffend.

Er schlenderte zur Bronzetür hinüber, lehnte sich mit dem Rücken dagegen und erkundete mit einer Fingerkuppe ihr reiches Relief. Selbst jetzt bemerkte sie die Tür noch immer nicht.

»Du willst die Scheidung, meine liebe Louella«, sagte er langsam, »damit du einen anderen Mann heiraten kannst. Mit diesem Köter da ist das absolut aussichtslos. Es lohnt nicht, deswegen eine solche Demütigung auf sich zu nehmen. Es hätte keinen Sinn. Kein Mann würde diesen Hund da heiraten.«

»James – versuchst du mich etwa zu erpressen?« Ihre Stimme hatte einen grauenhaften Klang, wie eine rostige Trompete. Teddy kroch zu den Fenstervorhängen hinüber und streckte sich mit biederer Miene davor aus.

»Und selbst wenn's einer täte«, sagte Mr. Sutton-Cornish mit unheimlicher Ruhe in der Stimme, »sollte ich mich nicht der Beihilfe schuldig machen. Schon aus menschlichem Mitgefühl dürfte ich –«

»James! Wie kannst du es wagen! Du machst mich krank mit deiner Heuchelei!«

Zum erstenmal in seinem Leben lachte James Sutton-Cornish seiner Frau ins Gesicht.

»Das sind die albernsten Sätze, die ich mir je im Leben anhören mußte«, sagte er. »Du bist eine ältliche, übergewichtige und verdammt öde Person. Mach daß du fortkommst und nimm deine elende braune Küchenschabe mit.«

Sie stand schnell auf, sehr schnell für ihre Verhältnisse,

und stand einen Moment lang fast schwankend da. Ihre Augen waren so leer wie die einer Blinden.

In der Stille zerrte Teddy gereizt an einem der Vorhänge, mit bitterem, bösem Knurren, dem jedoch keiner der beiden Beachtung schenkte.

Sie sagte sehr langsam und fast sanft: »Wir werden sehen, wie lange du noch in deines Vaters Hause bleiben wirst, James Sutton-Cornish – *du Hungerleider!*«

Sie legte das kurze Stück zur Tür sehr rasch zurück, schritt hindurch und schlug sie krachend hinter sich zu.

Das Zuschlagen der Tür, ein ungewöhnliches Ereignis in diesem Haushalt, schien ein vielfaches Echo zu wecken, wie es lange nicht mehr beschworen worden war. Deshalb wurde Mr. Sutton-Cornish des leisen, eigentümlichen Lauts auf seiner Seite der Tür gar nicht sofort gewahr, einer Mischung aus Schniefen und Winseln, die nur noch eine winzige Spur von Knurren enthielt.

Teddy. Teddy hatte die Tür nicht mehr geschafft. Der jähe, erbitterte Gang seiner Herrin hatte ihn ein einzigesmal in einem Moment des Dösens überrascht. Teddy war eingesperrt – bei Mr. Sutton-Cornish.

Ein Weilchen beobachtete Mr. Sutton-Cornish ihn ziemlich abwesend, immer noch erschüttert von der Unterhaltung, so daß er noch nicht voll erfaßte, was geschehen war. Die kleine, feuchte, schwarze Schnauze erkundete den Spalt am Fuß der geschlossenen Tür. Hin und wieder, während das Winseln und Schniefen fortdauerte, wandte Teddy dem Mann, den er haßte, ein rötlich braunes, vorquellendes Auge zu, ein Auge, das aussah wie eine dicke nasse Murmel.

Dann fuhr Mr. Sutton-Cornish ziemlich plötzlich aus seiner Betäubung auf. Er straffte sich und strahlte. »Tja, nun, mein Alter«, schnurrte er. »Da wären wir ja endlich einmal alleine, ganz unter uns.«

Arglist glomm in seinem strahlenden Blick. Teddy las sie daraus und verkroch sich unter einem Stuhl. Er war jetzt still, sehr still. Und auch Mr. Sutton-Cornish war still, als er sich flink an der Wand entlangbewegte und den Schlüssel in der Tür seines Arbeitszimmers umdrehte. Dann eilte er auf den Alkoven zu, grub den Schlüssel zur Bronzetür aus der Tasche, schloß auf und öffnete sie – weit.

Er schlenderte zu Teddy zurück, an Teddy vorbei, zum Fenster hinüber.

»Tja, endlich einmal unter uns, mein Alter. Das ist schön, was? Einen Schluck Whisky, mein Alter?«

Teddy gab nur einen ganz kleinen Laut von sich unter dem Stuhl, und Mr. Sutton-Cornish schlich sich auf leisen Sohlen an ihn heran, bückte sich jäh und wollte ihn packen. Teddy floh zu einem anderen Stuhl, weiter hinten im Zimmer. Er schnaufte, und die Augen quollen ihm noch runder und feuchter aus dem Kopf als sonst, aber er war still, bis auf das Schnaufen. Und Mr. Sutton-Cornish, der ihm geduldig von Stuhl zu Stuhl nachpirschte, war so still wie das letzte Blatt im Herbst, das in langsamen Strudelkreisen in einem windstillen Gehölz zu Boden sinkt.

Um diese Zeit etwa drehte sich scharf der Türknauf. Mr. Sutton-Cornish hielt inne, lächelte und schnalzte mit der Zunge. Ein scharfes Klopfen folgte. Er ignorierte es. Das Klopfen ging weiter, schärfer und schärfer, und eine wütende Stimme gesellte sich als Begleitung hinzu.

Mr. Sutton-Cornish fuhr fort, Teddy nachzupirschen. Teddy tat, was er konnte, aber das Zimmer war eng, und Mr. Sutton-Cornish war geduldig und konnte ziemlich behende sein, wenn er es sein wollte. Im Interesse der Behendigkeit war er jetzt sogar entschlossen, sich seiner Würde zu begeben.

Das Klopfen und Rufen draußen vor der Tür dauerte fort, aber drinnen im Zimmer konnten die Dinge nur einen Ausgang nehmen. Teddy erreichte die Schwelle der Bronzetür, beschnüffelte sie kurz, hätte ums Haar verächtlich ein Bein gehoben, tat es aber nicht, da Mr. Sutton-Cornish ihm zu nahe war. Er gab nur ein leises Knurren über die Schulter von sich und setzte über die verhängnisvolle Schwelle.

Mr. Sutton-Cornish flitzte zur Zimmertür zurück, drehte rasch und lautlos den Schlüssel herum, stahl sich zu einem Sessel hinüber und streckte sich lachend hinein. Er lachte noch, als Mrs. Sutton-Cornish auf den Gedanken verfiel, den Türknauf nochmals zu probieren, die Tür diesmal gefügig fand und ins Zimmer stürmte. Durch den Nebel seines grausigen, einsamen Gelächters sah er ihren kalten, starren Blick, hörte sie dann im Zimmer herumfuchteln, hörte sie nach Teddy rufen.

Plötzlich hörte er sie jäh explodieren: »Was soll das heißen, was sollen die Faxen – Teddy! Komm, sei wieder Muttis kleines Lämmchen! Komm, Teddy!«

Selbst in seinem Lachen spürte Mr. Sutton-Cornish, wie die Schwinge eines Bedauerns seine Wange streifte. Armer kleiner Teddy. Er hörte auf zu lachen und setzte sich auf, steif und gespannt. Das Zimmer war so still auf einmal.

»Louella!« rief er scharf.

Kein Laut gab ihm Antwort.

Er schloß die Augen, schluckte, schlug sie wieder auf, ging langsam mit starrem Blick durch das Zimmer. Er blieb vor seinem kleinen Alkoven stehen, lange Zeit, und schaute und schaute hinein durch das Bronzeportal auf die unschuldige kleine Schnickschnack-Sammlung darin.

Er schloß die Tür mit bebenden Händen, stopfte den Schlüssel tief in die Tasche, goß sich einen steifen Whisky ein.

Eine gespenstische Stimme, die irgendwie seiner eigenen glich und doch auch wieder nicht glich, sagte laut, ganz nah an seinem Ohr:

»So etwas hab ich wirklich nicht gewollt... nie... niemals... oh, niemals, wirklich... oder...« – nach einer langen Pause – »... oder doch?«

Vom Whisky gestärkt, schlich er sich in die Halle und zur Haustür hinaus, ohne daß Collins ihn sah. Kein Wagen wartete draußen. Wie das Glück es wollte, war sie offenbar mit der Bahn von Chinverly gekommen und hatte dann ein Taxi genommen.

Dem Taxi würden sie natürlich auf die Spur kommen – später, wenn sie der Sache nachgingen. Schön nützen würde ihnen das.

Der nächste war Collins. Über Collins dachte er eine ganze Weile nach, und sein Blick streifte immer wieder die Bronzetür dabei, aber schließlich schüttelte er doch den Kopf.

»Nein, so nicht«, murmelte er. »Irgendwo muß die Grenze sein. Ich kann ja nicht eine ganze Prozession –«

Er trank noch etwas Whisky und läutete dann. Collins machte es ihm ziemlich einfach.

»Waren Sie das, Sir?«

»Was haben denn Sie gedacht?« fragte Mr. Sutton-Cornish, mit ein bißchen schwerer Zunge. »Vielleicht ein Kanarienvogel?«

Collins' Kinn schnappte volle zwei Zoll zurück.

»Die alte Dame ist zum Abendessen nicht mehr hier, Collins. Ich selber gedenke auswärts zu speisen. Das wäre alles.«

Collins starrte ihn an. Ein bleiches Grau breitete sich über sein Gesicht, mit einer kleinen Rötung auf den Backenknochen.

»Sie beziehen sich auf Mrs. Sutton-Cornish, Sir?«

Mr. Sutton-Cornish bekam einen Schluckauf. »Auf wen denn sonst? Sie ist nach Chinverly zurück, um noch ein Weilchen im eigenen Saft zu schmoren. Hat ja auch mehr als genug davon.«

Mit tödlicher Höflichkeit sagte Collins: »Ich hatte Sie ohnehin fragen wollen, Sir, ob Mrs. Sutton-Cornish wieder hierher zurückkehrt – für immer. Sonst –«

»Los doch, sprechen Sie nur weiter.« Erneutes Aufstoßen.
»Sonst würde ich auch nicht mehr bleiben mögen, Sir.«

Mr. Sutton-Cornish stand auf und trat nah an Collins heran und blies ihm seinen Atem ins Gesicht. Haig & Haig. Ein guter Atem, Klassemarke.

»Hinaus!« krächzte er. »Hinaus mit Ihnen! Gehen Sie nach oben und packen Sie Ihre Sachen. Ihr Scheck wird bereitliegen. Ein voller Monatslohn. Zweiunddreißig Pfund insgesamt, glaube ich.«

Collins trat zurück und bewegte sich zur Tür. »Das entspricht vollkommen meinen Wünschen, Sir. Zweiunddreißig Pfund ist genau zutreffend.« Er hatte die Tür erreicht, sprach aber noch einmal, bevor er sie öffnete. »Auf ein Zeugnis von *Ihnen,* Sir, wird kein Wert gelegt.«

Er ging hinaus und schloß leise die Tür.

»Ha!« sagte Mr. Sutton-Cornish.

Dann grinste er schlau, legte die Maske des Wütenden oder Betrunkenen ab und setzte sich hin, um den Scheck auszustellen.

Er speiste auswärts an diesem Abend, und auch am nächsten Abend und am übernächsten. Die Köchin ging am dritten Tag und nahm das Küchenmädchen mit. Blieben noch Bruggs und Mary, das Stubenmädchen. Am fünften Tag überreichte ihm auch Bruggs unter Tränen ihre Kündigung.

»Ich würde am liebsten sofort gehen, Sir, wenn Sie mich lassen«, schluchzte sie. »Es ist so gruselig hier geworden im Haus, seit die Köchin und Mr. Collins und Teddy und Mrs. Sutton-Cornish weg sind.«

Mr. Sutton-Cornish tätschelte ihr den Arm. »Die Köchin und Mr. Collins und Teddy und Mrs. Sutton-Cornish«, wiederholte er. »Wenn sie doch diese Rangordnung hätte hören können!«

Bruggs starrte ihn an, mit roten Augen. Er tätschelte ihr nochmals den Arm. »Ist schon gut, Bruggs. Ich gebe Ihnen

Ihren vollen Monatslohn. Und sagen Sie Mary, daß sie auch gehen soll. Ich werde das Haus wohl zusperren und eine Weile in Südfrankreich leben. Aber nun weinen Sie mal nicht, Bruggs.«

»Nein, Sir.« Sie heulte sich aus dem Zimmer.

Er ging nicht nach Südfrankreich, natürlich nicht. Es machte viel zuviel Spaß hier, wo er war – endlich allein im Haus seiner Väter. Der Spaß war vielleicht ja nicht ganz das, was sie gutgeheißen hätten, mit Ausnahme allenfalls des Generals. Aber doch das Beste, was ihm widerfahren konnte.

Fast über Nacht bekam das Haus die Atmosphäre einer leergebrannten Stätte. Er hielt die Fenster geschlossen und hatte die Rouleaus heruntergezogen. Das dünkte ihn eine Geste des Respekts zu sein, die zu unterlassen er sich nicht leisten konnte.

Scotland Yard bewegt sich mit der tödlichen Verläßlichkeit eines Gletschers und zuzeiten fast ebenso langsam. So dauerte es einen vollen Monat und neun Tage, bis Detective-Sergeant Lloyd wieder in Nr. 14 Grinling Crescent vorsprach.

Inzwischen hatte die Haustreppe längst ihre weiße Heiterkeit verloren. Die apfelgrüne Tür hatte eine düstere Grauschattierung angenommen. Die Messingblende um die Klingel, der Klopfer, das große Schnappschloß, alles war angelaufen und fleckig, wie die Messingteile eines alten Frachters, der ums Kap Horn herumtuckert. Wer geklingelt hatte am Haus, entfernte sich nach einer Weile wieder, nicht ohne sich noch mehrmals umzusehen, und Mr. Sutton-Cornish spähte seitlich an einem heruntergezogenen Rouleau vorbei hinter ihm her.

Er braute sich sonderbare Mahlzeiten zusammen in der hohl hallenden Küche, wenn er nach Einbruch der Dunkelheit mit sehr ramponiert wirkenden Eßsachenpaketen ins Haus geschlichen war. Später dann schlich er mit tief in die

Stirn gezogenem Hut und hochgeschlagenem Mantelkragen
wieder hinaus, warf einen raschen Blick die Straße hinauf
und hinab und drückte sich um die Ecke. Der Polizei-Kon-
stabler, der hier seinen Dienst versah, beobachtete ihn gelegentlich bei diesen Manövern und rieb sich jedesmal nicht
schlecht das Kinn.

Längst kein Studienobjekt mehr, nicht einmal zum
Thema verwelkte Eleganz, wurde Mr. Sutton-Cornish
Kunde in obskuren Speiselokalen, wo Fuhrleute in Eßni-
schen, die wie Pferdeställe waren, an nackten Tischen ihre
Suppe bliesen; in ausländischen Cafés, wo Männer mit
blauschwarzem Haar und spitzen Schuhen endlos bei winzigen Flaschen Wein dinierten; in überfüllten, anonymen
Imbißstuben, wo das Essen so fade und müde aussah wie
die Leute, die es zu sich nahmen.

Er befand sich auch nicht mehr bei voller geistiger
Gesundheit. In seinem trockenen, einsamen, vergifteten
Gelächter lag das Geräusch zerbröckelnder Mauern. Selbst
die ausgemergelten Stromer unter den Bögen des Thames
Embankment, die ihm zuhörten, weil er dann und wann
einen Sixpence springen ließ, selbst sie waren froh, wenn
er weiterging, vorsichtig weiterschritt in seinen ungeputzten
Schuhen, leicht den Stock schwingend, den er nicht mehr
besaß.

Dann, eines späten Abends, als er leise heimkehrte aus der
dumpf-grauen Dunkelheit, fand er den Mann von Scotland Yard neben den schmutzigen Hausstufen auf der
Lauer, mit einer Miene im Gesicht, als glaube er sich hinter
einem Laternenpfahl verborgen.

»Ich würde Sie ganz gerne mal kurz sprechen, Sir«, sagte
er und trat forsch einen Schritt vor und hielt dabei die
Hände, als müßte er sie unter Umständen ganz plötzlich
gebrauchen.

»Reizend von Ihnen, freut mich«, kicherte Mr. Sutton-
Cornish. »Treten Sie nur immer ein.«

Er öffnete die Tür mit seinem Hausschlüssel, knipste das Licht an und stieg mit gewohnter Leichtigkeit über den Haufen staubiger Briefe weg, der am Boden lag.

»Habe mir das Personal vom Hals geschafft«, erklärte er dem Beamten. »Wollte immer schon eines Tages mal alleine sein.«

Der Teppich war mit abgebrannten Streichhölzern bedeckt, mit Pfeifenasche und zerrissenem Papier, und in den Ecken der Halle hingen Spinnweben. Mr. Sutton-Cornish öffnete seine Arbeitszimmertür, knipste auch hier das Licht an und trat beiseite. Der Sergeant ging, sichtbar auf der Hut, an ihm vorbei und nahm den Zustand des Hauses weiter scharf in den Blick.

Mr. Sutton-Cornish schob ihn in einen staubigen Sessel, warf ihm eine Zigarre zu und griff nach der Whisky-Karaffe.

»Dienstlich oder zum Privatvergnügen diesmal?« erkundigte er sich durchtrieben.

Detective-Sergeant Lloyd hielt seinen harten Hut auf dem Knie und betrachtete unschlüssig die Zigarre. »Rauche sie später, besten Dank, Sir ... Dienstlich, möchte ich doch sagen. Ich habe Befehl, Nachforschungen über den Verbleib von Mrs. Sutton-Cornish anzustellen.«

Mr. Sutton-Cornish schlürfte leutselig seinen Whisky und wies auf die Karaffe. Er trank den Whisky jetzt pur. »Hab nicht die leiseste Ahnung«, sagte er. »Wieso denn? Unten in Chinverly, nehme ich an. Ein Landhaus. Es gehört ihr.«

»Leider is sie da nich«, sagte Detective-Sergeant Lloyd, indem er ganz kurz in einen saloppen Ton verfiel, den er sich sonst kaum noch gestattete. »Sie haben sich getrennt, ist mir gesagt worden«, fügte er grimmig hinzu.

»Das ist *unsere* Sache, mein Guter.«

»Bis zu einem bestimmten Punkt, ja, Sir. Nicht aber, nachdem ihr Anwalt sie nirgends finden kann und sie auch nirgends mehr gesehen worden ist, wo man sie finden könnte. Dann nicht, dann ist das nicht mehr nur Ihre Sache.«

Mr. Sutton-Cornish dachte darüber nach. »Da könnte was dran sein – wie die Amerikaner sagen«, räumte er ein.

Der Sergeant strich sich mit einer großen blassen Hand über die Stirn und beugte sich vor.

»Dann packen Sie mal aus, Sir«, sagte er rasch. »Auf die Länge ist das immer am besten. Am besten für alle. Mit Faxen gewinnt man nichts. Was Recht ist, muß auch Recht bleiben.«

»Trinken Sie doch einen Schluck«, sagte Mr. Sutton-Cornish.

»Heute abend nicht«, sagte Detective-Sergeant Lloyd grimmig.

»Sie hat mich verlassen«, sagte Mr. Sutton-Cornish achselzuckend. »Und deswegen hat auch das Personal mich verlassen. Sie wissen ja, wie die Dienstboten sind heutzutage. Sonst weiß ich nichts, keine blasse Ahnung.«

»O doch, und *ob* Sie das wissen, Mann!« platzte der Sergeant heraus, und seine West-End-Manieren kamen ein weiteres Mal ins Wanken. »Zwar liegt keine bestimmte Anklage vor, aber ich wette, Sie wissen genau Bescheid, genau Bescheid!«

Mr. Sutton-Cornish lächelte gemütlich und heiter. Der Sergeant machte ein finsteres Gesicht und fuhr fort: »Wir haben uns die Freiheit genommen, Sie ein bißchen im Auge zu behalten, und für einen Gentleman in Ihrer Position haben Sie – hm, in letzter Zeit ein verdammt sonderbares Leben geführt, wenn ich mal so sagen darf.«

»Sie dürfen so sagen, und dann dürfen Sie sich aus dem Haus scheren und zum Teufel«, sagte Mr. Sutton-Cornish plötzlich.

»Nicht so hastig. Vorerst bleibe ich noch ein bißchen.«

»Vielleicht eine kleine Haussuchung gefällig?«

»Vielleicht. Vielleicht. Das hat keine Eile. Dazu braucht man Zeit. Und manchmal ein paar Schaufeln.« Detective-Sergeant Lloyd erlaubte sich ein ziemlich garstiges Grinsen. »Ich habe den Eindruck, daß die Leute ein bißchen zu häufig verschwinden, wenn Sie in der Nähe sind. Nehmen wir diesen Skimp. Nehmen wir jetzt Mrs. Sutton-Cornish.«

Mr. Sutton-Cornish starrte ihn mit genüßlicher Bosheit an. »Und wohin, Sergeant, begeben sich Ihrer Erfahrung nach Leute, wenn sie verschwinden?«

»Manchmal verschwinden sie gar nicht. Manchmal *läßt* sie bloß jemand verschwinden.« Der Sergeant leckte sich die kräftigen Lippen, mit einem Ausdruck, der an eine Katze gemahnte.

Mr. Sutton-Cornish hob langsam den Arm und deutete auf die Bronzetür. »Sie haben es gewollt, Sergeant«, sagte er liebenswürdig. »Sie sollen es haben. *Dort* müssen Sie nachschauen, wenn Sie Mr. Skimp suchen und Teddy den Spitz und meine Frau. Dort – hinter dieser alten Bronzetür.«

Der Sergeant wandte den Blick keinen Zoll zur Seite. Lange änderte sich auch sein Ausdruck nicht. Dann grinste er, ganz freundlich. Es war noch etwas anderes in seinen Augen, aber es trat nicht hervor.

»Machen wir beiden, Sie und ich, doch mal einen netten kleinen Spaziergang«, sagte er forsch. »Die frische Luft würde Ihnen guttun, Sir. Kommen Sie –«

»Dort«, verkündete Mr. Sutton-Cornish, den Arm noch immer starr ausgestreckt, »dort hinter der Tür.«

»Na, na«, sagte Detective-Sergeant Lloyd und hob schalkhaft einen dicken Finger. »Zuviel allein gewesen, davon kommt das, Sir. Zuviel nachgedacht über Sachen. Mach ich selber hin und wieder. Wird man leicht matschig von in der Birne. Machen Sie einen netten kleinen Spaziergang mit mir, Sir. Wir kehren irgendwo ein und nehmen einen netten kleinen –«

Der große braune Mann pflanzte einen Zeigefinger auf seine Nasenspitze und kippte den Kopf zurück und machte dabei mit dem kleinen Finger zugleich eine schwänzelnde Bewegung in der Luft. Aber seine steten grauen Augen blieben in einer anderen Stimmung.

»Erst schauen wir uns meine Bronzetür an.«

Mr. Sutton-Cornish hüpfte aus seinem Sessel. Der Sergeant hatte ihn wie der Blitz beim Arm gepackt. »Machen Sie keine Sachen«, sagte er mit frostiger Stimme. »Immer schön ruhig geblieben.«

»Schlüssel ist hier drin«, sagte Mr. Sutton-Cornish und zeigte auf seine Brusttasche, versuchte aber nicht, mit der Hand hineinzulangen.

Der Sergeant zog ihn für ihn heraus, starrte ihn düster an.

»Alle hinter der Tür – an Fleischerhaken«, sagte Mr. Sutton-Cornish. »Alle drei. Kleiner Haken für Teddy. Sehr großer Haken für meine Frau. *Sehr* großer Fleischerhaken.«

Indem er ihn mit der linken Hand festhielt, dachte Detective-Sergeant Lloyd darüber nach. Seine blassen Brauen zogen sich zusammen. Sein großes, vom Wetter gegerbtes Gesicht schaute grimmig drein – aber auch skeptisch.

»Nachschauen kann nichts schaden«, sagte er schließlich.

Er schob Mr. Sutton-Cornish vor sich her durch das Zimmer, stieß den Bronzeschlüssel in das riesige altertümliche Schloß, drehte den Ring und öffnete die Tür.

Er öffnete beide Seiten. Er stand da und blickte in den ganz unschuldigen Alkoven, der nur die Vitrinen voll Schnickschnack enthielt und absolut nichts sonst. Er wurde wieder freundlich.

»Fleischerhaken, sagten Sie, Sir? Allerliebst, wenn ich einmal so sagen darf.«

Er lachte, ließ Mr. Sutton-Cornishs Arm los und wippte auf den Absätzen.

»Wofür zum Teufel soll das gut sein?« fragte er.

Mr. Sutton-Cornish duckte sich blitzschnell vor und sprang mit aller Kraft seiner dürren Gestalt auf den massigen Beamten ein.

»Machen Sie doch selber einen kleinen Spaziergang – und finden Sie's raus!« schrie er.

Detective-Sergeant Lloyd war ein großer und stämmiger Mann und vermutlich gewohnt, daß man ihn anrempelte. Mr. Sutton-Cornish hätte ihn schwerlich auch nur sechs Zoll von der Stelle bringen können, selbst mit Anlauf. Aber die Bronzetür hatte eine hohe Schwelle. Der Sergeant reagierte mit der flinken Geschmeidigkeit seines Berufs, fuhr mit Schwung herum, und sein Fuß kratschte gegen die Bronzeschwelle.

Wenn das nicht gewesen wäre, hätte er Mr. Sutton-Cornish sauber aus der Luft gepflückt und wie ein zappelndes Kätzchen zwischen Daumen und Zeigefinger festgehalten. Aber der jähe Widerstand der Schwelle brachte ihn aus dem Gleichgewicht. Er stolperte ein bißchen, und der Schwung riß seinen Körper Mr. Sutton-Cornish gänzlich aus dem Weg.

Mr. Sutton-Cornish rempelte in leeren Raum – in den leeren Raum, den die majestätische Bronzetür umrahmte. Er fuhr durch die Luft, wollte sich festhalten – fiel – ohne festen Halt – über die Schwelle – – –

Detective-Sergeant Lloyd richtete sich langsam auf, drehte den dicken Hals und starrte. Er trat ein wenig von der Schwelle zurück, um vollkommen sicher zu gehen, daß die Türflügel ihm nichts verbargen. Sie taten es nicht. Er sah eine Vitrine mit allerlei sonderbaren Porzellansachen, Schnickschnack aus geschnitztem Elfenbein und glänzendem schwarzen Holz, und oben auf der Vitrine drei kleine Statuetten aus rosa Marmor.

Er sah nichts sonst. Es gab nichts sonst darin zu sehen.

»Himmelsakra!« sagte er schließlich heftig. Wenigstens

meinte er es gesagt zu haben. Irgendwer hatte es auch gesagt. Er war einer Sache niemals mehr ganz sicher – seit diesem Abend.

Der Whisky machte einen normalen Eindruck. Er roch auch ganz normal. Zitternd, daß er kaum die Karaffe halten konnte, goß Detective-Sergeant Lloyd sich einen kleinen Schluck in ein Glas und ließ ihn sich über die trockene Zunge laufen und wartete.

Nach einer kleinen Weile trank er ein weiteres Schlückchen. Und wartete weiter. Dann trank er einen richtig steifen Schluck – einen sehr steifen Schluck.

Er setzte sich in den Sessel neben dem Whisky und zog ein großes gefaltetes Baumwolltaschentuch aus der Tasche und faltete es langsam auseinander und wischte sich Gesicht und Nacken ab.

Nach einer kleinen Weile zitterte er nicht mehr ganz so sehr. Wärme begann ihn zu durchfluten. Er stand auf, trank noch ein bißchen Whisky, ging dann langsam und bitter durchs Zimmer zurück. Er schwang die Bronzetür zu, schloß ab, steckte den Schlüssel tief in die Tasche. Er öffnete die Seitentür in der Trennwand, faßte sich ein Herz und trat hindurch in den Alkoven. Er sah sich die Rückseite der Bronzetür an. Er berührte sie. Es war nicht sehr hell hier drinnen, aber er konnte doch erkennen, daß der Raum leer war, bis auf die alberne Vitrine. Er trat wieder heraus und schüttelte den Kopf.

»Das darf doch nicht wahr sein«, sagte er laut. »So was gibt's doch gar nicht. Nie im Leben nicht.«

Dann bekam er, mit der jähen Unvernunft eines vernünftigen Mannes, einen Wutanfall.

»Wenn ich dafür gradestehen muß«, sagte er zwischen den Zähnen, »dann gute Nacht.«

Er ging in den dunklen Keller hinunter, stöberte herum, bis er ein Handbeil fand, und trug es nach oben.

Er hackte die Holzwand in Stücke, klitzeklein. Als das

geschafft war, stand die Bronzetür allein auf ihrer Basis, von Holzhaufen umgeben, doch ohne Halt durch sie. Detective-Sergeant Lloyd legte das Handbeil weg, wischte sich Hände und Gesicht mit seinem großen Taschentuch ab und trat wieder hinter die Tür. Er stemmte die Schulter dagegen und biß die starken, gelben Zähne zusammen.

Nur ein brutal entschlossener Mann von riesiger Körperkraft konnte es schaffen. Die Tür fiel vornüber, mit einem schweren, dröhnenden Krach, der das ganze Haus zu erschüttern schien. Das Echo dieses Krachs verebbte langsam, fern in unendlichen Weiten der Skepsis.

Dann war das Haus wieder still. Der große Mann ging in die Halle und schaute zur Haustür hinaus.

Er zog seinen Mantel über, rückte den harten Hut zurecht, faltete sein feuchtes Taschentuch sorgfältig wieder zusammen und steckte es in die Hüfttasche, zündete sich die Zigarre an, die Mr. Sutton-Cornish ihm gegeben hatte, nahm noch einen Whisky zu sich und stolzierte zur Tür.

Dort wandte er sich um und grinste höhnisch auf die Bronzetür nieder, die dort im Chaos von Holzsplittern lag, gefällt, doch immer noch riesengroß.

»Zur Hölle mit dir, wer immer du bist«, sagte Detective-Sergeant Lloyd. »Ich laß mich doch nicht blödmachen!«

Er schloß die Haustür hinter sich. Ein bißchen Hochnebel draußen, ein paar blasse Sterne, eine ruhige Straße mit erleuchteten Fenstern. Zwei oder drei Autos, die teuer aussahen; wahrscheinlich hockten Chauffeure drin, aber zu sehen war keiner. Er ging schräg über die Straße und stapfte am hohen Eisenzaun des Parks entlang. Ganz schwach konnte er durch die Rhododendronbüsche den kleinen Zierteich schimmern sehen. Er warf einen Blick die Straße hinauf und hinunter und zog den großen Bronzeschlüssel aus der Tasche.

»Jetzt kommt's drauf an«, sagte er leise zu sich.

Sein Arm holte aus. Es gab einen winzigen Platsch im

89

Zierteich drüben, dann Stille. Detective-Sergeant Lloyd ging gemächlich weiter und paffte seine Zigarre.

Auf dem Präsidium machte er in aller Ruhe seine Meldung, und zum ersten- und letztenmal in seinem Leben war etwas darin, was ein bißchen außerhalb der Wahrheit lag. Niemand hatte ihm aufgemacht in dem Haus. Alles dunkel. Drei Stunden gewartet. Waren wohl alle weg.

Der Inspektor nickte und gähnte.

Die Erben der Sutton-Cornishs konnten das Anwesen schließlich beim Nachlaßgericht loseisen und öffneten die Nr. 14 Grinling Crescent und fanden die Bronzetür am Boden in einem Chaos aus Staub und zersplittertem Holz und verfilzten Spinnweben. Sie glotzten sie lange an, und als sie herausgebracht hatten, was das war, ließen sie Händler kommen, weil sie dachten, da könnte immerhin ein bißchen Geld drinstecken. Aber die Händler seufzten und sagten nein, mit solchen Sachen wäre nichts zu machen heutzutage. Am besten schaffe man's in eine Gießerei und lasse es einschmelzen, das Ding, da komme wenigstens dann der Metallwert raus. Könnte so manches Pfündchen bringen. Die Händler schieden lautlos, krampfhaft lächelnd.

Manchmal, wenn die Beamten in der Vermißten-Abteilung der Kriminalpolizei sich zu sehr langweilen, holen sie die Akte Sutton-Cornish heraus und stauben sie ab und sehen sie säuerlich durch und stellen sie dann wieder weg.

Manchmal, wenn Inspektor – vormals Detective-Sergeant – Thomas Lloyd eine ungewöhnlich dunkle und stille Straße entlanggeht, kann es ihm passieren, daß er, ganz ohne jeden Anlaß, plötzlich herumfährt und mit einem flinken, angstvollen Satz zur Seite springt.

Aber in Wirklichkeit ist überhaupt niemand da, der ihn hätte anrempeln können.

Professor Bingos Schnupfpulver

I

Um zehn Uhr morgens schon Tanzmusik. Laut. Bum, bum. Bum, bum, bum. Die Bässe voll aufgedreht. Fast bebte der Fußboden. Überlagert vom Summen des Elektrorasierers, den Joe Pettigrew auf seinem Gesicht auf und ab führte, vibrierte es in Fußböden ud Wänden. Er meinte es mit den Zehen zu spüren. Es schien ihm die Beine hochzulaufen. Die Nachbarn waren bestimmt entzückt.

Morgens um zehn schon Eiswürfel im Glas, gerötete Wangen, leicht glasiger Blick, albernes Lächeln, lautes Gelächter über nichts und wieder nichts.

Er zog den Stecker heraus, und das Summen des Rasierers brach ab. Als er mit den Fingerkuppen an der Kante des Unterkiefers entlangstrich, begegneten seine Augen mit düsterem Blick den Augen im Spiegel. »Ausgelaugt«, sagte er bitter. »Mit zweiundfünfzig bist du alt und verbraucht. Mich wundert, daß du überhaupt noch da bist; daß du noch zu sehen bist.«

Er blies den Haarstaub aus dem Scherkopf des Rasierers, steckte die Schutzkappe wieder darüber, wickelte sorgfältig das Kabel darum und legte den Apparat in die Schublade zurück. Er nahm die After Shave Lotion heraus, rieb sie sich ins Gesicht, stäubte Puder darüber und wischte den Puder behutsam mit einem Handtuch ab.

Nach einem finsteren Blick auf das ziemlich hagere Gesicht im Spiegel wandte er sich ab und sah aus dem Badezimmerfenster. Nicht viel Smog heute morgen. Ziemlich sonnig und klar. Man kann das Rathaus sehn. Wer zum

Henker will schon das Rathaus sehn? Zur Hölle mit dem Rathaus! Er ging aus dem Badezimmer und zog die Jacke auf der Treppe nach unten an. Bum, bum. Bum, bum, bum. Wie in einer miesen Kaschemme, wo es nach Rauch riecht und Schweiß und nach sowas wie Parfüm. Die Wohnzimmertür war halb auf. Er ging durch sie hinein, blieb stehen und sah zu, wie die beiden Wange an Wange langsam durch das Zimmer schwebten. Sie tanzten eng, mit verträumtem Blick, in ihrer eigenen Welt. Nicht betrunken. Nur besäuselt genug, um die Musik laut zu mögen. Er stand da und sah ihnen zu. Als sie sich drehten und ihn erblickten, beachteten sie ihn kaum. Gladys' Lippen kräuselten sich ein wenig zu einem schwachen Hohnlächeln, sehr schwach. Porter Green hatte eine Zigarette im Mundwinkel und die Augen gegen den Rauch halb geschlossen. Ein großer dunkler Bursche mit einem Anflug von Grau im Haar. Gut angezogen. Der Blick ein bißchen unruhig. Könnte Gebrauchtwagenhändler sein. Könnte alles sein, was nicht zuviel Arbeit erfordert oder zuviel Ehrlichkeit. Die Musik hörte auf, und jemand fing an, einen Werbetext zu quasseln. Das tanzende Paar trennte sich. Porter Green trat ans Radio und drehte die Lautstärke zurück. Gladys stand mitten im Zimmer und sah Joe Pettigrew an.

»Können wir irgendwas für dich tun, Schatzi?« fragte sie ihn unverhohlen verächtlich.

Wortlos schüttelte er den Kopf.

»Dann kannst du was für mich tun. Tot umfallen.« Mit weit offenem Mund brach sie in schallendes Gelächter aus.

»Hör auf«, sagte Porter Green. »Hack nicht dauernd auf ihm rum, Glad. Er mag eben keine Tanzmusik. Na und? Du magst auch manches nicht, stimmt's?«

»Stimmt«, sagte Gladys. »Ihn zum Beispiel.«

Porter Green ging zu dem Kaffeetischchen, nahm eine Flasche Whisky zur Hand und goß in die zwei Highball-Gläser ein, die dort standen.

»Wie wär's mit nem Schluck, Joe?« fragte er, ohne aufzublicken.

Wieder schüttelte Joe Pettigrew leicht den Kopf und sagte nichts.

»Er kann Kunststückchen«, sagte Gladys. »Er ist fast menschlich. Nur reden kann er nicht.«

»Ach, halt den Mund«, sagte Porter Green überdrüssig. Mit den zwei gefüllten Gläsern in der Hand stand er auf. »Hör mal, Joe, den Whisky zahl ich schon, da mach dir man keine Sorgen. In Ordnung? Na also, dann is ja gut.« Er gab Gladys ein Glas. Sie tranken beide und blickten über die Gläser Joe Pettigrew an, der schweigend in der Tür stand.

»Und das hab ich geheiratet«, sagte Gladys nachdenklich. »Nicht zu fassen. Möchte bloß wissen, was für'n Schlafmittel ich damals grade genommen habe.«

Joe Pettigrew trat zurück in den Flur, halb die Tür wieder zuziehend. Gladys starrte auf die Tür. Mit veränderter Stimme sagte sie: »Trotzdem, er macht mir Angst. Er steht bloß da und sagt keinen Ton. Beschwert sich nicht. Tobt nicht. Was meinst du, geht in seinem Kopf vor?«

Der Werbequassler beendete seine Nummer, und eine neue Platte wurde gespielt. Porter Green ging zum Radio und drehte wieder lauter. Dann drehte er wieder leise. »Ich glaube, ich kann's mir denken«, sagte er. »Es ist schließlich 'ne ziemlich alte Geschichte.« Er drehte die Lautstärke wieder auf und streckte ihr die Arme hin.

II

Joe Pettigrew trat hinaus auf die vordere Veranda, stellte das Schloß der schweren, altmodischen Tür so ein, daß er sich nicht aussperrte, und zog die Tür dann zu, um das Dröhnen des Radios zu dämpfen. An der Frontseite des Hauses entlangblickend, sah er, daß die Fenster nach vorne hinaus geschlossen waren. Es war gar nicht so laut hier draußen. Diese alten Holzhäuser waren recht solide gebaut. Er begann gerade zu überlegen, ob der Rasen gemäht werden müßte, als ein sonderbar aussehender Mann auf dem Betonweg auftauchte und auf ihn zukam. Hin und wieder sieht man noch einen Mann mit einem Opernumhang. Aber nicht in dieser Höhe der Lexington Avenue. Nicht mitten am Vormittag. Der Umhang war eindeutig nicht neu, sah eindeutig etwas mitgenommen aus. Das Tuch ein bißchen zerfasert, wie das Fell einer Katze, wenn die Katze sich nicht ganz wohl fühlt. Und der Opernumhang war keinesfalls etwas, in dem Adrian Lust gehabt hätte, Autogramme zu geben. Der Mann hatte eine scharf geschnittene Nase und tiefliegende schwarze Augen. Er war blaß, sah aber nicht krank aus. Vor der untersten Stufe blieb er stehen und sah hinauf zu Joe Pettigrew.

»Guten Morgen«, sagte er und tippte an den Rand seines Zylinders.

»Morgen«, sagte Joe Pettigrew. »Was verkaufen Sie heute?«

»Keine Zeitschriften«, sagte der Mann im Opernumhang.

»In diesem Haus bestimmt nicht, Bester.«

»Auch will ich nicht fragen, ob Sie ein Foto von sich haben, damit ich es mit Wasserfarben koloriere, so transparent wie Mondlicht auf dem Matterhorn.« Der Mann schob eine Hand unter seinen Opernumhang.

»Erzählen Sie mir bloß nicht, Sie hätten 'nen Staubsauger unter dem Umhang da«, sagte Joe Pettigrew.

»Auch habe ich«, fuhr der Mann im Opernumhang fort, »kein rostfreies Küchenmesser in der Tasche. Was nicht heißt, daß dies nicht der Fall sein könnte, wenn ich es wünschte.«

»Aber Sie verkaufen doch was«, sagte Joe Pettigrew ungerührt.

»Ich verschenke etwas«, sagte der Mann im Opernumhang. »Den richtigen Personen. Einigen wenigen sorgfältig ausgesuchten . . .«

»Einen Teppichklopfer«, sagte Joe Pettigrew voller Abscheu. »Hab gar nicht gewußt, daß es die noch gibt.«

Der lange, dürre Mann zog die Hand unter dem Umhang hervor, zwischen den Fingern eine Karte.

»Einigen wenigen sorgfältig ausgesuchten Personen«, wiederholte er. »Ich weiß nicht. Ich bin faul heute morgen. Vielleicht werde ich nur eine aussuchen.«

»Den Glückspilz«, sagte Joe Pettigrew. »Mich.«

Der Mann hielt Joe Pettigrew die Karte hin. Der nahm sie und las: »Professor Augustus Bingo.« Dann, in kleineren Buchstaben, in der Ecke: »Weißadler Enthaarungspuder.« Eine Telefonnummer war angegeben und eine Adresse auf der North Wilcox. Joe Pettigrew schnippte mit dem Fingernagel gegen die Karte und schüttelte den Kopf. »Keine Verwendung dafür, Bester.«

Professor Augustus Bingo lächelte sehr schwach. Oder vielmehr seine Lippen zogen sich um wenige Millimeter zurück und an den Augenwinkeln bildeten sich Fältchen. Sagen wir, er lächelte. Nicht der Mühe wert, darüber zu streiten. Seine Hand verschwand wieder unter dem Umhang und kam hervor mit einer kleinen runden Dose; etwa so groß wie die Spule eines Schreibmaschinenfarbbandes. Er hielt sie hoch, und was darauf stand, war natürlich »Weißadler Enthaarungspuder«.

»Ich nehme an, Sie wissen, was Enthaarungspuder ist, Mister . . .«

»Pettigrew«, sagte Joe Pettigrew freundlich. »Joe Pettigrew.«

»Ah, mein Instinkt hat mich nicht getrogen«, bemerkte Professor Bingo. »Sie haben Sorgen.« Mit langem, spitzem Zeigefinger tippte er auf die runde Dose. »Dies, Mr. Pettigrew, ist kein Enthaarungspuder.«

»Augenblick mal«, sagte Joe Pettigrew, »erst ist es Enthaarungspuder und dann wieder nicht. Und ich soll Sorgen haben? Warum? Weil ich Pettigrew heiße?«*

»Eins nach dem andern, Mr. Pettigrew. Lassen Sie mich etwas ausholen. Dies hier ist eine heruntergekommene Wohngegend. Keine gefragte Lage mehr. Aber Ihr Haus ist nicht heruntergekommen. Es ist alt, aber gut in Schuß gehalten. Folglich gehört es Ihnen.«

»Sagen wir, zum Teil«, sagte Joe Pettigrew.

Der Professor hielt sein Linke hoch, die Handfläche nach außen. »Ruhe, bitte. Ich fahre fort mit meiner Analyse. Die Steuern sind hoch, und das Haus gehört Ihnen. Wenn Sie könnten, wären Sie fortgezogen. Warum haben Sie's nicht getan? Weil Sie das Anwesen nicht verkaufen können. Aber es ist ein großes Haus. Folglich haben Sie Mieter.«

»Einen Mieter«, sagte Joe Pettigrew. »Nur einen.« Er seufzte.

»Sie dürften etwa achtundvierzig Jahre alt sein«, schätzte der Professor.

»Auf vier mehr oder weniger kommt's nicht an«, sagte Joe Pettigrew.

»Sie sind rasiert und ordentlich angezogen. Doch Sie sehen unglücklich aus. Ich nehme als gegeben also eine junge Gattin. Verwöhnt, anspruchsvoll. Ich nehme weiterhin als gegeben...« Unvermittelt brach er ab und begann den Deckel von der Dose zu ziehen, die etwas enthielt, was kein Enthaarungspuder war. »Ich habe aufgehört, als gegeben zu nehmen«, sagte er ruhig. »Das hier« – er hielt die geöffnete Dose hoch, und Joe Pettigrew konnte sehen, daß sie halb voll war von einem weißen Pulver – »ist kein Schnupfpulver aus Kopenhagen.«

»Ich bin ja ein geduldiger Mensch«, sagte Joe Pettigrew. »Aber statt mir dauernd zu sagen, was es nicht ist, sollten Sie mir endlich mal sagen, was es ist.«

* Pettigrew ≙ Kleinwuchs (A. d. Ü.)

»Es ist Schnupfpulver«, sagte kühl der Professor. »Professor Bingos Schnupfpulver. Mein Schnupfpulver.«

»Dafür hab ich ebenfalls keine Verwendung«, sagte Joe Pettigrew. »Aber ich werd Ihnen was sagen. Unten am Ende der Straße, da ist sowas wie'n Tudor-Hof, nennt sich Lexington Towers. Da wohnen lauter Kleindarsteller und Statisten und so weiter. Wenn die grade nicht arbeiten, was meistens der Fall ist, und wenn sie sich nicht grade mit fünfundsechzigprozentigem Sprit vollaufen lassen, was so gut wie nie vorkommt, dann wär 'ne Prise von dem, was Sie da haben, vielleicht genau das Richtige für die. Vorausgesetzt, die haben das Geld dafür, heißt das. In dem Punkt müssen Sie allerdings aufpassen.«

»Professor Bingos Schnupfpulver«, sagte der Professor mit eisiger Würde, »ist kein Kokain!« Mit großer Gebärde schlug er sich den Umhang um den Leib und tippte an die Krempe seines Zylinders. Als er sich abwandte, hielt er die kleine Dose immer noch in seiner Linken.

»Kokain, mein Freund?« sagte er. »Bah! Verglichen mit Bingos Schnupfpulver ist Kokain Babypuder.«

Joe Pettigrew sah ihn den Betonweg hinuntergehen und auf den Gehsteig einbiegen. Alte Straßen sind gesäumt von alten Bäumen. An der Lexington Avenue wuchsen Kampferbäume. Sie trugen das frische Laub des Jahres, und hier und da hatten die Blätter noch ihren rosaroten Schimmer. Der Professor entfernte sich unter den Bäumen. Aus dem Haus kam immer noch das Bum-bum. Inzwischen würden sie bei ihrem dritten oder vierten Glas sein. Wange an Wange würden sie zur Musik summen. Und dann würden sie bald anfangen, sich auf den Polstermöbeln herumzubalgen. Na ja, was machte das schon? Er fragte sich, wie Gladys wohl mit zweiundfünfzig aussehen würde, so wie sie es jetzt trieb, bestimmt nicht, als sänge sie im Kirchenchor.

Er hörte auf, sich den Kopf darüber zu zerbrechen, und

beobachtete Professor Bingo, der jetzt unter einem der Kampferbäume stehengeblieben war, sich umdrehte und zurückschaute. Er griff nach der Krempe seines abgewetzten Zylinders, hob ihn vom Kopf und verbeugte sich. Joe Pettigrew winkte ihm höflich. Der Professor setzte den Hut wieder auf, und ganz langsam, so daß Joe Pettigrew genau sehen konnte, was er machte, nahm er aus der noch immer offenen, kleinen runden Dose eine Prise, die er an seine Nasenlöcher führte. Fast meinte Joe Pettigrew zu hören, wie er sie mit jenem langen Luftsog einsaugte, den Schnupfer anwenden, um den Stoff hoch hinauf in die Schleimhäute zu kriegen.

In Wirklichkeit hörte er das freilich nicht, er stellte es sich nur vor. Aber sehen konnte er es sehr deutlich. Den Hut, den Opernumhang, die langen dürren Beine, das weiße Stubenhockergesicht, die tiefliegenden dunklen Augen, den erhobenen Arm, die runde Dose in der linken Hand. Er konnte höchstens zwanzig Schritt von ihm entfernt sein. Genau vor dem vierten Kampferbaum, vom Anfang des Betonweges gerechnet.

Aber das konnte nicht stimmen, denn hätte er vor dem Baum gestanden, hätte Joe Pettigrew unmöglich den ganzen Stamm sehen können, das Gras, die Bordsteinkante, die Straße. Einiges davon hätte hinter der hageren, phantastischen Gestalt Professor Bingos verborgen liegen müssen. Nur war das nicht so. Weil Professor Bingo nicht mehr da war. Niemand war da. Gar niemand.

Joe Pettigrew legte den Kopf auf die Seite und starrte die Straße hinunter. Ganz still stand er da. Das Radio im Haus hörte er kaum noch. Ein Wagen bog um die Ecke und fuhr vorbei, Staub hinter sich aufwirbelnd. Das Laub der Bäume gab nicht geradezu ein Rascheln von sich, aber doch ein schwaches, kaum vernehmbares Geräusch. Dann gab es ein anderes Geräusch.

Langsame Schritte näherten sich Joe Pettigrew. Nicht

das Geräusch von Absätzen. Nur Ledersohlen, die leise über den Beton des Weges glitten. Seine Nackenmuskeln begannen zu schmerzen. Er merkte, wie er fest die Zähne zusammenbiß. Die Schritte kamen langsam näher. Sie kamen ganz nahe. Dann war es einen Moment völlig still. Dann entfernten sich die Schritte wieder von Joe Pettigrew. Und dann sagte die Stimme Professor Bingos von nirgendwoher:

»Eine Gratisprobe mit meinen besten Empfehlungen, Mr. Pettigrew. Für die Deckung weiteren Bedarfs – allerdings auf merkantiler Basis – stehe ich selbstverständlich gern zur Verfügung.«

Wieder das Geräusch leise sich entfernender Schritte. Kurz darauf hörte Joe Pettigrew sie nicht mehr. Warum er gerade auf die oberste Stufe hinabblickte, war ihm nicht ganz klar; aber er tat es. Und dort, von keiner Hand hingelegt, lag neben seiner rechten Schuhspitze eine kleine runde Dose; wie die Dose für ein Schreibmaschinenfarbband. Auf dem Deckel stand, mit Tinte geschrieben und in klarer Spencer-Schrift, »Professor Bingos Schnupfpulver«.

Ganz langsam, wie ein sehr alter Mensch oder wie in einem Traum, bückte sich Joe Pettigrew, hob die Dose auf, umschloß sie mit der Hand und steckte sie in die Tasche.

Bum, bum. Bum, bum, bum machte das Radio. Gladys und Porter achteten nicht darauf. In einer Sofaecke lagen sie einander in den Armen, Mund auf Mund. Mit einem langen Seufzer öffnete Gladys die Augen, und ihr Blick fiel auf die Tür. Plötzlich erstarrte sie. Dann riß sie sich los. Ganz langsam ging die Tür auf.

»Was ist denn, Baby?«

»Die Tür. Was hat er jetzt wieder vor?«

Porter Green wandte den Kopf. Die Tür stand jetzt weit offen. Aber niemand war dort zu sehen. »Na schön, die Tür ist offen«, sagte er mit etwas belegter Stimme.

»Und was weiter?«

»Es ist Joe.«

»Bitte, von mir aus ist es Joe. Und was weiter?« sagte Porter Green gereizt.

»Er versteckt sich da draußen. Irgendwas hat er vor.«

»Ach, Quatsch«, sagte Porter Green. Er stand auf und ging durchs Zimmer. Er sah hinaus in den Flur. »Keiner hier«, sagte er über die Schulter. »Muß ein Luftzug gewesen sein.«

»Es zieht aber nicht«, sagte Gladys. Porter Greene machte die Tür zu. Vergewisserte sich, daß sie richtig zu war. Albern. Natürlich war sie zu. Auf halbem Weg zurück zum Sofa machte die Tür hinter ihm »klick« und ging langsam wieder auf. Schrill übertönte ein Schrei von Gladys den schweren Beat aus dem Radio.

Porter Green machte einen Satz und schaltete das Radio aus. Dann drehte er sich wütend um.

»Werd bloß nicht hysterisch«, sagte er, die Zähne zeigend. »Hysterische Weiber sind mir zuwider.«

Gladys war nur da und starrte mit offenem Mund auf die offene Tür. Porter Green ging hinaus in den Flur. Dort war niemand. Nichts war zu hören. Für einen langen Moment war es im Haus vollkommen still.

Dann begann jemand zu pfeifen, irgendwo im hinteren Teil des Hauses.

Als Porter Green die Tür wieder schloß, ließ er sie nur einschnappen. Es wäre klüger gewesen, wenn er sie durch eine Drehung des Türknopfes abgesperrt hätte. Er hätte sich dadurch vielleicht eine Menge Ärger erspart. Aber er war kein sehr empfindsamer Mensch, und er hatte ganz andere Dinge im Sinn.

Wahrscheinlich hätte es aber sowieso keinen Unterschied gemacht.

III

Es gab Dinge, die gut durchdacht werden mußten. Der Krach – aber den konnte man übertönen, indem man das Radio aufdrehte. Viel mehr würde man's gar nicht aufdrehen brauchen. Vielleicht überhaupt nicht. Der Fußboden wackelte jetzt schon fast. Joe Pettigrew grinste sein Spiegelbild im Badezimmer höhnisch an.

»Du und ich verbringen 'ne Menge Zeit miteinander«, sagte er zu seinem Spiegelbild. »Wir sind zwei richtige Kumpel. Von jetzt an sollst du auch 'n Namen haben. Ich werde dich Joseph nennen.«

»Komm mir bloß nicht komisch«, sagte Joseph. »Ich mag keine Faxen. Ich bin mehr der schwerblütige Typ.«

»Ich brauche deinen Rat«, sagte Joe. »Nicht daß ich da je viel drauf gegeben hätte. Aber mal im Ernst – etwa die Sache mit dem Schnupfpulver, das der Professor mir geschenkt hat. Es wirkt. Gladys und ihr Freund haben mich nicht gesehen. Zweimal stand ich mitten in der offenen Tür, und sie haben genau zu mir hergeguckt. Und nichts gesehn. Deswegen hat sie geschrien. Hätte sie mich gesehen, würde sie sich kein bißchen erschreckt haben.«

»Gelacht hätte sie«, sagte Joseph.

»Aber ich kann dich sehen, Joseph. Und du kannst mich sehen. Also mal angenommen, die Wirkung des Schnupfpulvers läßt nach einiger Zeit nach, was dann? Und sie muß nachlassen, denn wie soll der Professor sonst Geld verdienen können? Ich muß also wissen, wie lange.«

»Das wirst du schon merken«, sagte Joseph. »Und zwar in dem Augenblick, wenn jemand in deine Richtung guckt und die Wirkung läßt gerade nach.«

»Das«, sagte Joe Pettigrew, »könnte aber sehr unangenehm sein, wenn du weißt, was ich meine.«

Joseph nickte. Er wußte es nur zu gut. »Vielleicht läßt sie ja auch nicht nach«, meinte er. »Vielleicht hat der Professor ein anderes Pulver, das die Wirkung von dem hier aufhebt. Vielleicht liegt da der Haken. Er gibt dir was, was dich verschwinden läßt, und wenn du wieder zurückwillst, mußt du zu ihm und 'n paar Scheinchen mitbringen.«

Joe Pettigrew dachte darüber nach, sagte aber nein, er glaube nicht, daß das richtig sein könne, denn auf der Karte des Professors sei eine Adresse auf der Wilcox angegeben, und das könne nur ein Bürogebäude sein. Es würde natürlich Fahrstühle haben, und wenn der Professor da auf Kunden warte, die man nicht sehen, bei Berührung aber doch wohl fühlen könne – also nein, es sei unpraktisch, wenn er seinen Geschäftssitz in einem Bürogebäude habe; es sei denn, die Wirkung ließe von alleine nach.

»Also gut«, sagte Joseph ein wenig säuerlich. »Ich will nicht stur sein.«

»Die nächste Frage ist«, sagte Joe Pettigrew, »wo hat dieses Unsichtbarsein seine Grenze? Was ich meine, ist dies: Gladys und Porter können mich nicht sehen; folglich können sie auch die Kleidungsstücke nicht sehen, die ich anhabe, denn meine leeren Sachen in der Tür stehen zu sehen würde sie viel mehr erschrecken, als wenn nichts da stände. Aber die Sache muß irgendein System haben. Ist es alles, was ich berühre?«

»Könnte sein«, sagte Joseph. »Warum nicht? Alles, was du berührst, verflüchtigt sich ebenso wie du.«

»Aber ich habe die Tür berührt«, sagte Joe. »Und ich glaube nicht, daß die sich verflüchtigt hat. Und ich bin ja auch nicht mit all meinen Kleidungsstücken in Berührung – mit der Haut, meine ich. Meine Füße berühren meine Socken, und meine Socken berühren meine Schuhe. Ich berühre mein Hemd, und meine Jacke berühre ich nicht. Und was ist mit den Dingen in den Taschen?«

»Vielleicht ist das deine Aura«, sagte Joseph. »Oder dein Magnetfeld oder einfach deine Persönlichkeit – falls man das so nennen kann –, jedenfalls alles, was sich in diesem Bereich befindet, verschwindet mit dir. Zigaretten, Geld, alles, was ganz eigentlich zu dir gehört, aber nicht so Sachen wie Türen und Wände und Fußböden.«

»Ich kann da keine große Logik drin sehen«, sagte Joe Pettigrew unnachgiebig.

»Würde ein logischer Mensch da hinkommen, wo du jetzt bist?« erkundigte Joseph sich kühl. »Würde dieser übergeschnappte Professor mit einem logischen Menschen Geschäfte machen wollen? Was soll denn an dieser ganzen Geschichte überhaupt logisch sein? Er pickt sich wen raus, der ihm völlig fremd ist; von dem er noch nie was gesehen oder gehört hat; und dem gibt er für umsonst 'ne Ladung von diesem Schnupfpulver, und der Kerl, dem er es gibt, ist in der ganzen Straße vielleicht der einzige, der es gerade gut brauchen kann. Ist irgendwas davon logisch? Vielleicht sieht 'n Schwein da Logik drin.«

»Womit ich«, sagte Joe Pettigrew langsam, »auf das komme, was ich mit nach unten nehmen werde. Das werden sie ebenfalls nicht sehen. Womöglich noch nicht mal hören.«

»Du könntest es natürlich mit einem Highball-Glas ausprobieren«, sagte Joseph. »Du könntest genau in dem Augenblick eins hochheben, wenn jemand die Hand danach ausstreckt. Du würdest sehr schnell wissen, ob es unter deiner Berührung verschwindet oder nicht.«

»Das könnte ich tun«, sagte Joe Pettigrew. Sehr nachdenklich schwieg er eine Weile. Dann fügte er hinzu: »Ich frage mich, ob man allmählich zurückkommt oder ob man auf einen Schlag wieder da ist. Päng.«

»Ich tippe auf Päng«, sagte Joseph. »Der alte Herr nennt sich ja nicht grundlos Bingo. Ich sage, es geht schnell in beiden Richtungen – raus und rein. Du mußt nur rauskriegen, wann.«

»Das werd ich«, sagte Joe Pettigrew. »Ich werde da sehr

aufpassen. Das ist wichtig.« Er nickte seinem Spiegelbild zu, und Joseph nickte zurück. Während er sich abwandte, fügte er hinzu:

»Porter Green tut mir ja doch'n bißchen leid. Die ganze Zeit und das Geld, das er für sie ausgegeben hat. Und wenn ich'n Clubsessel von 'nem Boxhandschuh unterscheiden kann, hat ihm das nichts weiter eingebracht, als daß sie ihn zappeln läßt.«

»Da würd ich mir nicht so sicher sein«, sagte Joseph. »Ich finde, er sieht aus wie einer, der kriegt, wofür er zahlt, oder er wird ungemütlich.«

Damit war das abgeschlossen. Joe Pettigrew ging ins Schlafzimmer und holte einen alten Koffer von einem Bord im Wandschrank. Darin lag eine abgewetzte Aktentasche mit einem gerissenen Riemen. Mit einem kleinen Schlüssel schloß er sie auf. In der Aktentasche war ein hartes Bündel, eingewickelt in ein weiches Staubtuch. In dem Staubtuch war ein alter Wollsocken. Und in dem Socken, gut geölt und sauber, war eine geladene 32er Automatic. Die schob Joe Pettigrew in seine rechte Gesäßtasche, wo sie schwerer drückte als die Sünde. Er legte die Aktentasche in den Wandschrank zurück und ging nach unten, leise, und die Treppenstufen betrat er an der Seite. Dann merkte er, daß das albern war, denn da das Radio lief, hätte niemand ein so schwaches Geräusch wie das Knarren einer Stufe hören können.

Er kam an das untere Ende der Treppe und ging hinüber zur Wohnzimmertür. Behutsam drehte er den Türknopf. Die Tür war abgeschlossen. Es war ein Schnappschloß, das eingebaut worden war, als man den größten Teil der unteren Etage zum Vermieten in eine Junggesellenwohnung umgewandelt hatte. Joe holte sein Schlüsselbund heraus und schob langsam einen Schlüssel ins Schloß. Er drehte ihn. Er spürte, wie der Riegel zurückging. Die Sicherheitssperre hatte man nicht einrasten lassen. Warum auch? Sowas tut man nur abends – falls man zu den Nervösen gehört. Er hielt den Türknopf mit der Linken, und behutsam drückte er die Tür gerade so weit auf, daß das Schloß freikam. Das war ein bißchen kitzlig – eine der Kitzligkeiten bei der Sache. Als der Riegel frei war, ließ er den Türknopf in Ruhestellung zurückgleiten und zog den Schlüssel heraus. Den Türknopf festhaltend, drückte er die Tür so weit auf, daß er um sie herumblicken konnte. Von drinnen war nichts zu hören als das dröhnende Radio. Niemand schrie. Folglich blickte niemand zur Tür. So weit, so gut.

Joe Pettigrew streckte den Kopf um die Tür und blickte ins Zimmer. Dort war es warm, und es roch nach Zigarettenrauch, Menschlichkeit und ein ganz kleines bißchen nach Alkohol. Aber niemand war da. Mit einem Ausdruck der Enttäuschung machte Joe die Tür ganz auf und trat ein. Dann wich der Ausdruck der Enttäuschung einer Grimasse des Ekels.

An der rückwärtigen Wand hatten einst Schiebetüren ins Eßzimmer geführt. Das Eßzimmer war jetzt ein Schlafzimmer, aber an den Schiebetüren hatte man nichts verändert. Sie waren jetzt zugeschoben. Reglos stand Joe Pettigrew da und starrte auf die Schiebetüren. Seine Hand ging absichtslos nach oben und strich dann sein sich lichtendes Haar zurück. Für einen langen Moment war sein Gesicht völlig ausdruckslos, dann hob ein schwaches Lächeln, das alles bedeuten konnte, seine Mundwinkel. Er drehte sich um und machte die Tür zu. Er ging zum Sofa und sah hinab auf das halb geschmolzene Eis am Boden zweier hoher gestreifter Gläser, auf die neben der entkorkten Whiskyflasche in einer Glasschale schwimmenden Eiswürfel, auf die lippenstiftbeschmierten Zigarettenstummel in einem Aschenbecher, von dem noch ein dünner Rauchfaden in die stille Luft des Zimmers aufstieg.

Joe setzte sich ruhig auf eine Ecke des Sofas und blickte auf die Uhr. Unendlich viel Zeit schien verstrichen zu sein, seit er die Bekanntschaft mit Professor Bingo gemacht hatte. Unendlich viel Zeit und Weltenräume schienen dazwischen zu liegen. Könnte er sich doch jetzt nur erinnern, wann genau er die Prise Schnupfpulver genommen hatte. So gegen zwanzig nach zehn, dachte er. Ich geh lieber sicher und warte und probier es vorher aus. Ja, das würde besser sein. Doch wann hatte er je das Bessere gemacht?

Nie, soweit er sich erinnern konnte. Und schon gar nicht, seit er Gladys kannte.

Er zog die Automatic aus der Gesäßtasche und legte sie vor sich auf das Tischchen. Er saß da, starrte abwesend auf die Waffe und hörte auf das Donnern des Radios. Dann ging seine Hand nach unten, und mit einer fast gezierten Bewegung entsicherte er die Pistole. Das getan, lehnte er sich wieder zurück und wartete. Und während er wartete, ohne besondere Empfindung, stiegen Erinnerungen in ihm auf. Erinnerungen an etwas, an das schon viele Menschen zurückdenken mußten. Die Geräusche hinter der geschlossenen Schiebetür hörte er nur halb, ohne sie bewußt zu registrieren, teils wegen des Radios, teils wegen der Eindringlichkeit seiner Erinnerungen.

IV

Als die Schiebetüren sich zu öffnen begannen, streckte Joe Pettigrew die Hand aus und nahm die Kanone vom Tisch. Er ließ die Hand mit der Waffe auf dem Knie ruhen. Das war die einzige Bewegung die er machte. Er blickte nicht einmal zu den Schiebetüren.

Als die Türen weit genug auseinandergeschoben waren, um einen Menschenkörper hindurchzulassen, erschien Porter Greens Körper in der Öffnung. Seine Hände umklammerten die Türkanten hoch oben, die Finger schimmerten fast weiß vor Anstrengung. An den Türen sich festhaltend, schwankte er ein wenig, wie ein schwer Betrunkener. Aber er war nicht betrunken. Seine Augen, starr blickend, waren weit auf, und um seinen Mund spielte der Anflug eines albernen Grinsens. Auf seinem Gesicht und seinem vorquellenden weißen Bauch glänzte Schweiß. Er war nackt bis auf die Hose. Seine Füße waren bloß, das Haar feucht und zerzaust. Noch etwas war auf seinem Gesicht, aber das sah Joe Pettigrew nicht, denn Joe Pettigrew starrte weiter auf den Teppich zwischen seinen Füßen, die Kanone auf dem Knie haltend, seitwärts, auf nichts gerichtet.

Porter Green holte tief und kurz Luft und gab sie mit einem langen Seufzer wieder von sich. Er ließ die Türen los und machte zwei taumelnde Schritte vorwärts ins Zimmer. Seine Augen kamen herum zu der Whiskyflasche auf dem Tisch vor dem Sofa und vor Joe Pettigrew. Sie fixierten die Flasche, und sein Körper drehte sich ein wenig, und er beugte sich zu ihr hin noch bevor er nahe genug heran war, um sie erreichen zu können. Quietschend rutschte die Flasche unter Porter Greens Hand über die Glasplatte des Tischchens. Joe Pettigrew blickte noch immer nicht auf. Er roch den Mann, der ihn nicht wahrnahm, ganz nahe vor sich, und plötzlich wurde sein hageres Gesicht von Schmerz zerrissen.

Die Flasche ging hoch, der Handrücken mit den schwarzen Härchen darauf verschwand aus Joe Pettigrews Blickfeld. Das Gluckern war trotz des Radios zu hören.

»Nutte!« stieß Porter Green mit rauher Stimme zwischen den Zähnen hervor. »Gottverdammte miese Drecksnutte.« Aus seiner Stimme sprach Grauen und würgender Ekel.

Joe Pettigrew bewegte leicht den Kopf und spannte sich. Zwischen dem Sofa und dem Tische hatte er gerade genug Platz, um aufzustehen, ohne sich verrenken zu müssen. Er stand auf. Die Kanone in seiner Hand kam hoch. Während sie hochkam, gingen seine Augen mit ihr hoch, langsam, langsam. Er sah das nackte weiche Fleisch über dem Bund von Porter Greens Hose. Er sah den Schweiß auf der Wölbung über dem Nabel glänzen. Seine Augen gingen nach rechts und krochen an den Rippen hoch. Seine Hand kam zum Stillstand. Das Herz liegt höher, als die meisten Menschen glauben. Joe Pettigrew wußte das. Die Mündung der Automatic wußte es ebenfalls. Direkt zeigte sie auf dieses Herz, und ruhig, fast gleichgültig, drückte Joe Pettigrew ab.

Es war lauter als das Radio – ein Geräusch von anderer Art. Es hatte etwas Erschütterndes, etwas von Macht. Wer lange keine Schußwaffe abgefeuert hat, ist jedesmal aufs neue überrascht – das plötzlich aufwallende Leben in dem Werkzeug des Todes; der kurze Ruck in der Hand wie eine Eidechse auf dem Felsen.

Erschossene fallen sehr unterschiedlich. Porter Green fiel seitwärts, wobei das eine Knie vor dem anderen nachgab. Er fiel mit knochenloser Nachgiebigkeit, als hätte er Gummi in den Knien. In der Sekunde, als es ihn zu Fall brachte, erinnerte Joe Pettigrew sich an eine Varieténummer, die er vor langer Zeit gesehen hatte, als er selber im Schaugeschäft gewesen war. Es war eine Nummer mit einem langen, dünnen, knochenlosen Mann und einem Mädchen. Mitten in ihren Albernheiten fing der lange Mann an, ganz langsam nach der Seite zu fallen, wobei sein Körper sich wie ein Schlauch von unten nach oben auf den Boden legte, so daß man von Fallen gar nicht sprechen konnte. Mühelos und ohne Aufprall schien er auf die Bühnenbretter zu schmelzen. Sechsmal machte er das. Das erste Mal war es bloß komisch. Das zweite Mal war es aufregend, ihn dabei zu beobachten und zu rätseln, wie er das machte. Beim vierten Mal begannen die Frauen im Publikum zu schreien: »Aufhören! Er soll aufhören!« Aber er tat es nicht. Und gegen Ende der Nummer hatte er alle etwas leichter zu beeindruckenden Leute am Rande der Hysterie. Sie hatten Angst vor dem, was er als nächstes machen würde, wußten, daß er es machen würde, und wollten nicht, daß er es machte, denn es war unmenschlich und unnatürlich, und ein normal gebauter Mensch hätte so etwas unmöglich machen können.

Joe Pettigrew hörte auf, sich daran zu erinnern, und kam dorthin zurück, wo er war, und da lag Porter Green auf dem Fußboden, mit dem Kopf auf dem Teppich, ohne jedes Blut, und zum erstenmal blickte Joe Pettigrew in sein Gesicht und sah, daß es zerfleischt und zerrissen war von den langen, scharfen Fingernägeln einer rasenden Frau.

Das reichte. Joe Pettigrew machte den Mund auf und schrie wie ein Schwein am Spieß.

V

In seinen eigenen Ohren klang der Schrei weit weg, wie etwas in einem anderen Haus. Ein dünner zerreißender Ton, der nichts mit ihm zu tun hatte. Vielleicht hatte er auch gar nicht geschrien. Es konnten Reifen gewesen sein, die zu schnell eine Kurve genommen hatten. Oder eine verlorene Seele bei ihrem Sturzflug in die Hölle. Er hatte keinerlei körperliche Empfindung. Er schien um die Tischkante herumzuschweben und um die Leiche von Porter Green. Aber sein Schweben – oder was immer das war – hatte ein Ziel. Er war jetzt an der Tür. Er legte die Sperre ein. Er war an den Fenstern. Sie waren zu, aber eins war nicht gesichert. Er sicherte es. Er war am Radio. Er drehte das ab. Kein Bum-bum mehr. Eine Stille wie im Weltraum hüllte ihn in ein langes weißes Leichentuch. Er bewegte sich quer durchs Zimmer zu den Schiebetüren zurück.

Er bewegte sich durch sie hindurch in Porter Greens Schlafzimmer, das einst das Eßzimmer des Hauses gewesen war, vor langer Zeit, als Los Angeles noch jung gewesen

war und heiß und trocken und staubig und noch zur Wüste
gehört hatte und zu den raschelnden Reihen der Eukalyp-
tusbäume und mächtigen Palmen, die seine Straßen säum-
ten.

Alles, was von dem Eßzimmer noch übrig war, war ein
eingebauter Geschirrschrank zwischen den zwei Nordfen-
stern. Hinter dessen zerschrammten Türen befanden sich
jetzt Bücher. Nicht sehr viele. Porter Green hatte nicht zu
denen gehört, die oft ein Buch in die Hand nehmen. Das
Bett stand an der Ostwand, hinter der das Frühstückszimmer und die Küche lagen. Sehr verlottert war es, das Bett,
und es befand sich etwas auf dem Bett, aber Joe Pettigrew
war nicht in der Stimmung, um nachzusehen, was das sei.
Neben dem Bett war das, was einmal eine Schwingtür
gewesen war, die man aber durch eine solide Tür ersetzt
hatte, die sauber in ihren Rahmen paßte und einen Dreh-
riegel hatte. Der Riegel war vorgelegt. Joe Pettigrew
meinte Staub in den Ritzen der Tür sehen zu können. Er
wußte, daß sie selten geöffnet wurde. Aber der Riegel lag
vor, das war die Hauptsache. Er ging weiter in einen kurzen Flur, der unter der Treppe hindurch in den Hauptflur
führte. Dieser Flur war notwendig geworden, um einen
Zugang zum Badezimmer zu bekommen, das einst ein
Wintergarten gewesen war und auf der anderen Seite des
Hauses lag. Unter der Treppe befand sich eine winzige
Kammer. Joe Pettigrew öffnete die Tür und machte das
Licht an. Ein paar Koffer in den Ecken, Anzüge auf
Kleiderbügeln, ein Wintermantel und ein Regenmantel.
Ein Paar in die Ecke geworfene Wildlederschuhe. Er machte
das Licht wieder aus und schloß die Tür. Er ging weiter
in das Badezimmer. Es war recht groß für ein Badezim-
mer, und die Wanne war altmodisch. An dem Spiegel über
dem Waschbecken ging Joe Pettigrew vorbei, ohne hinein-
zuschauen. Er hatte momentan keine Lust, sich mit Joseph
zu unterhalten. Jetzt kam es auf Kleinigkeiten an, und die

forderten seine ganze Aufmerksamkeit. Die Badezimmerfenster waren offen, und die Gazevorhänge flatterten. Er
zog die Fenster herunter und schob die Riegel an den
Seiten in die Rahmen. Das Badezimmer hatte nur die eine
Tür, durch die er hereingekommen war. Es hatte eine
gegeben, die in den vorderen Teil des Hauses geführt hatte,
aber die war zugemauert und wie die übrige Wand mit
einer wasserfesten Tapete übertapeziert worden. Das Zimmer dahinter war praktisch eine Rumpelkammer. In ihr
befanden sich alte Möbel, allerlei Gerümpel und ein Schreibtisch mit Rollverdeck. Er war aus jener scheußlich hellen
Eiche, die früher die Leute einmal schön fanden. Joe Pettigrew benutzte den Raum nie und betrat ihn nie. Das war
also das.

Er drehte sich um und trat vor den Badezimmerspiegel.
Er wollte es gar nicht. Aber Joseph hatte vielleicht an
etwas gedacht, woran er nicht gedacht hatte, und so blickte
er Joseph an. Joseph erwiderte seinen Blick mit unangenehm starren Augen.

»Radio«, sagte Joseph kurz. »Du hast es ausgemacht.
Falsch. Leiserdrehn, ja. Aber nicht ausmachen.«

»Oh«, sagte Joe Pettigrew zu Joseph. »Ja, da hast du
wohl recht. Dann ist da noch die Kanone. Aber die hab
ich nicht vergessen.« Er tätschelte seine Tasche.

»Und die Schlafzimmerfenster«, sagte Joseph fast verächtlich. »Und Gladys wirst du dir auch ansehen müssen.«

»Die Schlafzimmerfenster, klar«, sagte Joe Pettigrew.
Und nach einer Pause: »Ich möchte sie mir nicht ansehen. Sie
ist tot. Sie muß tot sein. Da brauchte man doch nur ihn
sehn.«

»Diesmal hat sie den Falschen zappeln lassen, was?«
sagte Joseph kühl. »Oder hast du mit sowas gerechnet?«

»Ich weiß nicht«, sagte Joe. »Nein, ich glaube, so weit
bin ich nicht gegangen. Aber ganz schön verpatzt hab ich
alles. Wär gar nicht nötig gewesen, ihn zu erschießen.«

Joseph sah ihn mit sonderbarem Ausdruck an. »Und des Professors Zeit und Stoff zu verschwenden? Du glaubst doch wohl nicht, daß er bloß hierhergekommen ist, um einen Spaziergang zu machen, oder?«

»Wiedersehn, Joseph«, sagte Joe Pettigrew.

»Wieso sagst du Wiedersehn?« entgegnete Joseph bissig.

»Mir ist halt so«, erwiderte Joe Pettigrew. Er ging aus dem Badezimmer.

Er ging um das Bett herum und schloß und verriegelte die Fenster. Endlich, obwohl er es nicht wollte, sah er Gladys an. Er hätte es nicht zu tun brauchen. Er hatte richtig vermutet. Wenn je ein Bett wie ein Schlachtfeld aussah, dann dieses. Wenn je ein Gesicht bleifarben und verzerrt und tot aussah, dann das Gesicht von Gladys. Ein paar Kleidungsfetzen hatte sie noch auf dem Leib, das war alles. Nur ein paar Fetzen. Sie sah arg mitgenommen aus. Sie sah scheußlich aus.

Joe Pettigrews Zwerchfell verkrampfte sich, und sein Mund schmeckte Galle. Rasch ging er da hinaus und lehnte sich von außen an die Schiebetür, wobei er jedoch darauf bedacht war, sie nicht mit den Händen zu berühren.

»Radio an, aber nicht laut«, sagte er in die Stille, als sein Magen sich wieder beruhigt hatte. »Kanone in seine Hand. Wird mir nicht ganz leicht fallen.« Seine Augen gingen zu der Tür in den Flur. »Ich nehm besser oben das Telefon. Zeit genug, um wieder runterzukommen.«

Er gab einen langen Seufzer von sich und ging ans Werk. Doch als es soweit war, Porter Green die Kanone in die Hand zu drücken, merkte er, daß er Porter Greens Gesicht nicht anschauen konnte. Er hatte das sichere Gefühl, daß Porter Greens Augen offen waren und ihn ansahen, aber diesen Augen konnte er nicht begegnen, auch wenn sie tot waren. Er hatte das Gefühl, daß Porter Green ihm vergeben würde und daß es ihm nicht wirklich etwas ausgemacht hatte, erschossen zu werden. Es war schnell gegangen und war bestimmt viel weniger unangenehm als das, was von Gesetzesseite auf ihn zugekommen wäre.

Nicht das war es, weswegen er sich schämte. Und er schämte sich auch nicht, weil Porter Green ihm Gladys weggenommen hatte, denn das wäre albern gewesen. Porter Green hatte nichts getan, was nicht bereits getan worden war, vor Jahren schon. Er vermutete, daß es diese gräßlich blutigen Kratzer sein mußten, weswegen er sich schämte. Bis jetzt hatte Porter Green wenigstens ausgesehen wie ein Mann. Durch diese Kratzer wurde er nun irgendwie zu einem blöden Trottel. Auch als Toter. Ein Mann, der aussah und auftrat wie Porter Green; der etwas gesehen haben mußte von der Welt; der Frauen reichlich und nur zu gut kannte; der eben Bescheid wußte – ein solcher Mann hätte sich in eine Katzbalgerei mit einem Flittchen wie Gladys nicht einlassen dürfen, einer leeren Tüte von Frau, die einem Mann nichts zu geben vermochte, nicht einmal sich selbst.

Joe Pettigrew hatte keine sehr hohe Meinung von sich als dominierendem Männchen. Aber das Gesicht hatte er sich wenigstens nie zerkratzen lassen.

Ohne ihm auch nur einmal ins Gesicht zu sehen, drückte er Porter Green die Kanone in die Hand. Er machte das sehr ordentlich, eine Spur zu ordentlich vielleicht. Mit derselben Ordnungsliebe und ohne ungebührende Hast ordnete er, was sonst noch zu ordnen war.

VI

Der schwarz-weiße Funkstreifenwagen bog um die Ecke und glitt die Straße herunter. Ohne Lärm und ohne Eile. Leise hielt er vor dem Haus, und wortlos blickten die beiden uniformierten Beamten eine Weile hinüber zu der tiefen Veranda, der geschlossenen Tür, den geschlossenen

Fenstern, im Ohr den steten Strom der Durchsagen aus dem Quäkkasten, die sie im Geist sortierten, ohne bewußt auf sie zu achten.

Dann sagte der Beamte auf der Bordsteinseite: »Ich höre keinen schreien und sehe keine zusammengelaufenen Nachbarn. Sieht aus, als hätte jemand 'ne Platzpatrone abgefeuert.«

Der Polizist am Steuer nickte und sagte abwesend: »Drück trotzdem mal auf die Klingel.« Er trug die Zeit in sein Berichtsformular ein und gab der Zentrale durch, daß der Wagen jetzt nicht verfügbar sei. Der Beamte auf der Bordsteinseite stieg aus, ging den Betonweg hoch und die Veranda hinauf. Er klingelte. Er konnte es irgendwo im Haus klingeln hören. Er hörte auch ein Radio oder einen Plattenspieler, leise aber deutlich, und die Musik kam von links unten aus dem Zimmer mit den geschlossenen Fenstern. Er klingelte noch einmal. Keine Reaktion. Er ging auf der Veranda entlang und klopfte auf die Fensterscheibe über dem Fliegendraht. Er klopfte lauter. Die Musik ging weiter, sonst rührte sich nichts. Er ging von der Veranda herunter und um das Haus zur Hintertür. Der Fliegendrahtrahmen war eingehakt, die Tür dahinter geschlossen. Auch hier gab es eine Klingel. Er drückte darauf. Es summte in seiner Nähe, ziemlich laut, aber niemand reagierte darauf. Er schlug mit der Faust gegen den Fliegendrahtrahmen und riß dann daran. Der Haken sprang nicht auf. Er ging nach vorne, auf der anderen Seite des Hauses. Die Fenster auf der Nordseite waren zu hoch, um von der Erde aus hineinsehen zu können. Er kam zu dem Rasen vor dem Haus und ging quer über den Rasen zum Funkwagen zurück. Der Rasen war gepflegt und am Abend vorher gesprengt worden. Einmal blickte er zurück, um festzustellen, ob seine Absätze sich eingedrückt hätten. Sie hatten es nicht. Er war froh darüber. Er war ein junger Polizist und noch gar nicht abgebrüht.

»Rührt sich nichts, aber Musik spielt«, sagte er zu seinem Kollegen, während er sich ins Wagenfenster lehnte.

Der Fahrer hörte einen Moment auf den Quäkkasten und stieg dann aus. »Nimm du die Seite«, sagte er, mit dem Daumen nach Süden zeigend. »Ich versuch's mal hier drüben in dem Haus. Vielleicht haben die Nachbarn was gehört.«

»Viel kann's nicht gewesen sein, sonst hätten wir sie schon aufm Hals«, sagte der erste Polizist.

»Besser, wir fragen trotzdem.«

Hinter dem Haus auf der Südseite des Pettigrew-Hauses war ein älterer Mann damit beschäftigt, die Erde um ein paar Rosensträucher mit einem einzinkigen Kultivator aufzulockern. Der junge Beamte fragte ihn, ob er wisse, warum man die Polizei nach nebenan gerufen habe. Nein. Ob er die Leute habe herauskommen sehen? Nein, er habe nichts dergleichen bemerkt. Pettigrew habe keinen Wagen. Der Mieter ja, aber die Garage sehe abgesperrt aus. Man könne das Vorhängeschloß sehen. Was das für Leute seien? Och, ganz gewöhnliche. Hätten noch nie wen belästigt. Radio 'n bißchen laut gewesen in der letzten Zeit? Wie jetzt? Der alte Mann schüttelte den Kopf. Es sei doch jetzt gar nicht laut. Vorhin, ja, da wär's lauter gewesen. Wann sie's leiser gedreht hätten? Das wisse er nicht. Sei ihm auch schnurzepiepe. Vor 'ner Stunde vielleicht; oder 'ner halben. Is' nix passiert hier, Wachtmeister. Hab den ganzen Vormittag hier rumgepusselt, hätt ich merken müssen. Es hat aber jemand angerufen, sagte der Beamte. Muß'n Irrtum sein, sagte der alte Mann. Ob sonst noch wer in seinem Haus sei? In seinem Haus? Der alte Mann schüttelte den Kopf. Nee, momentan nich'. Die Frau sei im Kosmetiksalon. Ganz verrückt auf dieses violette Zeug, das man heute in weißes Haar macht. Er kicherte. Der junge Polizist hätte ihm gar kein Kichern zugetraut, nach der Art, wie er da so brummig an seinen Rosen herumstocherte.

Im Nachbarhaus auf der anderen Seite, wohin der Fahrer des Funkwagens gegangen war, machte niemand die Tür auf. Der Polizist ging hinter das Haus und erblickte ein Kind unbestimmten Alters und Geschlechts, das versuchte, die Stäbe aus seinem Laufstall zu treten. Dem Kind hätte die Nase geputzt gehört, aber es schien sich so wohler zu fühlen. Der Beamte polterte an die Hintertür und kriegte dafür eine Vettel mit strähnigem Haar. Als sie die Tür aufmachte, wogte ihm aus der Küche irgendeine Schmalzoper entgegen, und er sah, daß sie ihr mit der leidenschaftlichen Aufmerksamkeit einer Abteilung von Pionieren lauschte, die dabei sind, ein Minenfeld zu räumen. Nicht einen Ton habe sie gehört, schrie sie ihn an, ihre Antwort sauber zwischen zwei Zeilen eines hinreißenden Duetts plazierend. Sie habe keine Zeit, sich darum zu kümmern, was anderswo vorginge. Radio nebenan? Ja, sie glaube, die hätten eins. Schon möglich, daß sie's ab und zu mal gehört habe. Ob sie das Ding da nicht ein bißchen leiser drehen könne, fragte der Beamte sie mit einem finsteren Blick auf das Radio neben der Küchenspüle. Können schon, sagte sie, aber sie denke ja nicht daran. Ein dünnes Mädchen, dessen schwarzes Haar ebenso strähnig war wie das seiner Mutter, tauchte plötzlich aus dem Nichts auf, pflanzte sich etwa fünfzehn Zentimeter vor dem Bauch des Beamten auf und starrte an seiner Hemdbrust entlang zu ihm hinauf. Er trat zurück, und sie blieb an ihm dran. Er beschloß, in einer Minute den wilden Mann zu machen. Keinen Ton gehört, was? brüllte er die Frau an. Ruhe heischend hob sie die Hand, lauschte einem kurzen gefühlsseligen Wortgeplänkel im Radio und schüttelte dann den Kopf. Sie fing an, die Tür zuzumachen, während er noch über die Schwelle trat. Das kleine Mädchen beschleunigte seinen Rückzug mit einer zielsicher nach ihm geworfenen matschigen Himbeere.

Er hatte ein heißes Gefühl im Gesicht, als er mit dem anderen Polizisten am Funkwagen zusammentraf. Beide blickten sie über die Straße, sahen dann einander an und zuckten die Achseln. Der Fahrer ging um das Heck des Wagens, um wieder einzusteigen, überlegte es sich dann aber anders und ging den Weg zur Veranda von Pettigrews Haus hinauf. Er horchte auf das Radio und stellte fest, daß Lampenlicht um die Rouleaus war. Er verharrte und pirschte dann von Fenster zu Fenster, bis er einen kleinen Schlitz fand, durch den er mit einem Auge spähen konnte.

Nach einigen Verrenkungen sah er endlich etwas, was aussah wie der Körper eines Mannes, der neben dem Bein eines niedrigen Tisches mit dem Rücken auf dem Boden lag. Er richtete sich auf und machte dem anderen Beamten mit energischer Gebärde ein Zeichen. Der andere kam angelaufen.

»Wir gehn rein«, sagte der Fahrer. »Du scheinst in dieser Schicht 'n bißchen blind zu sein. Da ist einer drin und der tanzt nicht. Radio an, Lichter an, alle Türen und Fenster dicht, keiner macht auf, und da drin liegt einer aufm Teppich. Na? Klingelt's da nich' bei dir?«

Dies war der Augenblick, in dem Joe Pettigrew seine zweite Prise von Professor Bingos Schnupfpulver nahm.

Sie gelangten in die Küche, indem sie – ohne das Glas zu zerbrechen – mit einem Schraubenzieher ein Schiebefenster aufstemmten. Der alte Mann nebenan sah sie und hackte unbeirrt weiter an seinen Rosen. Es war eine saubere, aufgeräumte Küche, denn Joe Pettigrew war ein ordnungsliebender Mensch. So weit vorgedrungen, stellten sie fest, daß sie ebensogut hätten draußen bleiben können. In das vordere Zimmer, wo das Licht brannte, konnte man nur kommen, wenn man eine Tür aufbrach; was sie schließlich zurückbrachte auf die vordere Veranda. Mit dem großen Schraubenzieher schlug der Fahrer des Funkwagens eine Scheibe ein, zog dann den Riegel zurück und schob das Fenster so weit hoch, daß er sich hineinbeugen und mit dem Griff des Schraubenziehers den Haken des Fliegendrahtrahmens aus der Halterung klopfen konnte. Sie kriegten beide Fensterrahmen hoch und gelangten so in das Zimmer, ohne mit den Händen mehr berührt zu haben als den Fensterriegel.

Es war drückend warm im Zimmer. Nach einem kurzen Blick auf Porter Green ging der Fahrer zum Schlafzimmer, unterwegs die Klappe seiner Pistolentasche öffnend.

»Steck man besser die Hände in die Taschen«, sagte er über die Schulter zu dem jungen Polizisten. »Scheinst heute keinen guten Tag zu haben.« Er meinte das ganz ehrlich, ohne Hintersinn oder Sarkasmus in der Stimme, aber der junge Beamte wurde trotzdem rot und biß sich auf die Lippe. Er stand da und sah hinab auf Porter Green. Er brauchte ihn nicht zu berühren oder sich auch nur zu bücken. Er hatte viel mehr Tote gesehen als sein Kollege. Er blieb stehen, wo er stand, denn er wußte, daß es nichts für ihn zu tun gab und daß alles, was er täte, auch wenn es nur ein paar Schritte über den Teppich wären, zufällig etwas verderben könnte, was für die Jungens vom Labor von Nutzen gewesen wäre.

Während er da so stand und ruhig wartete, meinte er – trotz des in der Ecke noch laufenden Radios – ein Geräusch zu hören; wie ein schwaches Klirren; und dann das Scharren eines Schrittes draußen auf der Veranda. Rasch drehte er sich um und ging zum Fenster. Er schob das gelbe Rouleau beiseite und sah hinaus.

Nein. Nichts. Er machte ein leicht verdutztes Gesicht, denn seine Ohren waren sehr gut. Dann drückte sein Gesicht Widerwillen aus.

»Nun reiß dich mal zusammen, Junge«, sagte er zu sich. »Vor dem Schützenloch hier treiben sich keine Japsen rum.«

VII

Man konnte in einem zurückgesetzten Hauseingang stehen und eine Brieftasche aus der Tasche ziehen und eine Karte aus der Brieftasche und man konnte die Karte lesen, und niemand konnte die Brieftasche sehen oder die Karte oder die Hand, die sie hielt. Leute gingen vorbei, müßig oder geschäftig, das übliche Geschiebe des frühen Nachmittags, und niemand sah auch nur flüchtig zu einem hin. Wenn es doch jemand tat, so sah er nichts als einen leeren Hauseingang. Unter anderen Umständen hätte das amüsant sein können. Jetzt war es nicht amüsant, aus naheliegenden Gründen. Joe Pettigrews Füße taten weh. Seit zehn Jahren war er nicht mehr so weit zu Fuß gegangen. Aber es war ihm keine andere Wahl geblieben. Er hätte ja nicht gut Porter Greens Wagen herausholen können. Der Anblick eines völlig leer durch den Verkehr fahrenden Wagens hätte die Verkehrspolizei aus den Angeln heben können. Irgendwer hätte angefangen zu schreien. Wer weiß, was alles passiert wäre.

Er hätte es riskieren können, sich in einer Menschentraube in einen Bus oder eine Straßenbahn zu drängeln. Das wäre vielleicht gegangen. Es würde wohl niemanden kümmern, wer da drängelte, aber es bestand immer die Gefahr, daß irgendein kräftiger Zeitgenosse hinlangte, wo es scheinbar nichts zu packen gab, und einen Arm erwischte und stur genug war, diesen Arm festzuhalten, auch wenn er nicht sehen konnte, was er da eigentlich festhielt. Nein. Laufen war viel besser. Das würde auch Joseph befürwortet haben.

»Nicht wahr, Joseph?« fragte er, in das staubige Glas der Haustür hinter sich blickend.

Joseph äußerte sich nicht. Ja, er war wohl da, aber nicht scharf und klar umrissen. Er war vernebelt. Er hatte nicht die ausgeprägte Persönlichkeit, die man von Joseph erwartete.

»Na schön, Joseph. Dann ein andermal.« Joe Pettigrew blickte hinab auf die Karte, die er noch immer in der Hand hielt. Etwa acht Querstraßen war er noch von dem Gebäude entfernt, wo Professor Augustus Bingo in Zimmer 311 ein Büro unterhielt. Auf der Karte stand auch eine Telefonnummer. Joe Pettigrew überlegte, ob es klüger wäre, sich telefonisch anzumelden. Ja, das wäre wohl klüger. Wahrscheinlich war da ein Fahrstuhl, und einmal da drin, würde er zu sehr der Gnade des Zufalls ausgeliefert sein. Eine Menge von diesen alten Gebäuden – und er wußte, daß Professor Bingo sein Büro so gut wie sicher in einem Gebäude hatte, das zu seinem schäbigen Zylinder paßte – hatten keine Feuertreppe. Die Feuerleiter an der Außenwand und der Lastenaufzug waren von der Eingangshalle aus nicht zu erreichen. Viel besser, einen Termin zu vereinbaren. Außerdem war da die Frage der Bezahlung. Joe Pettigrew hatte siebenunddreißig Dollar in seiner Brieftasche, aber er glaubte nicht, daß siebenunddreißig Dollar Professor Bingos Herz höher schlagen lassen würden. Professor Bingo suchte sich seine möglichen Kunden zweifellos sorgfältig aus und könnte imstande sein, sie kräftig zu schröpfen. Aber wie rankommen an mein Geld? fragte sich Joe Pettigrew. Ein Scheck ließ sich kaum einlösen, wenn niemand den Scheck sehen konnte. Selbst wenn der Kassierer den Scheck sähe – was Joe Pettigrew, sofern er ihn auf den Schalter legte und dann seine Hand zurücknähme, nicht für ausgeschlossen hielt, denn schließlich *gäbe* es ja einen Scheck –, würde er das Geld kaum in den leeren Raum hinaushalten. Er könnte natürlich warten, bis irgendein anderer einen Scheck einlöste, und sich das Geld dann schnappen. Aber für so etwas war eine Bank kein guter Ort. Jemand, dem man Geld vor der Nase wegschnappt, fängt wahrscheinlich ein riesiges Gezeter an, und Joe Pettigrew wußte, wie eine Bank in einem solchen Fall reagierte: sofort Türen blockieren und Alarmanlage auslösen.

Besser wäre es wohl, die Person mit dem Geld erst einmal aus der Bank gehen zu lassen. Aber das hatte Nachteile. War die Person ein Mann, würde er das Geld so wegstecken, daß ein unerfahrener Taschendieb schwerlich an es herankommen dürfte, selbst wenn er dem erfahrensten Taschendieb durch einen gewissen technischen Vorteil überlegen war. Es würde also eine Frau sein müssen. Aber Frauen lösen sehr selten Schecks über größere Beträge ein, und es widerstrebte Joe Pettigrew, einer Frau die Handtasche zu entreißen. Selbst wenn sie das Geld übrighaben mochte – ohne Handtasche würde sie so hilflos sein.

Immer noch in dem Hauseingang stehend, sagte Joe Pettigrew mehr oder weniger laut: »Ich bin einfach nicht der Typ, um aus so einer Situation wie jetzt Kapital zu schlagen.«

Das war die Wahrheit und das ganze Problem. Obwohl er Porter Green ein sauberes Loch in den Pelz gebrannt hatte, war Joe Pettigrew im Grunde ein anständiger Kerl. Anfangs hatte er sich ein bißchen hinreißen lassen, doch jetzt sah er, daß das Unsichtbarsein auch seine Kehrseite hatte. Nun, vielleicht würde er kein Schnupfpulver mehr brauchen. Es gab eine Möglichkeit, das festzustellen. Falls er aber doch welches brauchte, würde er es schrecklich schnell brauchen.

Das einzig Vernünftige war, Professor Bingo anzurufen und sich mit ihm zu verabreden.

Er trat aus dem Hauseingang und ging an der Außenseite des Gehsteigs bis zur nächsten Kreuzung. An der Ecke war eine finster aussehende Kneipe. Gut möglich, daß die eine separat liegende Telefonzelle hatte. Aber selbst eine separat liegende Telefonzelle konnte jetzt zur Mausefalle werden. Angenommen, jemand käme vorbei, sähe, daß sie scheinbar leer ist, und käme herein – nein, besser nicht dran denken.

Er ging in die Kneipe. Sie war sehr separat. Zwei Männer saßen auf Barhockern, in einer Nische schmuste ein

Pärchen. Es war die Tageszeit, wo kaum jemand trinkt, ausgenommen ein paar Nichtstuer und Alkoholiker und hin und wieder einmal ein heimliches Liebespaar. Das Pärchen in der Nische sah so aus. Sie saßen eng beieinander und hatten für die Welt um sie herum keine Augen mehr. Die Frau trug einen schauderhaften Hut und eine schmutzige Lammfelljacke, sah aufgeschwemmt aus und verdorben. Der Mann sah ein bißchen aus wie Porter Green. Sein Gehabe ließ auf dieselbe skrupellose Zielstrebigkeit schließen. Joe Pettigrew blieb an der Nische stehen und sah angewidert zu den beiden hinab. Vor dem Mann stand ein kleines Glas Whisky und daneben etwas zum Nachspülen. Die Frau hatte irgendeine gräßliche Pampe vor sich stehen, die aus mehreren verschiedenfarbigen Schichten bestand. Joe Pettigrew sah hinab auf den Whisky.

Wahrscheinlich war es nicht klug, aber ihm war halt so. Rasch griff er nach dem kleinen Glas und kippte sich den Whisky hinter die Binde. Er schmeckte ekelhaft. Joe Pettigrew würgte heftig. Der Mann in der Nische richtete sich auf und schwenkte den Kopf herum. Er fixierte Joe Pettigrew.

»Na, jetzt geht's aber los!« sagte er in scharfem Ton.

Joe Pettigrew war erstarrt. Mit dem Glas in der Hand stand er da, und der Mann sah ihm genau in die Augen. Die Augen des Mannes gingen runter, runter zu dem leeren Glas in Joe Pettigrews Hand. Der Mann legte die Hände auf den Tisch und fing an, seitwärts zu rutschen. Er sagte kein Wort mehr, aber man brauchte Joe Pettigrew auch nichts mehr zu sagen. Er wandte sich ab und rannte in den hinteren Teil der Kneipe. Der Barmann und die zwei Männer auf den Barhockern sahen ihm verwundert nach. Inzwischen war der Mann aus der Nische gerutscht und stand auf.

Gerade noch rechtzeitig fand Joe Pettigrew, was er suchte. *Herren* stand an der Tür. Schnell ging er hinein und drehte sich um. Die Tür hatte kein Schloß. Seine Hand suchte verzweifelt nach der Dose in seiner Tasche, und als die Tür aufging, hatte er sie gerade erst herausgeholt. Er trat hinter die Tür, drehte den Deckel von der Dose und nahm eine starke Prise. Er führte sie an die Nase, und in der nächsten Sekunde war der Mann bei ihm in der Herrentoilette.

Joe Pettigrews Hand zitterte so heftig, daß er die Hälfte des Schnupfpulvers auf den Boden fallen ließ. Auch den Deckel der Dose ließ er fallen. Mit teuflischer Genauigkeit rollte der Deckel schnurgerade über den Zementboden und blieb praktisch unmittelbar vor der rechten Schuhspitze des Mannes aus der Nische liegen.

Der Mann stand auf der Innenseite der Tür und sah sich um. Er sah sich wirklich um. Und er blickte genau auf Joe Pettigrew. Aber diesmal war sein Gesichtsausdruck ganz anders. Er blickte weg. Er ging hinüber zu den zwei Kabinen. Er stieß erst die eine Tür auf, dann die andere. Beide Kabinen waren leer. Der Mann stand da und schaute in sie hinein. Ein sonderbares Geräusch kam aus seiner Kehle. Mit zerstreuter Bewegung holte er ein Päckchen Zigaretten heraus und steckte sich ein Zigarette in den Mund. Als nächstes kam ein hübsches kleines Silberfeuerzeug heraus, und ein hübsche kleine Flamme entzündete die Zigarette.

Der Mann stieß eine lange Rauchfahne aus. Langsam drehte er sich um und ging wie ein Schlafwandler zur Tür. Er ging hinaus. Plötzlich flog die Tür auf, und er kam wieder hereingeschossen. Joe Pettigrew konnte gerade noch ausweichen. Wieder suchte der Mann mit den Blicken den Raum ab. So sieht ein Mann aus, der baff ist, dachte Joe Pettigrew; ein Mann, der sehr verärgert ist; in dessen gute Laune ein großer Tropfen Galle gefallen ist. Der Mann ging wieder hinaus.

Joe Pettigrew machte die nächste Bewegung. In der

Wand war ein Milchglasfenster, klein aber ausreichend. Er zog den Riegel zurück und versuchte es in die Höhe zu schieben. Es klemmte. Er wiederholte den Versuch mit größter Kraftanstrengung. Es tat ihm im Rücken weh. Endlich gab das Fenster nach und ging bis zum Anschlag ruckweise nach oben.

Als er die Arme sinken ließ und sich die Hände an der Hose abwischte, sagte hinter ihm eine Stimme: »Das war nicht offen.«

Eine andere Stimme sagte: »Was war nicht offen, Mister?«

»Das Fenster, Trottel.«

Joe blickte sich vorsichtig um. Er schob sich seitlich vom Fenster weg. Der Barmann und der Mann aus der Nische blickten beide zum Fenster.

»Muß aber wohl«, sagte der Barmann kurz. »Und den Trottel können Sie sich sparen.«

»Und ich sage, es war zu.« Der Mann aus der Nische sagte das mehr als nachdrücklich und kaum noch höflich.

»Soll das heißen, ich lüge?« erkundigte sich der Barmann.

»Woher wollen Sie denn wissen, daß es auf war?« Der Mann aus der Nische fing wieder an, aggressiv zu werden.

»Wieso kommen Sie denn dann nochmal hierher zurück, wenn Sie so sicher waren?«

»Weil ich meinen Augen nicht trauen konnte«, brüllte der Mann aus der Nische fast.

Der Barmann grinste. »Ah, und von mir verlangen Sie, ich soll ihnen trauen, ja? Sieht das so aus?«

»Ach, zur Hölle mit Ihnen!« sagte der Mann aus der Nische. Er machte kehrt, stieß krachend die Tür auf und stampfte aus der Herrentoilette. Indem er das tat, trat er voll auf den Deckel von Professor Bingos Schnupfpulverdose. Der Deckel wurde plattgedrückt unter seinem Schuh. Niemand sah den Deckel an, nur Joe Pettigrew; und wie er ihn ansah.

Der Barmann ging zu dem Fenster hinüber, schloß es und schob den Riegel vor.

»So, hoffentlich gibt dieser Spastiker jetzt Ruhe«, sagte er und ging hinaus. Joe Pettigrew näherte sich behutsam dem plattgetretenen Dosendeckel und bückte sich danach. Er bog ihn, so gut es ging, wieder zurecht und setzte ihn auf die untere Dosenhälfte. Sehr dicht sah die Dose nicht mehr aus. Sicherheitshalber wickelte er sie in ein Papierhandtuch.

Ein anderer Mann kam in die Toilette, doch der war mit sich selber beschäftigt. Joe Pettigrew schlüpfte durch die Tür, bevor sie zufiel. Der Barmann war wieder hinter der Bar. Der Mann aus der Nische und die Frau mit der schmutzig-weißen Lammfelljacke waren dabei, das Lokal zu verlassen.

»Beehren Sie uns bald wieder«, sagte der Barmann in einem Ton, der genau das Gegenteil ausdrückte. Der Mann aus der Nische wollte stehenbleiben, aber die Frau sagte etwas zu ihm, und beide gingen sie hinaus.

»Was war denn los?« fragte der Mann auf dem Barhokker; derjenige, der nicht in die Herrentoilette gegangen war.

»Wenn ich mir schon um die Zeit 'ne Mieze vom North Broadway hole, dann aber bestimmt was Hübscheres«, sagte der Barmann verächtlich. »Dem Kerl fehlt's nicht nur an Manieren und Grips, sondern obendrein noch an Geschmack.«

»Aber woran's ihm nicht fehlt, wissen Sie ja wohl auch«, sagte der Mann auf dem Barhocker lakonisch, als Joe Pettigrew leise hinausging.

Der Busbahnhof auf der Cahienga war der geeignete Ort. Dauernd kamen und gingen Menschen, Menschen, die ein festes Ziel verfolgten, die sich nicht damit aufhielten festzustellen, wer sie anstieß; die keine Zeit hatten zum Denken und die – wenn sie Zeit gehabt hätten – größtenteils nichts hatten, womit sie hätten denken können. Der Lärm war erheblich. In einer leeren Telefonzelle zu telefonieren würde keine Aufmerksamkeit erregen. Er griff nach oben und lockerte die Glühbirne, damit das Licht nicht anginge, wenn er die Tür zumachte. Er wurde langsam unruhig. Auf das Schnupfpulver war nicht viel länger als eine Stunde Verlaß. Er überschlug die Zeit, die vergangen war, seit er den jungen Polizisten zu Hause im Wohnzimmer verlassen, bis zu dem Moment, als der Mann in der Nische aufgesehen und ihn gesehn hatte.

Nicht mehr als eine Stunde. Es hieß also die Gedanken zusammennehmen, und zwar ordentlich. Er konzentrierte den Blick auf die Telefonnummer. Gladstone 7-4963. Er warf seine Münze ein und drehte die Wählscheibe. Es kam kein Rufzeichen. Dann drang ein hohes, vibrierendes Wimmern an sein Ohr, dann machte es klick, und er hörte, wie seine Münze in die Geldrückgabe fiel. Dann sagte die Stimme einer Telefonistin: »Welche Nummer haben Sie gewählt, bitte?«

Joe Pettigrew nannte ihr die Nummer. Sie sagte: »Einen Moment, bitte.« Es entstand eine Pause. Joe Pettigrew blickte dabei dauernd durch die Glasscheibe der Zelle. Er fragte sich, wann wohl jemand nach der Zellentür greifen und dann stutzen würde beim Anblick der sehr sonderbaren Position des Telefonhörers – am Ohr von jemand, der nicht da war. So wenigstens stellte er sich das vor. Es konnte ja schwerlich das ganze verdammte Telefonsystem verschwinden, bloß weil er einen Apparat davon benutzte.

Die Stimme der Telefonistin meldete sich wieder: »Tut mir leid, Sir, aber die Nummer hab ich hier nicht im Verzeichnis.«

»Sie müssen sie aber haben«, sagte Joe Pettigrew heftig und wiederholte die Nummer. Die Telefonistin wiederholte ihrerseits, was sie gesagt hatte, und fügte hinzu: »Einen Moment, bitte, ich gebe Ihnen die Auskunft.« Es war heiß

in der Zelle, und Joe Pettigrew fing an zu schwitzen. Die
Auskunft meldete sich, hörte ihn an, ging aus der Leitung
und kam wieder.

»Tut mir leid, Sir. Unter diesem Namen steht kein
Anschluß im Verzeichnis.«

Joe Pettigrew verließ die Zelle gerade noch rechtzeitig,
um den Zusammenstoß mit einer Frau zu vermeiden, die
ein Einkaufsnetz trug und es offenbar sehr eilig hatte. Im
letzten Augenblick drückte er sich an ihr vorbei. Er machte,
daß er weiterkam.

Vielleicht eine Geheimnummer. Darauf hätte er schon
früher kommen können. Angesichts der Geschäfte von Professor Bingo kam nur eine Geheimnummer in Frage. Unvermittelt blieb Joe Pettigrew stehen, und jemand trat
ihm auf den Absatz. Gerade noch rechtzeitig sprang er
zur Seite.

Nein, das war doch albern. Er hatte die Nummer
gewählt. Und selbst wenn es eine Geheimnummer war –
die Telefonistin hätte dann ja gewußt, daß er die Nummer
hatte und daß sie stimmte. Sie hätte ihm einfach gesagt,
sie nochmals zu wählen. Sie würde gedacht haben, er hätte
sich verwählt. Bingo hatte also gar kein Telefon.

»Na schön«, sagte Joe Pettigrew. »Na schön, Bingo.
Vielleicht schau ich einfach bei dir rein und sag dir mal
Bescheid. Vielleicht brauch ich gar kein Geld. Ein Mann in
deinem Alter sollte nicht so dumm sein, sich 'ne falsche Telefonnummer auf seine Geschäftskarte drucken zu lassen.
Wie kannst du denn erwarten, deine Ware zu verkaufen,
wenn der Kunde sich nicht mit dir in Verbindung setzen
kann?«

Er sagte sich dies alles in Gedanken. Dann sagte er sich,
daß er Professor Bingo wahrscheinlich unrecht tue. Der
Professor hatte eigentlich einen recht gewieften Eindruck
gemacht. Er würde schon einen Grund haben für das, was
er tat. Joe Pettigrew holte die Karte heraus und sah sie

sich noch einmal an. 311 Blankey Building, auf der North Wilcox. Joe Pettigrew hatte nie etwas von einem Blankey Building gehört, aber das hatte nichts zu sagen. Jede Großstadt ist voll von solchen Rattenlöchern. Weiter als eine halbe Meile konnte es nicht sein. Danach hörten die Bürogebäude auf der Wilcox auf.

Er ging in südlicher Richtung. Nach der Hausnummer mußte das Gebäude auf der Ostseite liegen. Er hätte die Telefonistin bitten sollen, die Adresse zu überprüfen, als sie den Namen nicht finden konnte. Vielleicht hätte sie's getan, vielleicht hätte sie ihn in den Wald geschickt.

Der Block war leicht zu finden, die Nummer nicht ganz so leicht, aber mit Hilfe der Methode des Eliminierens schaffte er es. Das Gebäude hieß allerdings nicht Blankey Building. Um sicher zu gehen, blickte er noch einmal auf die Karte. Nein, er hatte sich nicht geirrt. Die Adresse stimmte, nur war es kein Bürogebäude. Es war auch kein Privathaus oder ein Geschäft.

Doch, das war Sinn für Humor, was Professor Bingo da zeigte. Seine Geschäftsadresse war, wie sich herausstellte, das Polizeirevier von Hollywood.

VIII

Außer den Männern vom Labor, den Fotografen und dem Burschen, der eine maßstabgetreue Skizze von der Anordnung der Möbel, Fenster und so weiter anfertigte, waren anwesend ein Lieutenant und ein Sergeant von der Kripo. Beide waren sie von der Außenstelle Hollywood und folglich etwas eleganter gekleidet, als man es bei Zivilen erwartet. Der eine hatte den Kragen seines Sporthemdes über dem Kragen seiner karierten Schäferjacke. Er trug eine himmelblaue Hose und Schuhe mit Goldschnallen. Seine karierten Socken leuchteten in der Dunkelheit der

Kleiderkammer, die sich unter der Treppe zwischen Schlafzimmer und Badezimmer öffnete. Er hatte das Stück Teppich zurückgerollt. Darunter war eine Falltür mit einem eingelassenen Eisenring. Der Mann mit der blauen Hose – es war der Sergeant, obwohl er älter aussah als der Lieutenant – zog die Falltürklappe an dem Ring hoch und lehnte sie an die Rückwand der Kammer. Der Kellerraum war schwach erhellt durch das Licht, das durch die Belüftungssiebe in den Grundmauern fiel. Eine Leiter aus rohem Holz lehnte an der Betonwand des Kellers. Der Sergeant, er hieß Rehder, stellte die Leiter zurecht und stieg so weit hinunter, daß er sehen konnte, was sich unter dem Fußboden befand.

»Großer Raum«, sagte er nach oben. »Früher muß hier 'ne Treppe runtergegangen sein, bevor sie den Fußboden für die Kammer eingezogen haben. Die Falltür haben sie eingebaut, um an die Rohre für Gas und Wasser und Abfluß ranzukommen. Meinen Sie, es lohnt sich, in die Koffer zu gucken?«

Der Lieutenant war ein großer, gutaussehender Mann, gebaut wie ein Prellbock. Er hatte traurige dunkle Augen. Er hieß Waldman. Er nickte unbestimmt.

»Das hier ist der Boden der Etagenheizung«, sagte Rehder. Er streckte den Arm aus und schlug dagegen. Das Eisen dröhnte dumpf. »Es gibt nur diese eine Heizung. Und die ist wohl von oben eingebaut. Hat sich schon einer die Warmluftklappen angeguckt?«

»Ja«, sagte Waldman. »Die sind zwar groß genug, aber drei davon sind zugenagelt und übermalt. Die hinten im Haus ist wohl noch durchgängig, aber da hängt genau der Gaszähler drin. An dem kommt keiner vorbei.«

Rehder kam die Leiter wieder hoch und senkte die Falltürklappe in den Fußboden der Kammer. »Dann ist da noch der Teppich hier«, sagte er. »Dürfte ziemlich schwer sein, den wieder glatt hinzulegen.«

Er wischte sich die staubig gewordenen Hände an dem Stück Teppich ab, und sie gingen aus der Kammer und machten die Tür zu. Sie gingen ins Wohnzimmer und sahen den Spurensicherern bei ihrem Treiben zu.

»Fingerabdrücke werden uns nichts helfen«, sagte der Lieutenant, mit dem Finger sich über das glattrasierte Blaubartkinn streichend. »Es sei denn, wir kriegen einen sauberen Abzug. Etwas auf einer Tür oder einem Fenster. Selbst das dürfte kaum aufschlußreich sein. Es ist ja sein Haus.«

»Ich würde wirklich gern wissen, wer diesen Schuß gemeldet hat«, sagte Rehder.

»Pettigrew. Wer sonst?« Waldman rieb weiter sein Kinn. Seine Augen blickten traurig und müde. »Ich glaube nicht an Selbstmord. Ich habe genug gesehen, aber noch keinen, der sich aus einer Entfernung von mindestens einem Meter – wahrscheinlich aber mehr – durchs Herz geschossen hat.«

Rehder nickte. Er sah hinab auf die Heizungsöffnung, deren großes Gitter teils im Fußboden, teils in der Wand lag.

»Aber angenommen, es *könnte* Selbstmord sein«, fuhr Waldman fort. »Das Haus ist dichtgemacht – bis auf das Fenster, durch das die Jungens von der Funkstreife eingestiegen sind, und von denen ist einer am Fenster stehengeblieben, bis wir hier waren. Die Tür ist nicht nur abgeschlossen, sondern mit einem Riegel gesichert, der mit dem Schloß keine Verbindung hat. Alle Fenster sind verriegelt, und die einzige andere Tür – diejenige, die zum Frühstückszimmer hinten im Haus führt – hat einen Sicherheitsriegel auf dieser Seite, der vom Frühstückszimmer aus nicht geöffnet werden kann, und ein Schnappschloß auf der anderen Seite, das von hier drin nicht geöffnet werden kann. Dieser Sachverhalt beweist, daß Pettigrew keinen Zugang zu diesen Räumen gehabt haben kann, als der Schuß abgegeben wurde.«

»Bis jetzt«, sagte Rehder.

»Bis jetzt, natürlich. Aber irgendwer hat den Schuß gehört, und irgendwer hat ihn gemeldet. Von den Nachbarn hat ihn keiner gehört.«

»Sagen sie«, warf Rehder ein.

»Aber warum deswegen lügen, *nachdem* wir die Leichen gefunden haben? Davor vielleicht, einfach um nicht mit reingezogen zu werden. Man könnte sagen, ganz gleich, wer den Schuß auch gehört hat, er will jedenfalls nicht bei einer Voruntersuchung oder Verhandlung als Zeuge aussagen. Es gibt Leute, die das nicht wollen, natürlich. Aber wenn sie nichts gehört haben – oder glauben, nichts gehört zu haben –, wird man sie wahrscheinlich noch viel mehr belästigen, als wenn sie was gehört hätten. Unsere Leute werden so lange versuchen, ihre Erinnerung aufzufrischen, bis ihnen etwas einfällt, was sie glaubten vergessen zu haben. Man weiß ja, wie das funktioniert.«

Rehder sagte: »Kommen wir wieder zurück auf Pettigrew.« Seine Augen waren jetzt auf seinen Kollegen gerichtet, sehr wachsam und leicht triumphierend, wie bei irgendeinem geheimen Gedanken.

»Wir müssen ihn verdächtigen«, sagte Waldman. »Den Ehemann müssen wir immer verdächtigen. Er muß gewußt haben, daß seine Frau was mit diesem Porter Green hatte. Pettigrew ist nicht verreist oder sowas. Der Briefträger hat ihn heute morgen gesehen. Entweder ist er vor oder nach dem Schuß aus dem Haus gegangen. Ist er vorher gegangen, ist er raus. Ist er nachher gegangen, muß er den Schuß noch lange nicht gehört haben. Aber ich sage, er hat ihn gehört, denn er hatte mehr Gelegenheit dazu als andere. Und wenn er ihn gehört hat, was würde er wohl getan haben?«

Rehder runzelte die Brauen. »Das Naheliegende tun sie nie, oder? Nein. Man sollte meinen, er versucht, in das Zimmer zu kommen, merkt dann aber, daß das nicht geht, ohne die Tür aufzubrechen. Daraufhin ruft er die Polizei an. Aber dieser Mann lebt in demselben Haus, wo seine Frau es mit dem Mieter treibt. Entweder ist der Kerl ein schrecklich kalter Fisch und kümmert sich keinen Dreck darum...«

»Sowas soll's ja geben«, warf Waldman ein.

»... oder er ist erniedrigt und innerlich am Toben. Als er den Schuß hört, weiß er verdammt genau, daß er ihn selber gern abgefeuert hätte. Und er weiß, daß wir wahrscheinlich dasselbe denken. Er verläßt also das Haus und ruft uns von einer Telefonzelle aus an und verschwindet dann. Wenn er nach Hause kommt, wird er den Überraschten mimen.«

Waldman nickte. »Aber solange wir ihn uns nicht vorknöpfen können, kommen wir damit nicht weiter. Es war reiner Zufall, daß ihn keiner weggehn sehn hat; reiner Zufall, daß niemand sonst den Schuß gemeldet hat. Auf nichts davon konnte er sich verlassen, folglich auch nicht darauf, so zu tun, als hätte er keine Ahnung. Wenn es Selbstmord ist, sage ich, er hat den Schuß nicht gehört und hat nicht angerufen. Entweder hat er das Haus vorher oder nachher verlassen, und er weiß nichts davon, daß irgendwer tot ist.«

»Also wieder nicht Selbstmord«, sagte Rehder. »Also muß er das Haus verlassen haben, nachdem er alles abgeschlossen hatte. Sehr schön. Und wie soll er das angestellt haben?«

»Ja. Wie?«

»Na, die Warmluftheizung. Die heizt auch den Flur. Noch nicht bemerkt?« fragte Rehder triumphierend.

Waldmans Blick ging zu der Luftöffnung am Boden und zurück zu Rehder. »Wie ist der Mann denn gebaut?« fragte er.

»Einer von den Jungens hat sich oben seine Sachen angeguckt. Etwa eins-achtundsiebzig, knapp siebzig Kilo vielleicht. Schuhgröße einundvierzig, Kragenweite fünfunddreißig, Anzüge Größe fünfzig. Gerade klein genug. Das Blech da hinter dem senkrechten Gitter hängt nur an einer Stange. Wir sollten das nach Fingerabdrücken absuchen und es dann mal ausprobieren.«

»Wollen Sie mich aufn Arm nehmen, Max?«

»Sie wissen genau, was ich will, Lieutenant. Wenn es Mord ist, muß der Kerl ausm Zimmer gekommen sein. Einen Mord, wo der Täter durchs Schlüsselloch verschwunden ist, hat es bis jetzt noch nicht gegeben.«

Waldman seufzte und blickte auf den Fleck im Teppich unter der Ecke des kleinen Tisches.

»Wahrscheinlich nicht«, sagte er. »Aber irgendwie find ich's schade, daß wir sowas nicht wenigstens einmal erleben können.«

IX

Es war sechzehn Minuten vor drei, als Joe Pettigrew durch einen stillen Teil des Friedhofs von Hollywood ging. Nicht daß es völlig still war hier, aber es herrschte eine Atmosphäre der Abgeschiedenheit und des Vergessens. Das Gras war grün und kühl. Er kam zu einer kleinen Bank aus Stein. Er setzte sich und blickte hinüber zu einem Grabmal aus Marmor mit Engeln darauf. Es sah teuer aus. Er konnte sehen, daß die Inschrift einst in Gold gewesen war. Er las den Namen. Der wies zurück auf eine Zeit längst erloschenen Glanzes, auf die Tage, in denen ein Star der flimmernden Leinwand lebte wie ein orientalischer Kalif und starb wie ein Fürst von Geblüt. Für einen einst so gefeierten Mann war die Ruhestätte recht einfach. Gar nicht so wie dieses künstliche Glamour-Paradies auf der anderen Seite des Flusses.

Vor langer Zeit, in einer vergessenen und trüben Welt. Badewannen-Gin, Bandenkriege, Gewinnspannen von zehn

Prozent, Parties, auf denen jeder trank, bis er bewußtlos war. Zigarrenrauch im Theater. Damals rauchte man nur Zigarre. Schwer waberte immer eine Wolke über den Ranglogen. Durch den Luftzug trieb sie zur Bühne hin. Er konnte sie riechen, wenn er in fünf Meter Höhe auf einem Fahrrad in der Luft schaukelte, das Räder hatte wie Wassermelonen. Joe Meredith, der Radclown. Keine schlechte Nummer. Nichts, was Schlagzeilen gemacht hätte – das war unmöglich mit so einer Nummer –, aber meilenweit weg von den Akrobaten. Ein Soloauftritt. Einer der besten Stürze in der Branche. Sieht ganz einfach aus, nicht? Versuchen Sie's mal, dann werden Sie merken, wie einfach das ist. Fünf Meter, und mit dem Nacken auf der harten Bühne landen, dann sanft auf die Füße abrollen, auf dem Kopf immer noch den Hut, und in einem Winkel des riesig geschminkten Mundes stecken zwanzig Zentimeter einer brennenden Zigarre.

Er fragte sich, was passieren würde, wenn er das jetzt probierte. Wahrscheinlich vier gebrochene Rippen und eine durchbohrte Lunge.

Ein Mann kam den Weg entlang. Einer von diesen jungen abgehärteten Burschen, die bei jedem Wetter ohne Jacke gehen. Vielleicht zwanzig oder zweiundzwanzig, zuviel schwarzes und zuwenig sauberes Haar, schmale flache schwarze Augen, dunkle Olivenhaut, Hemd offen über harter, haarloser Brust.

Vor der Bank blieb er stehen und maß Joe Pettigrew mit einem schnellen Schwenk der Augen.

»Haben Sie Feuer?«

Joe Pettigrew stand auf. Es war jetzt Zeit, nach Hause zu gehen. Er nahm ein Heftchen Streichhölzer aus der Tasche und hielt es dem Jungen hin.

»Danke.« Der Junge fischte eine lose Zigarette aus seiner Hemdtasche und zündete sie langsam an, wobei seine Augen nach links und rechts gingen. Als er die Streichhölzer mit der linken Hand zurückgab, warf er einen kurzen Blick über seine Schulter. Joe Pettigrew griff nach den Streichhölzern. Der Junge fuhr mit der Rechten flink unter sein Hemd und zückte eine Kanone.

»Jetzt die Brieftasche, Alter, und mach kein . . .«

Joe Pettigrew trat ihm zwischen die Beine. Der Junge krümmte sich zusammen und ging zu Boden. Schweiß brach ihm aus. Kein Laut kam über seine Lippen. Seine Hand hielt noch immer die Kanone, aber ohne zu zielen. Zäher Bursche, mußte man schon sagen. Joe Pettigrew machte einen Schritt und trat ihm die Kanone aus der Hand. Er hatte sie, bevor der Junge sich bewegte. Der Junge atmete jetzt in keuchenden Stößen. Es schien ihm ziemlich dreckig zu gehen. Joe Pettigrew war ein bißchen traurig zumute. Die Bühne gehörte ihm. Er hätte freiweg reden können. Er hatte nichts zu sagen. Die Welt war voll von zähen Burschen. Denen gehörte die Welt, die Welt Porter Greens.

Zeit, nach Hause zu gehen. Er schlenderte davon. An einem hübschen grünen Abfallfaß blieb er stehen und warf die Kanone hinein. Dann sah er zurück, aber der Junge war nirgendwo zu sehen. Machte wohl, daß er wegkam. Und wahrscheinlich stöhnte er beim Gehen. Vielleicht rannte er sogar. Wo rennt man hin, wenn man jemanden umgebracht hat? Nirgendwo hin, man geht nach Hause. Wegrennen ist eine sehr komplizierte Sache. Das muß durchdacht und vorbereitet sein. Und Zeit muß man haben, Geld und Kleidung.

Die Beine taten ihm weh. Er war müde. Aber einen Kaffee könnte er sich jetzt gönnen und dann den Bus nehmen. Er hätte sich Zeit lassen und einen Plan machen sollen. Das war Professor Bingos Schuld. Durch den hatte es zu einfach ausgesehen, wie eine Abkürzung, die nicht auf der Karte war. Man ging die Abkürzung und merkte dann, daß sie nirgendwo hinführte; einfach in einem Hof mit einem bissigen Hund endete. Ja, und wenn man sehr schnell war und sehr viel Glück hatte, trat man den bissigen Hund an die richtige Stelle und ging den Weg zurück, den man gekommen war.

Seine Hand ging in die Tasche, und seine Finger berührten das Päckchen mit Professor Bingos Erzeugnis – ein bißchen zerknautscht und der Inhalt halb verschüttet, aber noch brauchbar, falls irgendein Verwendungszweck dafür ihm einfallen sollte, was jetzt unwahrscheinlich war.

Zu schade, daß Professor Bingo eine falsche Adresse auf seiner Karte angegeben hatte. Joe Pettigrew hätte gerne bei ihm hereingeschaut und ihm den Hals umgedreht. So ein Kerl konnte großen Schaden anrichten in der Welt. Größeren Schaden als hundert Porter Greens.

Aber ein so findiger Typ wie Professor Bingo wußte all das natürlich im voraus. Selbst wenn er ein Büro hatte, würde man ihn dort nicht antreffen, es sei denn, er wollte es.

Joe Pettigrew setzte ein Bein vor das andere.

x

Lieutenant Waldman sah ihn und erkannte ihn, als er noch drei Häuser weit weg war, lange bevor er den Betonweg zu seinem Haus heraufkam. Er sah genauso aus, wie Waldman es erwartet hatte – hageres Gesicht, ordentlicher grauer Anzug, sicherer und aufrechter Gang. Größe, Gewicht und Körperbau stimmten.

»Okay«, sagte er und stand von einem Stuhl neben dem Fenster auf. »Keine Grobheiten, Max. Behutsam auf den Zahn fühlen.«

Sie hatten den Polizeiwagen ein Stück um die Ecke geschickt. Die Straße war wieder ruhig. Nichts sah nach Sensation aus. Joe Pettigrew bog in den Betonweg ein und näherte sich der Veranda. Auf halbem Weg blieb er stehen, trat auf den Rasen und holte ein Taschenmesser heraus. Er bückte sich und schnitt einen Löwenzahn dicht über der Wurzel ab. Nachdem er das Messer am Gras abgewischt hatte, klappte er es vorsichtig zusammen und steckte es wieder in die Tasche. Er warf den Löwenzahn an eine Ecke des Hauses, so daß die beobachtenden Männer nicht sehen konnten, wo er landete.

»Nicht zu fassen«, flüsterte Rehder gepreßt. »Ist doch einfach nicht möglich, daß der heute wen kaltgemacht hat.«

»Er sieht das Fenster«, sagte Waldman und zog sich in den Schatten zurück, ohne sich allzu plötzlich zu bewegen. Das Licht im Zimmer war jetzt aus, und das Radio spielte schon lange nicht mehr. Joe Pettigrew sah gerade zu dem zerbrochenen Fenster auf, das sich seinem Standort auf dem Rasen genau gegenüber befand. Mit etwas schnellerem Schritt ging er die Veranda hinauf und blieb stehen. Seine Hand ging vor und zog an dem Fliegendrahtrahmen, und er merkte, daß er nicht eingehakt war. Er ließ den Rahmen los und richtete sich auf. Sein Gesicht hatte einen sonderbaren Ausdruck. Dann wandte er sich schnell der Tür zu.

Die Tür ging auf, als er sie anfassen wollte. Waldman stand drinnen und sah mit ernstem Gesicht heraus.

»Sie sind vermutlich Mr. Pettigrew«, sagte er höflich.

»Ja, der bin ich«, kam es aus dem hageren, ausdruckslosen Gesicht. »Und wer sind Sie?«

»Ein Polizeibeamter, Mr. Pettigrew. Mein Name ist Waldman. Lieutenant Waldman. Kommen Sie bitte herein.«

»Polizei? Ist eingebrochen worden? Das Fenster...«

»Nein, Einbruch ist es nicht, Mr. Pettigrew. Wir werden Ihnen alles erklären.« Er trat von der Tür zurück, und Joe Pettigrew ging an ihm vorbei ins Haus. Er nahm den Hut ab und hängte ihn an den Haken, ganz wie er es immer tat.

Waldman trat dicht an ihn heran und tastete rasch seinen Körper ab.

»Tut mir leid, Mr. Pettigrew. Gehört zu meinen Pflichten. Das ist Sergeant Rehder. Kriminal-Außenstelle Hollywood. Gehn wir ins Wohnzimmer.«

»Das ist nicht unser Wohnzimmer«, sagte Joe Pettigrew. »Dieser Teil des Hauses ist vermietet.«

»Wissen wir, Mr. Pettigrew. Setzen Sie sich, und keine Aufregung.«

Joe Pettigrew setzte sich und lehnte sich zurück. Seine Augen suchten das Zimmer ab. Er sah die Kreidestriche und die Spuren des Talkumpuders. Er lehnte sich wieder vor.

»Was ist das denn?« fragte er in scharfem Ton.

Waldman und Rehder sahen ihn mit unbewegten Gesichtern an. »Wann sind Sie heute aus dem Haus gegangen?« fragte Waldman, während er sich unbeteiligt zurücklehnte und sich eine Zigarette anzündete. Rehder saß vorgebeugt auf der vorderen Hälfte eines Stuhls, die rechte Hand locker auf dem Knie. Seine Dienstwaffe steckte in einem kurzen Lederhalfter in seiner rechten Gesäßtasche. Ein Halfter unter dem Arm konnte er nicht ausstehen. Dieser Pettigrew machte zwar nicht den Eindruck, als könnte man nur mit einer Kanone mit ihm fertig werden, aber man wußte ja nie.

»Wann? Ich weiß nicht mehr. So um zwölf rum vielleicht.«

»Wo sind Sie hingegangen?«

»Ich war einfach nur spazieren. 'ne Weile bin ich drüben auf dem Friedhof gewesen. Meine erste Frau liegt da begraben.«

»Ah, Ihre erste Frau«, sagte Waldman leichthin. »Haben Sie eine Ahnung, wo Ihre jetzige Frau ist?«

»Wahrscheinlich mit dem Mieter ausgegangen. Porter Green heißt der Mann«, sagte Joe Pettigrew gleichmütig.

»Einfach so, ja?« sagte Waldman.

»Einfach so.« Pettigrews Augen gingen wieder zum Fußboden, dorthin, wo die Kreidestriche waren und der dunkle Fleck im Teppich. »Wenn die Herren mir jetzt vielleicht mal erklären . . .«

»Sofort«, unterbrach ihn Waldman mit einiger Schärfe. »Hatten Sie irgendeinen Grund, die Polizei zu rufen? Von hier aus oder von unterwegs?«

Joe Pettigrew schüttelte den Kopf. »Solange die Nachbarn sich nicht beschwerten, warum sollte ich?«

»Kapier ich nicht«, sagte Rehder. »Was meint er denn?«

»Ganz schönen Lärm gemacht, die beiden, was?« fragte Waldman. Er hatte sehr wohl kapiert.

Pettigrew nickte. »Aber sie hatten sämtliche Fenster dichtgemacht.«

»Und verriegelt?« fragte Waldman beiläufig.

»Wenn ein Polizist anfängt, scharfsinnig zu werden«, antwortete Joe Pettigrew ebenso beiläufig, »wird's komisch. Woher soll ich denn wissen, ob die Fenster verriegelt waren?«

»Ich werde aufhören, scharfsinnig zu sein, wenn Sie das stört, Mr. Pettigrew.« Waldman hatte jetzt ein hinreißend trauriges Lächeln aufgesetzt. »Die Fenster *waren* verriegelt. Deswegen mußten die Beamten von der Funkstreife die Scheibe einschlagen, sonst wären sie nicht reingekommen. Und nun fragen Sie mich, warum mußten sie reinkommen, Mr. Pettigrew?«

Joe Pettigrew blickte ihn nur unverwandt an. Gib keine Antwort, dachte er, dann fangen sie von alleine an, darüber zu reden. Eins werden sie nämlich nicht tun – aufhören zu reden. Sie hören sich gerne reden. Er sagte nichts. Waldman fuhr fort:

»Jemand hat angerufen und gesagt, er hätte in diesem Haus einen Schuß gehört. Wir dachten, Sie wären das vielleicht gewesen. Wir wissen nicht, wer es war. Die Nachbarn sagen, sie hätten nichts gehört.«

Aufgepaßt, jetzt kannst du was falsch machen, sagte sich Joe Pettigrew. Ich wünschte, ich könnte mit Joseph reden.

139

Mein Kopf ist klar, und ich fühle mich okay, aber diese Jungens sind nicht dumm. Besonders der mit der sanften Stimme und den jüdischen Augen. Sowas Gerissenes hat noch nie'n Polizeiausweis gehabt. Netter Kerl, läßt aber nicht mit sich spaßen. Ich komme nach Hause, und die Polizei ist eingedrungen, und jemand hat angerufen wegen einer Kanone, und das Fenster ist eingeschlagen, und das Zimmer ist abgesucht worden wie'n Affenpelz. Und das da ist ein Fleck, der aussieht wie Blut. Und die Kreidestriche da könnten der Umriß einer Leiche sein. Und Gladys ist nicht im Haus und Porter Green auch nicht. Nun, wie würde ich mich verhalten, wenn ich nichts davon wüßte? Vielleicht wär's mir egal. Ich glaube, das ist es. Mir ist einfach egal, was diese Vögel sich denken. Ich brauch mir nämlich bloß einfallen zu lassen, nicht mehr hier sein zu wollen, und schon kann ich verschwinden. Aber warte mal. Damit ist nichts geholfen. Es geht um Mord und Selbstmord. Es muß darum gehn, denn was anderes kommt nicht in Frage. Davon geh ich nicht ab. Wenn's Mord und Selbstmord ist, hab ich nichts dagegen, hier zu sein. Mir kann nichts passieren.

»Gemeinsam begangener Selbstmord«, sagte er laut und ein wenig nachdenklich. »Porter Green sah gar nicht danach aus. Gladys – meine Frau – auch nicht. Zu oberflächlich und selbstsüchtig.«

»Wer hat denn gesagt, daß irgendwer tot ist?« sagte Rehder barsch.

Der typische Bulle, dachte Joe Pettigrew. Wie im Kino. Der kann mir nichts anhaben. Kann's bloß nicht vertragen, wenn jemand selber mal 'ne Idee hat oder 'ne einfache Schlußfolgerung zieht. So 'ne dämliche Bemerkung hab ich schon lange nicht mehr gehört.

Laut sagte er:

»Muß das denn erst noch jemand sagen?«

Waldman lächelte schwach. »Man hat nur einen Schuß

gehört, Mr. Pettigrew. Sofern der Informant richtig gehört hat. Und da wir den, wie ich zugebe, nicht kennen, haben wir ihn auch noch nicht vernehmen können. Aber gemeinsam begangener Selbstmord scheidet aus, dessen kann ich Sie versichern. Und da ich aufgehört habe, scharfsinnig zu sein – im Gegensatz zu Ihnen, wie mir scheint –, will ich Ihnen auch gleich sagen, daß die Kollegen von der Funkstreife Porter Greens Leiche an der Stelle gefunden haben, wo Sie die Kreidestriche da sehen. Seine Brust war dort, wo Sie den Blutfleck sehen. Er hat sehr wenig geblutet. Der Schuß ist durchs Herz gegangen – ganz genau –, und zwar aus einer Entfernung, die Selbstmord sehr unwahrscheinlich macht. Vorher hat er Ihre Frau erwürgt; nach einem ziemlich heftigen Kampf.«

Er hat Frauen nicht so gut gekannt, wie er meinte«, sagte Joe Pettigrew.

»Der Kerl zittert ja vor Erregung«, warf Rehder häßlich ein. »Wie ein Vorgartenbambi.«

Waldman winkte ab und wahrte sein lächelndes Gesicht.

»Das ist hier keine Komödie, Max«, sagte er, ohne seinen Kollegen anzusehen. »Wenn ich auch weiß, daß Sie sich da ganz gut machen würden. Mr. Pettigrew ist ein sehr intelligenter, ausgeglichener Mensch. Wir wissen nicht sonderlich viel über sein Eheleben, aber doch genug, um zu vermuten, daß es nicht glücklich war. Er spielt uns keine Erschütterung vor. Stimmt's, Mr. Pettigrew?«

»Genau.«

»Das dachte ich mir. Da Mr. Pettigrew also kein Idiot ist, Max, schließt er aus dem Aussehen dieses Zimmers, aus unserer Anwesenheit und unserem Verhalten, daß etwas Ernstes vorgefallen ist. Vielleicht hat er mit einem derartigen Vorfall sogar gerechnet.«

Joe Pettigrew schüttelte den Kopf. »Einer von ihren Galanen hat sie mal verprügelt«, sagte er ruhig. »Sie hat ihn enttäuscht. Sie hat sie alle enttäuscht. Sogar mich wollte er verprügeln.«

»Und warum hat er's nicht getan?« fragte Waldman, als wäre die Situation die natürlichste der Welt – eine Ehefrau wie Gladys, ein Ehemann wie Joe Pettigrew und ein Mieter wie Porter Green oder ein halbwegs ähnlicher Typ wie Porter Green.

Joe Pettigrew lächelte noch schwächer, als Waldman gelächelt hatte. Es gab etwas, was sein Geheimnis bleiben würde. Seine körperlichen Fähigkeiten, die er selten und nur in kritischen Momenten zum Einsatz brachte. Etwas, was er in Reserve hatte wie die Probe von Professor Bingos Schnupfpulver.

»Wahrscheinlich hat er gemeint, es lohnt sich nicht«, antwortete er.

»So'n richtiger Kerl sind Sie, was, Pettigrew?« höhnte Rehder. Etwas von dem Geschmack männlicher Verachtung stieg in ihm auf wie Galle.

»Wie gesagt«, fuhr Waldman friedfertig fort, »nach dem, wie es bei unserer Ankunft hier aussah, konnten wir auf eine ziemlich gewalttätige Szene schließen. Das Gesicht des Mannes war übel zerkratzt, und die Frau hatte üble Beulen und Platzwunden, was – zusammen mit den üblichen Merkmalen der Strangulation – für den Empfindsamen nie ein sonderlich erfreulicher Anblick ist. Sind sie empfindsam, Mr. Pettigrew? Selbst wenn Sie es sind, Sie werden ihre Leiche identifizieren müssen.«

»Das ist die erste billige Bemerkung, die Sie gemacht haben, Lieutenant.«

Waldman wurde rot. Er biß sich auf die Lippe. Er war selber ein sehr empfindsamer Mensch. Pettigrew hatte recht. »Es tut mir leid«, sagte er aufrichtig. »Sie verstehen nun, was wir hier vorgefunden haben. Da Sie der Ehemann sind – und da sich bis jetzt nicht feststellen läßt, wann Sie aus dem Haus gegangen sind –, müssen wir Sie verdächtigen, für einen dieser Todesfälle verantwortlich zu sein, wenn nicht für beide.«

»Beide?« fragte Joe Pettigrew. Diesmal zeigte Joe Pettigrew echte Überraschung, und sofort wußte er, daß er einen Fehler gemacht hatte. Er versuchte ihn wiedergutzumachen. »Ah, ich verstehe, was Sie meinen. Die Kratzwunden bei Porter Green und die Beulen und Platzwunden – am Körper meiner Frau, wie Sie sagten – beweisen nicht, daß er sie erwürgt hat. Es besteht die Möglichkeit, daß ich ihn erschossen habe und dann sie erwürgt habe, als sie ohnmächtig oder durch die Schläge hilflos war.«

»Dieser Kerl hat überhaupt keine Gefühle«, sagte Rehder in einem Anflug von Verwunderung.

Waldman sagte sanft: »Doch, er hat Gefühle, Max. Aber er lebt schon lange mit ihnen. Sie sitzen ziemlich tief. Stimmt's, Mr. Pettigrew?«

Joe Pettigrew sagte ja, das stimme. Er glaubte nicht, daß er seinen Fehler schon ganz gutgemacht hatte, aber es konnte ja sein.

»Die Wunde bei Porter Green ist bestimmt keine, wie sie für Selbstmord typisch wäre«, fuhr Waldman fort. »Sie ist es selbst dann nicht, wenn man sich einen Menschen vorstellt, der kühl und gelassen beschließt, sich aus irgendeinem ihm zwingend erscheinenden Grund umzubringen – sofern ein Selbstmord überhaupt je kühl und gelassen begangen wird. In manchen Fällen sieht das so aus, ja, aber ein Mann, der gerade eine gewalttätige Szene hinter sich hat – ein solcher Mann befindet sich in einem Gemütszustand, in dem er wohl kaum eine Pistole so weit wie möglich von seinem Körper entfernt hält, damit planmäßig und genau auf sein Herz zielt und den Abzug drückt. Das kann doch wirklich keiner glauben, Mr. Pettigrew. Keiner.«

»Also hab ich es getan«, sagte Pettigrew und blickte Waldman gerade in die Augen.

Waldman starrte ihn an und wandte sich dann ab, um seine Zigarette in einem bernsteinfarbenen Glasaschenbecher auszudrücken. Mit bohrender Drehbewegung zerquetschte er sie zu einem formlosen Stummel. Er sprach, ohne Pettigrew anzusehen, ein Mann, der laut dachte, völlig entspannt in seinem Denken.

»Dagegen gibt es zwei Einwände. Gab es, heißt das. Erstens, die Fenster waren verriegelt; alle Fenster. Und zweitens, die Tür dieses Zimmers war abgesperrt, und obwohl Sie als Hausherr einen Schlüssel haben dürften... ach, übrigens, Sie sind doch der Hausherr, oder?«

»Das Haus gehört mir«, sagte Pettigrew.

»... hätten Sie die Tür mit dem Schlüssel nicht aufgekriegt, da sie eine vom Schloß unabhängige Sicherheitssperre hat. Die Tür zu Ihrer Küche ist von der anderen Seite erst zu öffnen, wenn der Riegel auf dieser Seite zurückgeschoben ist. Es gibt eine Falltür in den Keller, aber von da kommt man nirgendwo nach draußen. Wir haben nachgeguckt. Wir dachten also zuerst, daß Porter Green sich nur selber umgebracht haben kann, denn niemand hätte ihn umbringen und dann das Zimmer so verschlossen zurücklassen können, wie es verschlossen *war*. Wir fanden jedoch eine Antwort darauf.«

Joe Pettigrew fühlte ein leichtes Prickeln an seinen Schläfen. Er bekam ein trockenes Gefühl in den Mund, und die Zunge schien dick und schwer am Gaumen zu kleben. Fast hätte er die Beherrschung verloren. Fast hätte er gesagt: Es gibt sonst keinen Weg. Es gibt einfach keinen. Gäbe es einen, wäre die ganze Sache ein Witz. Professor Bingo wäre ein Witz. Warum hätte ich drinnen am Fenster stehen und darauf warten sollen, daß der Bulle die Scheibe einschlägt und reinklettert, um dann gleich hinter seinem Rücken, drei Schritt von ihm entfernt, auf die Veranda hinauszusteigen und mich davonzuschleichen, immer weiter und weiter? Warum zum Henker hätt ich mir all die Mühe machen sollen – den Leuten auf der Straße auszuweichen, mir keinen Kaffee zu gönnen, keine Möglichkeit zu haben, mit irgendwas irgendwo hinzukommen und mit niemandem sprechen zu können, warum hätt ich all das auf mich nehmen sollen, wenn es einen Ausweg aus dem Zimmer gibt, den zwei dämliche Bullen finden würden?

Er sagte das nicht laut. Aber daß er es sich in Gedanken sagte, bewirkte eine Veränderung auf seinem Gesicht. Rehder beugte sich ein wenig weiter vor, und zwischen seinen Lippen zeigte sich die Zungenspitze. Waldman seufzte. Komisch, daß weder er noch Max daran gedacht hatte, daß der Täter beide getötet haben könnte.

»Die Heizung«, sagte er mit sachlicher, gleichgültiger Stimme.

Joe Pettigrew machte große Augen, und langsam ging sein Kopf herum, und sein Blick fiel auf das Gitter des Heizungsschachtes, auf die zwei Gitter, das eine waagerechte und das andere senkrechte in der Wand zwischen diesem Raum und dem Flur. »Die Heizung«, sagte er, sah wieder Waldman an. »Wieso die Heizung?«

»Sie ist so eingerichtet, daß Sie sowohl den Flur als auch diesen Raum mit Wärme versorgt. Wahrscheinlich soll die in den Flur dringende Warmluft auch in die oberen Räume aufsteigen. Zwischen den beiden Heizöffnungen, also zwischen den beiden Räumen, hängt ein Eisenblech an einer horizontal gelagerten Stange. Damit läßt sich die Wärme in die gewünschte Richtung lenken. Die Klappe verschließt entweder den senkrechten Ausgang und lenkt den Hauptstrom der Warmluft durch die untere Öffnung, oder sie hängt senkrecht herab – so wie wir sie vorgefunden haben –, und die Wärme verteilt sich in beiden Richtungen.«

»Und ein Mensch könnte da durchkriechen?« fragte Pettigrew verwundert.

»Nicht jeder. Sie schon. Die Klappe läßt sich leicht bewegen. Wir haben's ausprobiert. Einer von unsern Experten ist durchgekrochen. Der vorhandene Raum mißt etwa dreißig auf fünfzig Zentimeter. Völlig ausreichend für Sie, Mr. Pettigrew.«

»Also hab ich sie umgebracht und bin dann auf dem Wege rausgekommen«, sagte Joe Pettigrew. »Ich bin ja ein toller Bursche. Wirklich ein toller Bursche. Und hinterher hab ich die Gitter wieder angebracht.«

»Das war weiter kein Problem. Die sind nicht festgeschraubt, sondern werden durch ihr eigenes Gewicht gehalten. Wir haben's ausprobiert, Mr. Pettigrew. Wir wissen Bescheid.« Er fuhr sich mit der Hand durch das wellige schwarze Haar. »Leider ist damit nicht alles geklärt.«

»Nein?« In Joe Pettigrews Schläfen pulsierte es pochend. Das harte, zornige Pochen eines kleinen Hammers. Er war müde. Die lange angesammelte Müdigkeit vieler kleiner Müdigkeiten. Ja, er war jetzt sehr müde. Er steckte die Hand in die Tasche und fühlte die in das Papiertaschentuch eingewickelte verbeulte Dose mit dem Schnupfpulver.

Die Muskeln beider Beamten spannten sich. Rehders Hand ging zu seiner Hüfte. Er verlagerte sein Gewicht nach vorn auf die Füße.

»Bloß Schnupfpulver«, sagte Joe Pettigrew.

Waldman stand auf. »Das nehm ich mal an mich«, sagte er in scharfem Ton und trat vor Joe Pettigrew.

»Bloß Schnupfpulver. Völlig harmlos.« Joe Pettigrew machte das Päckchen auf und ließ das Stück Papierhandtuch zu Boden fallen. Er nahm den zerdrückten Deckel von der Dose. Sein Finger berührte den Rest des weißen Pulvers, vielleicht einen Teelöffel voll. Zwei kräftige Prisen, nicht mehr. Zwei Möglichkeiten des Aufschubs.

Er drehte die Hand und leerte die Dose auf den Fußboden.

»Schnupfpulver von der Farbe hab ich aber noch nie gesehn«, sagte Waldman. Er nahm die leere Dose. Die

Aufschrift auf dem verbeulten Deckel war schmutzver-schmiert. Sie war lesbar, aber nicht auf den ersten Blick.

»Es ist wirklich Schnupfpulver«, sagte Joe Pettigrew. »Es ist kein Gift. Wenigstens nicht das, was Sie denken. Ich will's nicht mehr. Und Ihre Analyse, wie geht die wei-ter, Lieutenant?«

Waldman trat zurück von ihm, setzte sich aber nicht wieder.

»Was außerdem noch gegen die Annahme von Mord spricht, ist die offenbare Sinnlosigkeit – ich meine, sofern es Green war, der Ihre Frau erwürgt hat. Ich hatte nichts anderes gedacht, bis Sie die Möglichkeit andeuteten, selber der Täter zu sein. Sie haben da erstaunlich scharfsinnig geschlossen, Mr. Pettigrew. Sollten die Fingermale an ihrem Hals – die sehr deutlich sind und bald noch deut-licher werden – von Ihren Händen stammen, gibt es nichts mehr zu sagen.«

»Sie stammen nicht von meinen Händen«, sagte Joe Pettigrew. Er hielt die Hände hoch, die Handflächen nach vorn. »Das läßt sich ja feststellen. Porter Greens Hände sind doppelt so groß wie meine.«

»Wenn das so ist«, sagte Waldman, und seine Stimme wurde lauter und eindringlicher, während er sprach, »und Ihre Frau schon tot war, Mr. Pettigrew, und Sie Porter Green erschossen haben, dann war es mehr als dumm von Ihnen, davonzulaufen und anonym anzurufen, denn selbst wenn Sie vorsätzlich gemordet haben sollten, würde kein Gericht Sie wegen etwas anderem als Totschlag verurteilen, da man Ihnen zugute halten würde, in Notwehr gehandelt zu haben.« Waldman sprach jetzt sehr laut und deutlich, ohne jedoch zu brüllen, und Rehder beobachtete ihn mit widerstrebender Bewunderung. »Hätten Sie einfach den Hörer abgenommen und die Polizei angerufen und gesagt, Sie hätten ihn erschossen, weil Sie einen Schrei gehört hät-ten und mit einer Pistole die Treppe runtergelaufen seien und diesen Mann gesehen hätten, halbnackt und mit blutigem Gesicht von den Kratzern, und daß er auf Sie losgegangen sei und Sie« – Waldmans Stimme wurde leiser – »ihn erschossen haben, in reiner Reflexbewegung – *das* würde jeder geglaubt haben«, schloß er ruhig.

»Die Kratzer hab ich erst gesehen, nachdem ich ihn erschossen hatte«, sagte Joe Pettigrew.

Es wurde totenstill im Zimmer. Waldman stand mit offenem Mund da, die letzten Worte noch an den Lippen. Rehder lachte. Er griff wieder nach hinten und zog jetzt die Pistole aus dem Halfter in der Gesäßtasche.

»Ich hab mich geschämt«, sagte Joe Pettigrew. »Geschämt, in sein Gesicht zu sehn. Für ihn geschämt. Aber das verstehn Sie nicht. Sie haben nicht mit ihr zusammengelebt.«

Waldman stand schweigend da, mit hängendem Kinn und grüblerischen Augen. Er bewegte sich vor. »Ich fürchte, das ist alles, Mr. Pettigrew«, sagte er ruhig. »Es war interessant und ein bißchen schmerzlich. Wir werden jetzt gehn, wohin wir gehen müssen.«

Joe Pettigrew lachte hell auf. Einen Augenblick lang war Waldman zwischen ihm und Rehder. Joe Pettigrew glitt seitwärts vom Stuhl und schien sich in der Luft zu drehen wie eine Katze, die man fallen läßt. Er war in der Tür.

Rehder schrie, er solle stehenbleiben. Dann, allzu schnell, feuerte er. Die Kugel warf Joe Pettigrew glatt durch den Flur. Er knallte an die gegenüberliegende Wand, schlug mit den Armen und drehte sich halb herum. Er setzte sich nieder, den Rücken an der Wand, Mund und Augen offen.

»Gar nich' so ohne, der Kerl«, sagte Rehder und ging steifbeinig an Waldman vorbei hinaus. »Ich wette, er hat beide kaltgemacht, Lieutenant.«

Er bückte sich, richtete sich dann auf und steckte seine Kanone weg. »Keine Ambulanz«, sagte er kurz. »Nicht, daß ich's so gewollt habe. Aber Sie standen so ungünstig.«

Waldman stand in der Tür. Er zündete sich eine neue Zigarette an. Seine Hand zitterte ein wenig. Er sah sie an und wedelte das Streichholz aus.

»Ist Ihnen je in den Sinn gekommen, daß er vielleicht trotz allem völlig unschuldig sein könnte?«

»Ausgeschlossen, Lieutenant. Völlig unmöglich. Ich habe zu viele gesehen.«

»Zu viele, ja – von was, möcht ich bloß wissen«, sagte Waldman sehr deutlich. Seine dunklen Augen waren kalt und zornig. »Sie haben gesehn, daß ich ihn durchsucht habe. Sie wußten, daß er keine Waffe hatte. Wie weit wär er denn gekommen? Sie haben ihn also umgebracht – weil Sie sich gerne aufspielen. Aus keinem andern Grund.«

Er ging an Rehder vorbei in den Flur und beugte sich über Joe Pettigrew. Er schob ihm die Hand unter die Jacke und fühlte nach seinem Herzschlag. Er richtete sich auf und drehte sich um.

Rehder schwitzte. Seine Augen waren schmal, und sein ganzes Gesicht wirkte unnatürlich. Er hatte noch immer die Kanone in der Hand.

»Ich habe nicht gesehn, daß Sie ihn durchsucht haben«, sagte er mit belegter Stimme.

»Sie halten mich also für einen Vollidioten«, sagte Waldman kalt. »Selbst wenn Sie nicht lügen – aber Sie lügen.«

»Sie können mich runterputzen«, sagte Rehder mit rauher Stimme. »Aber Lügner dürfen Sie mich nicht nennen, Freundchen.« Er hob die Kanone ein wenig. Waldmans Lippen kräuselten sich verächtlich. Er sagte nichts. Kurz darauf öffnete Rehder langsam den Verschluß seiner Kanone und blies durch den Lauf. Dann steckte er die Waffe weg. »Ich habe einen Fehler gemacht«, sagte er gepreßt. »Berichten Sie darüber, wie Sie wollen. Es ist wohl besser, Sie suchen sich einen andern Kollegen. Ja –

ich habe voreilig geschossen. Und womöglich ist der Kerl unschuldig gewesen, wie Sie sagen. Verrückt war er auf jeden Fall. Er hätte höchstens Gefängnis gekriegt. Sagen wir zwölf Monate, vielleicht neun. Und dann wär er rausgekommen und hätte ein glückliches Leben gehabt ohne Gladys. Das alles hab ich ihm verdorben.«

Fast sanft sagte Waldman: »Irgendwie verrückt war er bestimmt. Aber er hat vorgehabt, sie beide umzubringen. Alle Umstände deuten darauf hin. Das wissen wir beide. Und er ist nicht durch die Heizungsöffnung rausgekommen.«

»Ha?« machte Rehder. Er riß die Augen auf, und sein Kinn klappte herunter.

»Ich hab ihn beobachtet, als ich ihm das sagte. Von allem, was wir ihm erzählt haben, Max, war das das einzige, was ihn wirklich überrascht hat.«

»Aber er muß da rausgekommen sein. Es gibt sonst keine Möglichkeit.«

Waldman nickte und zuckte dann die Achseln. »Sagen wir, wir haben sonst keine Möglichkeit gefunden – und brauchen jetzt auch keine mehr zu finden. Ich werde mal anrufen.«

Er ging an Rehder vorbei ins Wohnzimmer und setzte sich ans Telefon.

Es klingelte an der Haustür. Rehder sah hinab auf Joe Pettigrew und dann zur Tür. Mit leisen Schritten ging er durch den Flur. Er trat an die Tür, öffnete sie zwei Handbreit und hielt sie in dieser Stellung fest. Er sah hinaus und erblickte einen großen, knochigen und ausgezehrten Mann, der einen Zylinder und einen Opernumhang trug, obwohl Rehder nicht genau wußte, was ein Opernumhang ist. Der Mann war bleich und hatte tiefliegende schwarze Augen. Er lüftete den Hut und machte eine leichte Verbeugung.

»Mr. Pettigrew?«

»Der hat zu tun. Wer möchte ihn sprechen?«

»Ich habe ihm heute morgen eine kleine Probe eines neu-artigen Schnupfpulvers dagelassen. Wollte mich nur erkun-digen, ob es ihm zusagt.«

»Er will kein Schnupfpulver«, sagte Rehder. Komischer Vogel. Wo haben sie denn den ausgegraben? Vielleicht sollten wir dieses Pulver doch mal auf Koks untersuchen.

»Nun, falls er doch noch etwas davon will, weiß er ja, wo er mich erreichen kann«, sagte Professor Bingo höflich. »Guten Tag, der Herr.« Er berührte den Rand seines Zylinders und wandte sich ab. Er ging langsam, sehr würdevoll. Als er drei Schritte gemacht hatte, sagte Rehder in seinem barschen Polizistentonfall, den er nicht mehr so oft anschlug wie früher: »Kommen Sie doch mal noch'n Augenblick her, Doktor. Vielleicht möchten wir uns ein bißchen mit Ihnen über dieses Schnupfpulver unterhalten. Nach Schnupfpulver hat mir das gar nicht ausgesehn.«

Professor Bingo blieb stehen und drehte sich um. Seine Arme waren jetzt unter dem Opernumhang. »Wer sind Sie überhaupt?« fragte er Rehder mit kühler Arroganz.

»Ein Polizeibeamter. Es ist ein Mord geschehen in diesem Haus. Dieses Schnupfpulver könnte . . .«

Professor Bingo lächelte. »Mein Geschäft betrifft Mr. Pettigrew, Inspektor, nicht Sie.«

»Kommen Sie sofort her!« brüllte Rehder und riß die Tür weit auf. Professor Bingo blickte in den Flur. Er kräu-selte die Lippen. Sonst bewegte er sich nicht.

»Der Mann da auf dem Fußboden sieht ja aus wie Mr. Pettigrew«, sagte er. »Ist er krank?«

»Schlimmer. Er ist tot. Und wie ich sagte – kommen Sie her!«

Professor Bingo nahm eine Hand aus seinem Umhang. Es befand sich keine Waffe darin. Rehder hatte eine Bewe-gung zu seiner Hüfte gemacht. Er entspannte sich und ließ die Hand sinken.

»Tot, ja?« Professor Bingo lächelte fast fröhlich. »Nun, das braucht Sie aber doch nicht so zu beunruhigen, Inspektor. Ist er vielleicht erschossen worden, als er zu fliehen versuchte?«

»Kommen Sie her, Sie!« Rehder kam die Stufen herunter. Professor Bingo winkte mit einer langen weißen Linken ab. »Der arme Mr. Pettigrew. Im Grunde ist er schon ganze zehn Jahre tot. Er hat's bloß nicht gewußt, Inspektor.«

Rehder war jetzt die Stufen heruntergekommen. Es juckte ihn, wieder nach seiner Kanone zu greifen. Etwas in Professor Bingos Augen machte ihn am ganzen Leib frösteln.

»Wahrscheinlich haben Sie da drin vor einem ziemlichen Problem gestanden«, sagte Professor Bingo höflich. »Vor einem ziemlichen Problem. Aber eigentlich ist es ganz einfach.«

Seine Rechte kam behutsam aus dem Umhang hervor. Daumen und Zeigefinger waren zusammengepreßt. Sie gingen zu seinem Gesicht.

Professor Bingo nahm eine Prise Schnupfpulver.

Parodien, Skizzen
und Notizen

Bier in der Mütze des Oberfeldwebels
(oder Die Sonne niest auch)

Ohne triftigen Grund Ernest Hemingway gewidmet,
dem größten lebenden amerikanischen Romancier.

Hank ging ins Badezimmer, um sich die Zähne zu putzen.

»Zur Hölle damit«, sagte er. »Das hätte sie nicht machen dürfen.«

Es war ein gutes Badezimmer. Es war klein, und die grüne Ölfarbe blätterte von den Wänden. Aber zur Hölle damit, wie Napoleon sagte, als man ihm sagte, Josephine warte draußen. Das Badezimmer hatte ein breites Fenster, durch das Hank auf die Fichten und Lärchen blickte. Ein feiner Regen fiel in Tropfen von ihnen ab. Sie sahen ruhig und zufrieden aus.

»Zur Hölle damit«, sagte Hank. »Das hätte sie nicht machen dürfen.«

Er öffnete das Schränkchen über dem Waschbecken und nahm die Zahnpasta heraus. Er betrachtete seine Zähne im Spiegel. Es waren große Zähne, gelb aber gesund. Hank würde sich noch eine Weile durchbeißen können.

Hank schraubte den Verschluß von der Zahnpastatube und dachte an den Tag, als er den Deckel von der Kaffeeflasche geschraubt hatte, unten auf dem Pukayuk, als er Forellen fischte. Dort hatte es auch Lärchen gegeben. Es war ein verdammt guter Fluß, und die Forellen waren verdammt gute Forellen gewesen. Sie hatten angebissen. Alles war gut gewesen außer dem Kaffee. Er hatte ihn gemacht wie Watson, indem er ihn zweieinhalb Stunden in seinem

155

Rucksack kochen ließ. Er hatte höllisch geschmeckt. Er hatte geschmeckt wie die Socken des Vergessenen.

»Das hätte sie nicht machen dürfen«, sagte Hank laut. Dann schwieg er.

Hank legte die Zahnpasta hin und sah sich um. Auf dem oberen Rand der Einbaukommode, in der die Handtücher untergebracht waren, stand eine Flasche Alkohol. Es war Korn-Alkohol. Velma haßte es, sich Alkohol mit seinen scharfen Reizstoffen auf die Haut zu reiben. Sie hatte empfindliche Haut. Sie haßte fast alles. Weil sie empfindlich war. Hank nahm die Flasche Alkohol, zog den Korken heraus und roch daran. Er hatte einen verdammt guten Geruch. Er goß etwas Alkohol in das Zahnputzglas und fügte etwas Wasser hinzu. Da wurde der Alkohol ganz neblig, mit kleinen Linien darin, die sich bewegten wie winzige Wellen, die an die Oberfläche kommen. Nur kamen sie nicht an die Oberfläche. Sie blieben einfach im Alkohol, wie Goldfische in einem Kugelglas.

Hank trank den Alkohol mit dem Wasser. Er hatte einen warmen, süßlichen Geschmack. Er ging warm runter. Er war höllisch warm. Er war wärmer als Whisky. Er war wärmer als dieser Asti Spumante, den sie damals in Capozzo hatten, als Hank bei den Arditi war. Sie hatten Karpfen mit Beutelnetzen gefischt. Es war ein guter Tag gewesen. Nach der vierten Flasche Asti Spumante fiel Hank in den Fluß und kam heraus mit den Haaren voller Karpfen. Old Peguzzi lachte, bis seine Stiefel auf dem harten grauen Gestein klapperten. Und danach holte sich Peguzzi auf der Piave den Tripper. Es war ein höllischer Krieg.

Hank goß mehr Alkohol in das Glas und fügte weniger Wasser hinzu. Er trank feierlich, und sein Gesicht im Spiegel gefiel ihm. Es war warm und glänzte ein bißchen. Seine Augen hatten etwas fett Schimmerndes. Es waren große hellblaue Augen, außer wenn er wütend war. Dann waren sie dunkelblau. Wenn er so richtig auf achtzig war, waren sie fast grau. Es waren verdammt gute Augen.

»Zur Hölle damit«, sagte er. »Das hätte sie nicht machen dürfen.«

Er goß mehr Alkohol in das Glas und fügte ein wenig Wasser hinzu – sehr wenig. Er hob das Glas, um einen Trinkspruch auf sein Gesicht im Spiegel auszubringen.

»Meine Herren, ich gebe Ihnen Alkohol. Nicht, meine Herren, weil ich Ihnen Wein oder Whisky nicht geben könnte, sondern weil ich bei Ihnen die grundlegende Kunst des Trunkenseins kultivieren möchte. Der Alkoholtrinker, meine Herren, das ist der Trinker im härenen Gewand. Er will büßen, und zwar hart.«

Hank leerte das Glas und füllte es wieder. Die Flasche war nun fast leer, aber im Keller war noch mehr Alkohol. Es war ein guter Keller, und es war reichlich Alkohol darin.

»Meine Herren«, sagte Hank, »als ich mit Napoleon in Solferino war, tranken wir Cognac. Als ich mit Moore in Coruña war, tranken wir Portwein mit einem Schuß Brandy. Es war verdammt guter Portwein, und Moore war ein verdammt guter Trinker. Als ich mit Kitchener in Khartum war, tranken wir den Harn von Pferden. Mit Kuroki auf dem Jalu trank ich Sake, und mit Byng in Arras trank ich Scotch. Diese Getränke, meine Herren, hatten alle ihren eigenen Reiz. Nun da ich bei Ihnen bin, meine Herren, werden wir Alkohol trinken, denn Alkohol ist die Heilige Mutter allen Trinkens.«

Hanks Gesicht im Spiegel waberte wie ein Gesicht hinter dünnem Rauch. Es war ein von skrupellosen Schatten auf graue Seide gezeichnetes Gesicht. Es war überhaupt kein Gesicht. Hank sah es mit finsterem Blick an. Der gespiegelte finstere Blick war gnadenlos wie ein Erdbeben.

»Zur Hölle damit«, sagte er. »Das hätte sie nicht machen dürfen.«

Er lehnte sich an das Waschbecken und drückte etwas Zahnpasta auf seine Zahnbürste. Es war eine lange Zahnbürste, etwa sechs Fuß lang. Sie war elastisch, wie eine Angelrute. Hank brachte den Ellbogen mit ausholendem Schwung herum und strich sich etwas Zahnpasta auf die Oberlippe. Er stützte sich mit beiden Händen ab und blinzelte seinem Spiegelbild zu.

»Der weiße Schnurrbart, meine Herren«, sabbelte er. »Das Kennzeichen eines gottverdammten Botschafters.«

Hank trank den Rest des Alkohols pur. Für einen Augenblick hing ihm der Magen zwischen den Ohren. Doch das verging, und er hatte nur noch das Gefühl, von einem Tiger ins Genick gebissen worden zu sein.

»Nicht im gottsentferntesten hätte sie das dürfen«, sagte er.

Mit großen Gebärden drückte er sich Zahnpasta auf Augenbrauen und Schläfen.

»Kein vollendetes Werk, meine Herren«, schrie er. »Nur eine Andeutung dessen, was man machen kann. Und nun verlasse ich Sie für einen kleinen Augenblick. Und daß mir Ihre Unterhaltung sauber bleibt, während ich fort bin!«

Hank torkelte hinunter zum Wohnzimmer. Es schien ein weiter Weg zu sein zum Keller, wo der Alkohol war. Da waren Stufen, die man hinunter mußte. Zur Hölle mit den Stufen.

Die Katze schlief eng zusammengerollt auf dem Teppich.

»Heiljes Kanon'rohr«, sagte Hank. »Das ne höllisch prima Katze.«

Es war eine große schwarze Katze mit langem Fell. Es war eine Katze, mit der ein Mann klarkommen konnte. Heilje Kanon'rohr, ja. Hank ließ sich auf den Fußboden nieder und legte den Kopf auf die Katze. Die Katze leckte an der Zahnpasta auf Hanks Augenbraue. Dann nieste sie und biß ihn ins Ohr.

»Heiljes Kanon'rohr«, sagte Hank. »Zur Hölle damit. Das hätte sie nicht machen dürfen.«

Er schlief.

7. August 1932

Eine bewährte Methode,
die Mitbürger zu schockieren:
Ist das ein Wunder?

Vorbemerkung: Der an einen Freund oder eine Freundin
gerichtete Monolog eines drittklassigen Filmstars, wobei
die Idee in dem Versuch besteht, eine bestimmte Art briti-
sches Englisch zu schreiben.

Liebling –
also, mittlerweile wirst du's bestimmt schon wissen.
Da gab es diesen absoluten Horror, genannt Drehbuch –
so jedenfalls nannten die das miese Ding –, kein Inhalt,
keine Handlung, irgendein Gebräu irgendeines widerwärti-
gen Menschen namens Chandler, und, Liebling, ob du's
glaubst oder nicht, pro Seite noch keine fünf Zeilen für
mich. Und Gott, der Dialog erst! Ich meine, absolut gräßlich, Sätze wie »Guten Abend, Lord Tinwoody, ich freu
mich wirklich wahnsinnig, daß Sie kommen konnten.« Ich
frage dich, Liebling, was kann man schon *machen* mit solchen Sätzen? Außer man raucht vielleicht so eine richtig
obszöne Bruyèrepfeife dabei.

Also, wir waren da nun in Welwyn oder Welford oder
so ähnlich, und dieser Vollidiot von Regisseur wurracht
herum, als ob das ganze Ding nicht offenkundiger Schwach-
sinn wäre... Nein, ich weigere mich absolut, mit irgendwem am Telefon zu sprechen. Ich kreiere gerade eine
Rolle... Na schön, wollen Sie etwa, daß ich Kehlkopf-
entzündung kriege oder sowas und die Rolle verliere?...
Ganz meine Meinung, widerlicher ging's nicht... Warum

gehn sie dann nicht woanders hin und werden Agent? In Südamerika soll's doch ... Entschuldige, Liebling. Ja, und dann wurde dieser scheußlich schöne silberhaarige und dabei so junge amerikanische Offizier angebracht, bloß damit er sich den miesen Laden mal auf miese Weise anguckt.

Ich war gerade dabei, meine Nylons zu richten, und wenn ich einen Nylon richte, dann richte ich einen Nylon. Er hat zu mir hergesehn, einigermaßen verlegen. Ich hab ihm ein Lächeln rübergeblitzt. Aber irgend so'n gräßlicher Publicity-Geier fing an, ihn wegzuziehn, als Tony es schaffte, das alles erst mal zum Stillstand zu bringen ... Tony? Liebling, ich hab keinen Schimmer, aber der scheint hier den Laden zu schmeißen ... Oh, ich denke schon. Das muß man ab und zu mit all diesen Leuten, aber ich hab schon keine Erinnerung mehr daran. Wahrscheinlich war's mittelmäßig, bestimmt nichts Berühmtes. Dann war da plötzlich dieser Amerikaner mit seinen Silberadlern – Vogel-Colonels werden die genannt, weißt du –, und ich war immer noch dabei, mir die Nylons zu richten. Er hat ziemlich schüchtern gelächelt. Du wirst dir denken können, wo der hingeguckt hat. Männer tun das nun mal.

Irgendwer sagte dann: »Miss Spindrift, darf ich Sie mit Colonel Elmer Lynwood bekannt machen?«

Er hatte ein wirklich liebes Lächeln, aber was soll dieser Elmer-Quatsch? Ist das ein Name oder was? Jedenfalls küßte er mir auf reichlich sonderbare, kontinentale Weise die Hand und sagte, er sei erfreut, mich kennenzulernen. Na ja, wenn man sowas jemanden kennenlernen nennt. Ich hab jedenfalls ziemlich umwerfend gelächelt. Er hat mich gefragt, wie es mir gefiele bei den *movies*.

»Bei was?«

»Oh, Verzeihung, wenn ich was Falsches sagte. Bei Ihnen heißt das ja Film, glaub ich, oder Cinema oder so ähnlich.«

»Aber nicht der Müll hier. Man wendet schlicht den Kopf ab, um die Verwesungsdünste nicht so mitzukriegen.«

»Jetzt kapier ich gar nichts mehr«, sagte er. »Ich dachte, hier würde irgendein Film gedreht, und Sie wären der Star. Sie wurden mir doch als Miss Delphine Spindrift vorgestellt, nicht?«

»Sie wurden *mir* vorgestellt«, sagte ich. »Im übrigen *on y est*, was immer das heißt.«

»Pardon, das ging glatt über die Mittelfeldmauer.«

Jetzt stand *ich* im Wald. Aber er schien wirklich jemand zu sein, bei dem einen nicht gleich das kalte Grausen ankommt. Ich schenkte ihm mein hinschmelzendes Lächeln. Das ist auch ganz hübsch.

»Werden Sie gleich eine Szene drehn, Miss Spindrift? Ich würde zu gern zuschaun.«

»Nicht, solange ich noch bei Bewußtsein bin«, sagte ich. »Verkrümeln wir uns doch lieber zu mir und trinken wir was.«

»Oh, meinen Sie, wir können uns hier einfach so wegmachen? Schließlich drehn die doch einen Film.«

»Keine Sorge«, sagte ich. »Die denken das vielleicht, aber ich weiß, daß sie sich bloß zu Idioten machen.«

Tja, Liebling, um eine lange Geschichte leicht zu kürzen, wir fuhren also zu mir, mit einem von diesen Befehlswagen, oder vielleicht muß es heißen Stabswagen, aber dafür mit einem von diesen wundervollen amerikanischen Chauffeuren, die fahren, als wären sie mit einer Frau im Bett – immer so absolut perfekt und geschickt – sie werfen's einfach weg, so viel haben sie davon – und da kam mir der Gedanke – na ja, da war dieser liebe amerikanische Colonel und der elektrische Kamin – man denkt immer, Amerikaner sind kalt, aber das Klima bei denen ... Na, zur Hölle damit, aber wenn du mir nochmal was von Zentralheizung erzählst, fang ich todsicher an zu schreien!

Er mixte zwei absolut anbetungswürdige Martinis, und ich schlürfte meinen auf die zugänglichste Weise. Aber er hatte keinen Schimmer, nicht die Spur.

Ich richtete mir nochmal die Nylons. Keine Reaktion.

»Ist Ihnen zu warm, Colonel?« fragte ich.

Er lächelte mit dieser irrsinnig schrecklichen Höflichkeit der Amerikaner. Ich konnte sehen, daß er schwitzte, doch das hätte er nie zugegeben, also sagte er, er fühle sich ganz wohl.

»Kann ich Ihnen noch einen Drink mixen, bevor ich gehe?« sagte er.

»Das wär himmlisch«, sagte ich.

Er ging rüber zu dem Bar-Dings da in der Ecke, und sowie mir sein Rücken zugekehrt war, zog ich mich aus und drapierte mich möglichst verworfen auf die Couch.

Er drehte sich um, in jeder Hand ein Glas.

»Och, Schatz, ich hab doch eine Frau in Sioux City«, sagte er tieftraurig.

»Eine Squaw?«

»Aber nein, mit Indianern ist da nichts mehr. Schon lange nicht mehr. Aber ich glaube wirklich, ich muß jetzt gehn. Ich hoffe, wir kommen irgendwann nochmal zusammen.«

Er stellte die zwei Gläser auf den Flügel.

»Fallen Sie tot um in Birmingham«, sagte ich.

»Wie bitte?«

»Zischen Sie ab«, sagte ich und schlug die Beine so graziös übereinander, wie das möglich ist, wenn man nichts anhat. »Sioux City, hä? Na, bis da hin werden Sie's schon noch schaffen, Colonel. Also, nun packen Sie sich, wie wir hier sagen am Grosvenor Square.«

Er setzte seine blaue Luftwaffenmütze auf und salutierte vor mir. Da hat's mir nun wirklich gereicht. »Ich hatte keine Ahnung, daß Sie Amerikanerin sind«, sagte er entschuldigend, »aber ich habe nun mal diese süße Frau

163

in Sioux City und ich möchte mich herzlich für Ihre Gastfreundschaft bedanken.«

Dann stand dieser Lümmel da und salutierte nochmal, Liebling, und ich war nackt, splitterfasernackt.

Ich sagte: »Ich bin keine Amerikanerin. Gott sei gedankt dafür. Ich bin lediglich eine Frau, die bereit war, sich von irgendwem mit ein bißchen Schneid nehmen zu lassen. Beantwortet das Ihre saudämliche Sioux-City-Frage? Nichts zu danken, und schon gar nichts dafür, daß Sie nasse Gläser auf meinen Flügel stellen. So schrecklich reich sind wir hier drüben nicht, wissen Sie. Manchmal dauert es lange, bis man genug Geld verdient hat, um einen Flügel neu lackieren lassen zu können. Das kommt ein ganzes Stück teurer als die vier Reihen Streifen und die Bräunungscremes eines amerikanischen Offiziers. Nett, Sie kennengelernt zu haben, Colonel. Und nun auf Wiedersehn.«

Er ging, aber er nahm noch die Gläser vom Flügel, was ich irgendwie wieder ganz lieb fand. Ich hörte das süße Auto abfahren. Ich dachte, vielleicht kommt ja der süße Fahrer zurück. Aber er kam nicht. Da siehst du's also wieder, Liebling. Ist das ein Wunder?

ENDE

Eine bewährte Methode,
die Mitbürger zu schockieren:
Schneller, langsamer, keins von beidem

Also es ist mir ja wirklich zuwider, in so einem Augenblick zu unterbrechen, aber das Tempo – könnte man nicht sagen, daß es`ein bißchen adagio ist?«

»Oh, das tut mir ganz fürchterlich leid. Ich hab nicht gewußt, daß du noch einen Zug zu kriegen hast. Möchtest du's lieber presto agitato?«

»Liebling, nein, das ist es gar nicht. Nun ja – wie drückt man das gemeinhin aus?«

»Gemeinhin tut man das eben nicht. Mein Fehler natürlich. Nochmals, es tut mir schrecklich leid. Ich dachte nur, da es so ein scheußlich regnerischer Nachmittag ist, könnte man vielleicht ein paar geruhsame Stunden ...«

»Liebling, ich finde das ja auch einfach wundervoll. Aber müssen die Stunden ganz so geruhsam sein?«

»Mit geruhsam meinst du wahrscheinlich langsam.«

»Liebling, ist das in so einem Augenblick nicht ein etwas grobes Wort? Ich meinte lediglich, daß man die Stunden vergnüglich verbringen könnte – aber müssen sie deshalb nur einer Vorstellung gewidmet sein. Im Theater soll's doch manchmal auch Matineen geben.«

»Ich bin ein Riesendummkopf gewesen. Bitte, versuch mir zu verzeihen. (Pause) Könnte das so vielleicht ein Ideechen besser sein oder – oder ...?«

»Oh, viel besser, Liebling. Ich fürchte – oh, könntest du nicht bitte – eine Pause hin und wieder würzt das ...«

»Gespräch, wolltest du doch sagen. Also, wenn ich dich richtig verstehe, meinst du presto ma non agitato?«

»Genau, Liebling, und du bist so verständnisvoll. Und, Liebling, und – oh – oh – Liebling!«

»Ja, Liebling?«

»Oh – Liebling – Liebling – Liebling – bitte sprich nicht!«

»Kein Wort.«

»Oh, Liebling, Liebling, LIEBLING! – bitte sprich nicht.«

»Tu ich ja nicht. *Du* sprichst doch die ganze Zeit.«

»Oh – Liebling – oh – Oh – oh, Liebling.« (Kurze Pause) »Ich dank dir vielmals, Liebling – vielen, vielen Dank. Aber bitte...«

»Kein Wort. Weißt du nicht mehr?«

»Aber mir ist jetzt nach Sprechen. Darf ich nicht?«

»Offen gesagt, Liebling, du hast keinen Augenblick aufgehört zu sprechen.«

»Aber das ist jetzt so anders, so einfach, so entspannt, so himmlisch ruhig.«

»Ich glaube, es regnet immer noch.«

»Ich liebe das. Man kann einen ganzen Nachmittag vertrödeln, ohne ein schlechtes Gewissen dabei zu haben.«

»Weißt du, mag ja sein, daß du das ungehobelt findest, aber was ist für dich vertrödeln? Und was meinst du mit Gewissen?«

»Liebling, deine Hand, würdest du bitte...«

»Oh, Schatz, tut mir wirklich leid. Ich muß vergessen haben...«

»Doch, Liebling, ich hab ein Gewissen, weißt du – manchmal – meistens zwischen den Akten, sozusagen.«

»Es schleicht sich dann so ein, nicht? Nach allem...«

»Allem, Liebling?«

»Bis jetzt allem jedenfalls. Was meinst du, könnte dein Gewissen in so einem Augenblick einen kleinen Drink verkraften?«

»Abei mit Wonne, Liebling.«

(Ziemlich ausgedehnte Pause)

»Hast du's bequem?«

»Himmlisch.«

»Tempo?«

»Ideechen mehr adagio diesmal, wenn du nicht wirklich was dagegen hast.«

»Dagegen? In dieser Situation? Also ganz so stürmisch bin ich ja nun nicht.«

»Nein, natürlich nicht, Liebling. Das meinte ich nicht, aber – oh – oh – Liebling – ich glaube, ich hab dich womöglich irregeleitet – oh, Liebling, Liebling . . .«

»Oh. Verstehe. Man kann nicht alles voraussehn, nicht?«

»Oh – Liebling – oh – oh – oh Liebling – oh – oh – «

(Kleine Pause)

»Du hast vergessen, dankeschön zu sagen.«

»Also wirklich! Ganz so einseitig ist es mir ja nun nicht vorgekommen. Aber ich *sage* dankeschön, doch, Liebling, danke. Tut mir leid, wenn . . .«

»Du weißt doch, daß ich dich nur necken wollte.«

»Natürlich, Liebling, natürlich. Verzeih, daß ich's auch nur erwähnte. Was für ein Frieden! Was für ein himmlischer Frieden! Ich könnte Gedichte rezitieren – wenn ich mich nur an irgendeins erinnern könnte.«

»Vor noch gar nicht langer Zeit hast du gesagt, wir wollten nicht sprechen.«

»Liebling, ich wußte nicht, was ich sagte. Man weiß das dann kaum. Darf ich mich jetzt an etwas erinnern?«

»Nicht, wenn es etwas war, was du als Fünfjährige erlebt hast, bitte.«

»Nein, sowas überhaupt nicht. Ich erinnere mich, wie ich auf dem Rücksitz einer Limousine saß.«

»Darf ich fragen, mit wem?«

»Sei nicht albern. Der Fahrer saß vorne, wenn dir das ein Trost sein kann.«

»Wenn er vorne geblieben ist.«

»Ich bin nicht sicher, ob ich diese Unterstellung mag.«

»Ich auch nicht. Ein bißchen sehr ungehobelt. Ich bitte demütigst um Vergebung.«

»Liebling, deine Hand.«

»Meine Hand? Ich mach doch jetzt gar nichts damit.«

»Aber Liebling, ich liebe sie doch so.«

»Oh, oh, natürlich, Liebling. Tut mir leid, daß ich das falsch verstand. Und was war mit dem Fahrer?«

»Sie ist so warm, so zart, so klug.«

»Du warst dabei, dich an etwas zu erinnern, nicht?«

»Oh, ja, Liebling. Aber sie ist so warm – Nein, an was ich mich erinnerte, war, daß hinten an der Rückenlehne des Fahrers so ein – na, so ein Dingsbums zum Verstellen war – ich hab nicht den blassesten Schimmer, was das sollte, aber die Worte waren ganz klar. SCHNELLER, LANGSAMER, KEINS VON BEIDEM. Ich war völlig ahnungslos, was damit gemeint sein konnte.«

»Du hättest den Fahrer fragen sollen. Sie bedeuten Presto, Adagio, Pause.«

»Ich bete dich an, wenn du so sprichst. So geistreich. Ist das jetzt Pause?«

(Pause. Nicht sehr lange)

»Liebling?«

»Ja, Liebling?«

»Bitte sprich nicht. Bitte nicht – oh, Liebling. Was ich meinte, war – oh, Liebling – oh – oh – oh – Liebling. Was ich – oh – oh – oh – Liebling, Liebling – oh – oh, mein Liebling!«

(Anmerkung des Autors: Aus und vorbei. Und Gott helfe allen Männern an regnerischen Nachmittagen.)

FINIS

Story-Idee: Phantastisch

Eine Variation über den alten Gedanken des Sichunsichtbarmachens. Ein Mann mittleren Alters, Typ Caspar Milquetoast, gerät in peinliche und demütigende Situationen, da er seine Frau immer wieder mit ihrem Freund bei Liebesszenen überrascht. Jedesmal, wenn das geschieht, wünscht er sich, unsichtbar zu sein, um ihnen und sich selber das Gefühl zu ersparen, er spioniere ihnen nach.

Eines Tages blickt er aus dem Fenster und sieht einen älteren Herrn über den Vorgartenweg auf das Haus zukommen. Es klingelt an der Tür. Held macht auf. Älterer Herr überreicht ihm eine Karte, auf der für Bingos Schnupfpulver geworben wird, wartet, bis Held gelesen, nickt, geht die Stufen vor der Haustür hinunter, bleibt stehen, um eine Prise Schnupfpulver zu nehmen, und wird auf der Stelle unsichtbar. Später, ein Stück weiter die Straße hinunter, erscheint er wieder, zieht, zu dem Helden zurückgewandt, höflich den Hut und geht fort.

Held geht zu der auf der Karte angegebenen Adresse, findet denselben älteren Herrn hinter Schreibtisch. Geschäftsgespräch über das Schnupfpulver, Vorführung durch älteren Herrn, und schließlich kauft Held etwas. Von hier an verschiedene idiotische Verwicklungen, Ende vielleicht Affäre mit Polizei, die Bingo verhaften will, während er unsichtbar in seinem Büro ist und ab und zu die Tür aufmacht, um einen Polizisten in den Bauch zu treten. 6. 3. 43
Er war ein Mensch, der gern kleine, elegante, unauffällige Handbewegungen machte. Diese Bewegungen hatten nichts zu bedeuten und sollten auch nichts bedeuten, doch daß er sie machte, gab ihm ein geheimes Gefühl von Anmut u. Geschick.

Großer Gedanke

Es gibt zwei Arten der Wahrheit: die Wahrheit, die den Weg erhellt; und die Wahrheit, die das Herz erwärmt. Die eine ist die Wissenschaft, die andere die Kunst. Keine von beiden ist unabhängig von der anderen oder wichtiger als die andere. Ohne Kunst wäre die Wissenschaft so unnütz wie eine Geburtshelferzange in den Händen eines Klempners. Ohne Wissenschaft würde die Kunst ein Brei aus Folklore und Gefühlsduselei werden. Die Wahrheit der Kunst bewahrt die Wissenschaft davor, unmenschlich zu werden, und die Wahrheit der Wissenschaft bewahrt die Kunst davor, lächerlich zu werden.

Einen Essay beginnend

Der Grundton der amerikanischen Zivilisation ist eine Art warmherziger Vulgarität. Die Amerikaner haben nichts von der Ironie der Engländer, nichts von deren kühler Ausgeglichenheit, nichts von deren Lebensart. Was sie aber haben, ist Freundlichkeit. Wo ein Engländer dir seine Karte geben würde, gäbe ein Amerikaner dir sehr wahrscheinlich sein Hemd.

Waren unter Zollverschluß*

Diamonds Are Forever. Von Ian Fleming (Cape)
Rezensiert von Raymond Chandler

Vor etwa drei Jahren veröffentlichte Mr. Ian Fleming einen Thriller, der auf dem Felde dieses Genres, soweit es nennenswertes literarisches Niveau aufweist, mit das Härteste war, was England je hervorbrachte. *Casino Royale* enthielt eine hervorragende Spieltischszene, eine Folterszene, die mich noch heute verfolgt, und natürlich ein schönes Mädchen. Sein zweites Buch, *Live and Let Die,* war bemerkenswert insofern, als er mit sicherem Schritt die amerikanische Szene betrat und zwei brutale Skizzen zeichnete, die eine von Harlem, die andere von St. Petersburg, Florida. Sein drittes Buch, *Moonraker,* war, verglichen mit den zwei ersten Ausbrüchen, nur eine Zuckung. Sein viertes Buch, *Diamonds Are Forever,* zeichnet sich nicht allein durch seinen hübschen Titel aus, sondern ist zudem das schönste Bucherzeugnis dieser Art Literatur, das ich seit langem gesehen habe.

Diamonds Are Forever beschäftigt sich namentlich mit der Zerschlagung eines Ringes von Diamantenschmugglern, ist eigentlich aber – abgesehen von den Reizen und Mängeln, auf die ich noch zu sprechen komme – nichts weiter als eine unter vielen anderen amerikanischen Gangstergeschichten, und noch nicht einmal eine sehr originelle. In Kapitel I wird Mr. Fleming beinahe atmosphärisch, doch mit Mr. James Bond als Hauptakteur, einer Gestalt etwa

---

* Engl. *Bonded Goods:* Das Wortspiel mit James Bond kann nur durch diese Fußnote gerettet werden. (A. d. Ü.)

so atmosphärisch wie ein Dinosaurier, zahlt sich das einfach nicht aus. In Kapitel II erfahren wir allerlei Wissenswertes über Diamanten und bekommen dann eine recht eingehende Beschreibung Saratogas samt seinen Sünden geliefert sowie eine Banden-Exekution, die mit etwas vom Widerwärtigsten ist, was ich je gelesen habe.

Später kommt dann eine noch eingehendere, phantastischere, grausigere Beschreibung von Las Vegas mit seinem Alltagsleben. Für einen Kalifornier ist Las Vegas ein Klischee. Man macht es nicht phantastisch, denn seine Planer hatten es ja phantastisch gewollt, und es ist eher komisch als grauenerregend. Von da an wird die Handlung sehr schnell und gefährlich, und natürlich kriegt Mr. Bond bei dem schönen Mädchen am Ende seinen Willen. Traurig ist allerdings, daß seine schönen Mädchen keine Zukunft haben, denn es ist der Fluch der »Fortsetzungsweise«, daß er immer wieder dorthin zurück muß, wo er begann.

Mr. Fleming schreibt einen journalistischen Stil, ordentlich, sauber, knapp und nie prätentiös. Von brutalen Dingen schreibt er, als hätte er eine Schwäche für sie. Die Schwierigkeit mit der Brutalität ist beim Schreiben die, daß sie aus etwas erwachsen muß. Die besten hartgesottenen Schriftsteller sind nie bemüht, hart zu sein, sondern sie lassen zu, daß Hartes geschieht, wenn es sich unter bestimmten zeitlichen, räumlichen und anderen Bedingungen nicht vermeiden läßt.

Ich glaube nicht, daß *Diamonds Are Forever* an *Casino Royale* oder *Live and Let Die* heranreicht. Offen gesagt, es enthält ein gewisses Quantum an Füllmaterial, und es gibt Seiten, auf denen James Bond denkt. Ich mag James Bond nicht, wenn er denkt. Seine Gedanken sind überflüssig. Ich mag ihn, wo er bei dem gefährlichen Kartenspiel sitzt; ich mag ihn, wenn er sich unbewaffnet einem halben Dutzend professioneller Killer aussetzt und sie säuberlich zu einem Berg gebrochener Knochen aufhäuft; ich mag ihn, wenn er am Ende das schöne Mädchen in die Arme nimmt und ihr etwa ein Zehntel der Lebenstatsachen beibringt, mit denen sie schon vertraut war.

Das Bemerkenswerte an diesem Buch habe ich bis zum Schluß aufgespart. Und das ist, daß es von einem Engländer geschrieben wurde. Der Schauplatz ist fast durchweg Amerika, und für amerikanische Ohren ist nichts Unechtes zu hören. Mir ist kein anderer Schriftsteller bekannt, der das erreicht hat. Aber anflehen möchte ich Mr. Fleming, daß er sich nicht dazu hergebe, ein Knüllerschreiber zu werden, denn sonst wird es mit ihm kein besseres Ende nehmen als mit uns anderen.

The Sunday Times (London),
25. März 1956

Titel

Der Mann, dessen Ohr in Fetzen ging
Alle Kanonen sind geladen
Rückkehr vom Ruin
Bei uns ist Samstag
Grüß mir die Braut
Der Mann, der Regen liebte
Die Leiche kam persönlich
Recht ist, wo du's kaufen kannst
Der Dienstmann stand frühmorgens auf
Wir alle mochten Al
Schön, mit einigen Schauern
Bleib bei mir, während ich träume
    (Autobiographie?)
Sie brachten ihn nur einmal um
Zum Lächeln zu spät
Tagebuch eines grell karierten Anzugs
Zuletzt gesehn als Toter
Schnell, mit der Leiche weg
Eine Nacht im Kühlschrank
Gutenacht und ade
Aufs Eis gelegt
Die stummen Tasten (Piano, um eine Leiche à la Stevenson
    zu verstecken)
Onkel Watson will nachdenken
Der Pfarrer im Pfandhaus
Fiction ist für die Dummen (Artikel darüber)
Hör auf zu schreien – ich bin's
Kein dritter Akt
Zwanzig Minuten Schlaf

Manche meinen's ehrlich
Zwischen zwei Lügnern
Die Lady fährt Laster
Die Blonde mit den blauen Augen
Donner-Käfer (versteh ich nicht?)
Inseln im All (Anthologie phantastischer Geschichten)
Jeder sagt zu früh Good-bye

Chandlers Gefallen an Titeln ließ ihn einen Schriftsteller erfinden, der Aaron Klopstein hieß, in Greenwich Village lebte und mit dreiunddreißig Selbstmord beging. Klopstein veröffentlichte zwei Romane, genannt *Und wiederum die Cicatrix* und *Die Möwe kennt keine Freunde;* zwei Gedichtbände, *Hydraulische Kosmetik* und *Katzenhaar im Eierpudding;* einen Band Erzählungen, *Zweiundzwanzig Zentimeter Affe* (der Titel rührt vom Katalog eines Tierhändlers, der Affen für Vivisektionen anbot für einen Dollar pro Zoll); und einen Essayband, *Shakespeare in Babysprache.*
Klopstein erschoß sich mit einem Blasrohr aus dem Amazonasgebiet.

Chandlerismen

Sie schlang die Arme um meinen Hals und ritzte mein
Ohr mit der Kimme.

Nimm deine Ohren aus dem Weg, und ich geh.

Ich ließ sie zurück mit intakter Tugend, aber es war
ein ganz schöner Kampf. Sie hätte fast gewonnen.

Der einzige Unterschied zwischen dir und einem Affen:
dein Hut ist größer.

Der schlichte altmodische Charme eines Schutzmanns,
der einen Betrunkenen zusammenschlägt.

Kropps Klavier-Konzert für zwei lahme Daumen.

Wenn du nicht abhaust, such ich mir einen andern.

Über der himmelblauen Gabardinehose trug er eine
zweifarbige Freizeitjacke, die an einem Zebra widerlich
ausgesehen hätte.

Nichts anwortete mir, nicht mal ein Echoersatz.

Ihm war nach Lieblichkeit und Licht zumute, aber nicht
wie es durchs Ostfenster der Kirche kommt.

Sie saß vor ihrem Princess-Toilettentisch und
suchte die Kohlensäcke unter ihren Augen wegzupinseln.

Die Jungs, die reden und spucken, ohne das Eigenleben
der Zigaretten in ihren Gesichtern zu stören.

Zwei Hollywood-Aufsätze

Oscar-Abend in Hollywood

I

Vor fünf oder sechs Jahren war ein berühmter Autor/ Regisseur (sofern eine solche Bezeichnung im Zusammenhang mit einer Hollywood-Persönlichkeit gestattet ist) Miturheber eines Drehbuchs, das für einen Akademiepreis nominiert worden war. Er war zu nervös, um den Vorgängen des großen Abends beizuwohnen, und so hörte er sich zu Hause eine Rundfunkübertragung an, gespannt auf- und abschreitend, sich auf die Finger beißend, immer wieder tief Luft holend, zerfurcht dreinschauend und mit heiserem Geflüster sich zerfleischend in der Frage, ob er durchhalten solle, bis die Oscar-Preisträger bekanntgegeben wären, oder ob er das verdammte Radio abschalten und die Sache am nächsten Morgen der Zeitung entnehmen solle. Seine Frau, solcher Wogen von Künstlertemperament im Hause ein wenig überdrüssig werdend, ließ plötzlich eine jener gräßlichen Bemerkungen fallen, die in Hollywood eine pervertierte Unsterblichkeit erlangen: »Liebes Gottchen, nimm das doch nicht so ernst, Schatz. Schließlich hat Luise Rainer ihn zweimal gewonnen.«

Wer die berühmte Telefon-Szene in *The Great Ziegfeld* oder irgendeine der späteren Versionen davon, die Fräulein Rainer in anderen Filmen – mit und ohne Telefon – spielte, nicht gesehen hat, wird diese Bemerkung freilich witzlos finden. Andere werden sie mit Freuden aufgreifen, um damit jene zynische Verzweiflung auszudrücken, mit der das Hollywood-Volk seine eigene höchste Auszeichnung betrachtet. Nicht, daß die Preise nie für hervorragende

Leistungen vergeben würden – die Crux ist vielmehr die, daß diese hervorragenden Leistungen nie als solche den Preis gewinnen. Sie gewinnen ihn als hervorragende Leistungen im Kassenfüllen. In einer verlierenden Mannschaft kann man eben kein echter Amerikaner sein. Verfahrenstechnisch stimmt man wohl für diese Leistungen, praktisch entschieden wird jedoch nicht nach irgendwelchen künstlerischen oder kritischen Maßstäben, über die Hollywood möglicherweise sogar verfügt. Man rührt vielmehr kräftig die Reklametrommel für diese Leistungen, man stellt sie groß heraus, man jubelt sie hoch, marktschreierisch, und hämmert sie der Jury während der Wochen vor der endgültigen Abstimmung so unablässig ins Hirn, daß am Ende alles vergessen ist bis auf die goldene Aura des Kassenerfolges.

Die Motion Picture Academy läßt alle nominierten Filme mit beträchtlichem Aufwand und breitem Wirkungskreis in ihrem eigenen Lichtspieltheater laufen, und zwar jeden Film zweimal, einmal am Nachmittag und einmal am Abend. Nominiert wird ein Film, bei dem an preisverdächtigen Arbeiten alles Mögliche in Frage kommen kann, nicht unbedingt nur eine schauspielerische Leistung, Regieführung oder das Drehbuch; es kann auch etwas rein Technisches sein, wie Kostüm und Szenenbild oder Tongestaltung. Dieses Vorführen der Filme soll den Jurymitgliedern Gelegenheit geben, sich Filme anzusehen, die sie vielleicht verpaßt oder teilweise vergessen haben. Es ist der Versuch, ihnen vor Augen zu halten, daß früh im Jahre herausgekommene und daher schon etwas mitgenommene und vielleicht oft gerissene und geklebte Streifen noch immer im Rennen liegen und daß es nicht ganz gerecht ist, nur solche Filme in Betracht zu ziehen, die erst kurz vor Jahresende herausgekommen sind.

Dieser Versuch ist weitgehend verlorene Liebesmüh'. Die Stimmberechtigten gehen nicht zu diesen Vorführungen. Sie schicken ihre Verwandten, Freunde oder Bediensteten.

Sie haben genug vom Leinwandgeflimmer, und die Stimmen der Parzen sind in Hollywoods Luft ohnehin nicht zu überhören. Sie tönen zwar schrill und aufgeblasen, deswegen aber keinesfalls undeutlich.

All das ist mehr oder weniger gute Demokratie. Kongreßabgeordnete und Präsidenten wählen wir auf so ziemlich die gleiche Weise, warum also nicht auch Filmschauspieler, Kameramänner, Drehbuchautoren und all die übrigen Leute, die mit dem Filmemachen zu tun haben? Wenn wir zulassen, daß Lärm, Marktgeschrei und schlechtes Theater uns bei der Auswahl derjenigen beeinflußt, die das Land führen sollen, warum dann etwas dagegen haben, daß dieselben Methoden bei der Auswahl verdienstvoller Leistungen im Filmgeschäft angewandt werden? Wenn wir einem Präsidenten das Weiße Haus zuschustern können, warum können wir dann dem sich abstrampelnden Fräulein Joan Crawford oder dem kalten und schönen Fräulein Olivia de Havilland nicht eine von diesen goldenen Statuetten zuschustern, die das rasende Verlangen der Filmindustrie ausdrücken, sich selber in den Nacken zu küssen? Als Antwort darauf fällt mir nur ein, daß Kino eine Kunst ist. Ich sage das mit sehr verhaltener Stimme. Es ist eine belanglose Behauptung, bei der man sich ein müdes Lächeln wohl kaum verkneifen kann. Dennoch stellt sie eine Tatsache fest, die nicht im geringsten durch die anderen Tatsachen geschmälert wird, daß die Moral des Kinos bis jetzt keine besonders hohe ist und daß seine Techniken von einigen ziemlich miesen Leuten beherrscht werden.

Wenn man die meisten Filme für schlecht hält, was sie tatsächlich sind (auch die ausländischen), so lasse man sich von einem Eingeweihten verraten, wie sie gemacht werden, und man wird erstaunt sein darüber, daß jeder Film »eigentlich« gut sein könnte. Einen guten Film zu machen ist, als wolltest du im Kellergeschoß von Macy's [Warenhaus] den »Lachenden Reiter« malen, wobei ein Abteilungsleiter dir die Farben mischt. Natürlich sind die meisten Filme schlecht. Wie sollte es anders sein? Abgesehen von seinen eigenen, immanenten Handicaps durch irrwitzige Kosten, hyperkritische puritanische Zensur und das Fehlen irgendeiner ehrlichen Kontrollinstanz während der Herstellung, ist der Film schlecht, weil 90% seines Quellenmaterials Schund sind, und die restlichen 10% sind ein bißchen zu deftig und freimütig für die knetbaren Seelen der Kleriker, die ältlichen und arglosen Damen der Frauen-Clubs und die zartfühlenden Hüter jener gräßlichen Mischung aus Langerweile und schlechten Manieren, die man so schön das »bildbare Alter« nennt.

Die Frage ist gar nicht, ob es schlechte Filme gibt; oder auch nur, ob der Durchschnittsfilm schlecht ist; sondern ob der Film ein künstlerisches Medium ist, das genügend Würde und Reife erlangt hat, um von denen, die sein Schicksal in der Hand haben, mit Achtung behandelt zu werden. Diejenigen, die sich über den Film lustig machen, sonnen sich gewöhnlich darin, ihn mit der Bemerkung abzutun, er sei eine Form der Massenunterhaltung. Als ob das irgend etwas besagte. Das Griechische Drama, das von den meisten Intellektuellen immer noch als ganz beachtlich angesehen wird, war für den freien Athener Massenunterhaltung. Innerhalb seiner ökonomischen und topographischen Grenzen war es das Elisabethanische Drama ebenfalls. Die großen Kathedralen Europas – auch wenn sie nicht gerade erbaut wurden, um einen Nachmittag totzuschlagen – übten gewiß eine ästhetische und geistige Wirkung auf einfache Menschen aus. Und heute, wenn nicht gar allezeit, sind die Fugen und Choräle von Bach, die Sinfonien von Mozart, Borodin und Brahms, die Violinkonzerte von Vivaldi, die Klaviersonaten von Scarlatti sowie ein großer Teil von dem, was einst eine ziemlich esoterische Musik war, kraft des Radios Massenunterhaltung. Zwar liebt sie nicht jeder Trottel, jeder Trottel liebt aber auch nicht alles, was literarischer ist als ein Comicstrip. Es scheint kein Unsinn zu sein, wenn man sagt, daß alle Kunst irgendwann und irgendwie einmal Massenunterhaltung wird; und wird sie das nicht, stirbt sie und wird vergessen.

Zugegeben, der Film ist mit einer zu großen Masse konfrontiert; er muß zu vielen gefallen und zu wenigen mißfallen, wobei die zweite dieser Einschränkungen für das Künstlerische viel schädlicher ist als die erste. Hinzu kommt, daß diejenigen, die den Film als Kunstform belächeln, selten willens sind, ihn nach seinem Besten zu beurteilen. Sie bestehen darauf, ihn an dem zu messen, was sie letzte Woche oder gestern im Kino sahen; was (angesichts der reinen Menge des Produzierten) noch absurder ist, als die Literatur nach den zehn Bestsellern der letzten Woche zu werten; oder die Kunst des Dramas etwa gar nach den besten gerade laufenden Broadway-Erfolgen zu beurteilen. In einem Roman kann man immer noch sagen, was man möchte, und die Bühne ist freizügig fast bis zur Grenze des Obszönen, aber der in Hollywood gemachte Film, sofern er überhaupt Kunst hervorbringen will, muß das unter derart abwürgenden Einschränkungen tun – und das gilt für Inhalt wie für Form –, daß es ein unbegreifliches Wunder ist, ihn überhaupt je zu einer Würde gelangen zu sehen, die etwas mehr ist als die rein mechanische Glätte eines Badezimmers aus Glas und Chrom. Wäre er lediglich ein Ableger literarischer oder dramatischer Kunst, könnte er diese Würde nicht erlangen; darauf sähen schon die Reklamefritzen und Sittenwächter.

Aber der Film ist *kein* Ableger literarischer oder dramatischer Kunst; ebensowenig wie plastischer Kunst. Er hat wohl von all diesen Künsten Elemente in sich, steht in seiner wesentlichen Struktur der Musik aber viel näher, und zwar in dem Sinne, daß seine feinsten Wirkungen sich unabhängig von konkreter Bedeutung entfalten können; daß seine Übergänge beredter sein können als seine stark herausgestellten Szenen und daß seine Überblendungen und Kamerabewegungen, die nicht zensuriert werden können, oft viel tiefer ergreifen als seine Handlungen, die der Zensur allerdings unterliegen. Der Film ist nicht nur eine Kunst, sondern er ist die einzige Kunst, die auf diesem Planeten nach Hunderten von Jahren gänzlich neu entwickelt worden ist. Er ist die einzige Kunst, in der wir, in dieser Generation, hoffen können, etwas wirklich Hervorragendes zu erschaffen.

In der Malerei, Musik, Architektur sind wir nicht einmal zweitklassig, gemessen an den besten Werken der Vergangenheit. In der Bildhauerei sind wir bloß komisch. In der Prosa mangelt es uns nicht nur an Stil, es mangelt uns an Bildung und geschichtlichem Hintergrund, um zu ermessen, was Stil ist. Unsere Erzählungen und Dramen sind geschickt gemacht, leer, oft fesselnd und dabei so mechanisch, daß sie in höchstens weiteren fünfzig Jahren auf Knopfdruck von Maschinen produziert werden können. Populäre Lyrik in hohem Stil haben wir nicht, lediglich delikate, witzige, bittere oder dunkle Verse. Unsere Romane sind kurzlebige Propaganda, wenn sie das sind, was man »bedeutend« nennt, und sind sie das nicht, dann sind sie Lektüre, um besser einzuschlafen.

Aber im Film besitzen wir ein Kunst-Medium, dessen Höhepunkte noch längst nicht hinter uns liegen. Schon hat die neue Gattung Erhebliches geleistet, und wenn davon – vergleichsweise und verhältnismäßig – aus Hollywood viel zuwenig kam, so ist das, meine ich, um so mehr ein Grund, warum Hollywood einen Weg finden sollte, bei seinem jährlichen Stammestanz der Stars und Großproduzenten dieser Tatsache leise eingedenk zu werden. Hollywood wird das natürlich nicht tun. Ich hab's mir nur gerade mal vorgestellt.

II

Das Schaugeschäft ist schon immer ein bißchen arg schrill, grell und unverschämt gewesen. Schauspieler sind bedrohte Menschen. Bevor der Film daherkam, um sie reich zu machen, hatten sie oft das Bedürfnis nach verzweifelter Fröhlichkeit. Einige von diesen Eigenschaften – über das unbedingt Notwendige hinaus beibehalten – sind in die Sitten von Hollywood eingegangen und haben zu einem äußerst anstrengenden Phänomen geführt: dem Hollywood-Gebaren, was ein chronischer Fall von künstlicher Aufregung über absolut nichts ist. Dennoch – und wenigstens einmal in meinem Leben – muß ich zugeben, daß der Abend der Verleihung der Akademiepreise eine gute und stellenweise recht komische Schau ist, wenngleich ich den bewundern werde, der tatsächlich darüber lachen kann.

Wenn man an diesen schrecklich idiotischen Gesichtern auf den Zuschauersitzen draußen vor dem Filmtheater vorbeigehen kann, ohne von dem Gefühl erfaßt zu werden, daß die menschliche Intelligenz am Boden liegt; wenn man den Hagelschauer der Blitzlichter ertragen kann, der niederprasselt auf die armen, geduldigen Schaupieler, die wie Könige und Königinnen nie das Recht haben, gelangweilt auszusehen; wenn man auf diese illustre Versammlung blicken kann, die angeblich die Elite von Hollywood ist, und sich ohne zu verzagen sagen kann: »In diesen Händen liegt das Geschick der einzigen originären Kunst, die die moderne Welt hervorgebracht hat«; wenn man über die faden Witze der Komiker auf der Bühne, die aufwärmen, was für ihre Radiosendungen nicht taugte, lachen kann und es wahrscheinlich auch tut; wenn man sie aushalten kann, diese verlogene Sentimentalität und Plattheit der Offiziellen und die gezierte Zuckermäuligkeit der Glamour-Königinnen (mit vier Martinis intus sollte man sie hören); wenn man all dies mit Anmut und Freude tun kann, ohne bei dem Gedanken, daß fast alle diese Leute dieses protzige Spektakel ernst nehmen, von einem kalten, einsamen Grausen gepackt zu werden; und wenn man dann hinausgehen kann in die Nacht und unangefochten sehen kann, wie die halbe Polizeimacht von Los Angeles aufgeboten wurde, um die Goldenen vor dem Mob auf den Gratisplätzen zu schützen, nicht aber vor diesem schrecklich klagenden Ton, den er von sich gibt wie das Schicksal, das durch ein hohles Schneckenhaus heult; wenn man all dies tun kann und am nächsten Morgen immer noch das Gefühl haben kann, daß das Filmgeschäft es wert ist, auch nur von einem einzigen intelligenten, künstlerischen Kopf beachtet zu werden, dann gehört man mit Sicherheit zum Filmgeschäft, denn diese Art Vulgarität ist Teil seines unabdingbaren Preises.

Überfliegt man vor Beginn der Schau das Programm der Preisverleihung, kann man leicht vergessen, daß sie in Wirklichkeit ein Rodeo der Schauspieler, Regisseure und Großproduzenten ist, geschaffen für Leute, die Filme *machen* (wie sie meinen), nicht etwa für diejenigen, die an ihnen arbeiten. Aber diese großspurigen Typen sind im Grunde ein freundlicher Haufen; sie wissen, daß es eine Menge bescheidene Typen in kleineren technischen Jobs gibt – Kameramänner etwa, Musiker, Cutter, Drehbuchautoren, Geräuschexperten und die Erfinder neuer technischer Hilfsmittel –, denen man etwas geben muß, damit sie bei guter Laune bleiben und auch mal ein bißchen was wie Begeisterung erleben. Deswegen zerfiel die Feierlichkeit früher in zwei Teile mit einer Pause dazwischen. An dem Abend allerdings, als ich dabei war, verkündete einer der Zeremonienmeister (ich weiß nicht mehr, wer es war – es gab einen steten Strom von ihnen, wie von Fahrgästen in einem Bus), dieses Jahr gebe es keine Pause, man werde gleich zum *wichtigen* Teil des Programms übergehen.

Ich wiederhole: zum *wichtigen Teil des Programms.*

Pervers wie ich bin, hatte aber auch der unwichtige Teil

des Programms seine Reize für mich. Ich fand, daß meine Sympathien sich den geringeren Chargen des Filmemachens zuwandten, deren einige ich oben schon aufzählte. Ich war fasziniert von dem flotten und reibungslosen An-und-Aus, das man diesen Elritzen des Filmgeschäfts gewährte; von ihren nervösen Versuchen, via Mikrophon zu betonen, der Verdienst ihrer Arbeit gebühre eigentlich jemand anderem (irgendeinem aufgeblasenen Sack in einem Eckbüro); von der Tatsache, daß technische Entwicklungen, die der Branche Millionenbeträge einsparen und irgendwann den gesamten Vorgang des Filmemachens beeinflussen können, es einfach nicht verdienen, dem Publikum wenigstens erklärt zu werden; von der oberflächlichen und herablassenden Art, in der Filmschnitt und Kameraarbeit abgetan werden, zwei der wesentlichen Künste beim Filmemachen, die der Regie fast, manchmal sogar völlig gleichgestellt und viel wichtiger sind als jede schauspielerische Leistung, abgesehen von der allerbesten; und am meisten fasziniert war ich vielleicht von dem förmlichen Tribut, der unweigerlich der Bedeutung des Drehbuchautors gezollt wird, ohne den, meine lieben, lieben Freunde, überhaupt nichts gemacht werden könnte und der gerade deswegen nichts weiter ist als der Höhepunkt des *unwichtigen* Programmteils.

III

Außerdem bin ich fasziniert von dem Wahlvorgang. Früher wurde das von den Mitgliedern all der verschiedenen Innungen gemacht, einschließlich der Statisten und Nebenrollenschauspieler. Dann merkte man, daß dadurch ziemlich unwichtige Gruppen zuviel Wahlmacht bekamen, und so wurde das Wählen für die verschiedenen Klassen der Preise auf die Innungen beschränkt, bei denen man einigen kritischen Sachverstand zum jeweiligen Preis voraussetzen konnte. Das funktionierte aber offenbar auch nicht, und die nächste Veränderung bestand dann darin, daß man den Spezialisten-Innungen das Nominieren überließ, während die endgültige Wahl allein in die Hände der Mitglieder der Akademie für Filmkünste und Filmwissenschaften gelegt wurde.

Es scheint keinen wesentlichen Unterschied zu machen, wie die Wahl vorgenommen wird. Die Qualität der Arbeit wird immer noch nach Maßgabe des Erfolgs beurteilt. Eine hervorragende Leistung in einem durchgefallenen Film geht leer aus, und eine Durchschnittsleistung in einem Kassenknüller wird Stimmen bekommen. Es ist dieser Hintergrund der Erfolgsanbetung, vor dem die Wahl stattfindet, begleitet von der Reklamemusik, die über die Fachblätter auf einen einströmt (sogar von intelligenten Leuten werden sie gelesen in Hollywood) und die bewirken soll, daß alle Filme, für die keine Reklame gemacht wurde, zur Zeit der Stimmabgabe aus deinem Kopf verschwunden sind. Auf Gemüter, die darauf konditioniert sind, Verdienst allein in Begriffen von Marktgeschrei und Kassenerfolg zu sehen, ist die psychologische Wirkung sehr groß. Die Akademiemitglieder leben in dieser Atmosphäre, und wie alle, die in Hollywood arbeiten, sind die äußerst leicht zu beeinflussen. Sind sie vertraglich an Studios gebunden, so impft man ihnen das Gefühl ein, es sei eine Sache von Gruppenpatriotismus, für Produkte des eigenen Stalles zu stimmen. Dezent legt man ihnen nahe, ihre Stimme nicht zu vergeuden, sich nicht für etwas steif zu machen, was nicht gewinnen kann, schon gar nicht für etwas, was aus einem anderen Stall kommt.

Ich bin keineswegs sonderlich überzeugt davon, ob beispielsweise *The Best Years of Our Lives* wirklich der beste Hollywood-Film von 1946 war. Das hängt davon ab, was man mit »der beste« meint. Er hatte einen erstklassigen Regisseur, einige gute Schauspieler und den seit Jahren ansprechendsten und witzigsten Dialogschreiber. Wahrscheinlich hatte er ebensoviel gängige Qualität, wie Hollywood heute zuwege bringt. Daß er aber jene reine und schlichte Kunst hatte, wie *Open City* sie besaß, oder die archaische und monumentale Wucht von *Henry V,* wird wohl nur ein Idiot behaupten wollen. Eigentlich hatte er gar keine Kunst. Er hatte jene Art Sentimentalität, die fast, aber nicht ganz Humanität ist, und jene Art Gekonntheit, die fast, aber nicht ganz Stil ist. Und beides hatte er in großen Dosen, was immer hilft.

Die Akademieleitung sieht streng darauf, daß die Wahl ehrlich und geheim durchgeführt wird. Die Stimmen werden anonym auf numerierten Stimmzetteln abgegeben, und diese werden nicht etwa an irgendeine Agentur der Filmbranche geschickt, sondern an eine namhafte Firma für Wirtschaftsprüfung. Die Ergebnisse werden in versiegelten Umschlägen von einem Beauftragten der Firma direkt auf die Bühne des Filmtheaters gebracht, wo die Preise verliehen werden sollen, und dort werden sie zum erstenmal, eines nach dem anderen, bekanntgegeben. Weiter kann man Vorsichtsmaßnahmen gewiß nicht treiben. Unmöglich kann vorher jemand diese Ergebnisse gekannt haben, nicht einmal in Hollywood, wo jeder Agent die streng gehüteten Geheimnisse der Studios mühelos in Erfahrung bringt. Falls es – was ich manchmal bezweifle – in Hollywood Geheimnisse gibt, so müßte diese Wahl eines davon sein.

IV

Was eine tiefere Art Ehrlichkeit anbelangt, so wird es, meine ich, Zeit, daß die Academy of Motion Picture Arts and Sciences ein wenig von dieser Ehrlichkeit darauf verwendet, freimütig zu erklären, daß ausländische Filme außer Konkurrenz laufen und daß dies so bleiben wird, bis sie derselben ökonomischen Situation und abwürgenden

Zensur unterliegen wie Hollywood. Man kann durchaus bewundern, wie klug und künstlerisch die Franzosen sind, wie lebensnah, was für feinnervige Schauspieler sie haben, welch unverfälschten Sinn für das Irdische, welche Offenheit bei der Gestaltung der zotigen Seite des Lebens. Die Franzosen können sich diese Dinge erlauben, wir nicht. Den Italienern sind sie gestattet, uns werden sie untersagt. Sogar die Engländer besitzen eine Freiheit, die wir nicht haben. Wieviel hat *Brief Encounter* gekostet? In Hollywood hätte er mindestens anderthalb Millionen gekostet. Um dieses Geld – und zusätzlich zu den Unkosten die Verleihkosten – wieder einzuspielen, hätte er zahllose massengefällige Bestandteile enthalten müssen, deren Fehlen aber genau das ist, was ihn zu einem guten Film macht. Da die Akademie kein internationales Tribunal für Filmkunst ist, sollte sie aufhören, sich als ein solches zu gebaren. Wenn ausländische Filme praktisch keinerlei Chance haben, einen Hauptpreis zu gewinnen, sollten sie auch nicht nominiert werden. Ganz zu Anfang der Festlichkeit von 1947 wurde Laurence Olivier mit einem Sonder-Oscar für *Henry V* geehrt, obgleich der Film zu denen gehörte, die als bester Film des Jahres nominiert worden waren. Unverhohlener konnte man kaum sagen, daß er nicht gewinnen würde. Es fielen noch zwei kleinere Preise für Technisches und zwei kleinere Preise für Drehbucharbeit an ausländische Filme, aber nichts, was nennenswert zu Buche schlug, lediglich Rankenwerk. Ob diese Preise verdient waren, tut nichts zur Sache. Entscheidend ist, daß es kleinere Preise waren und kleinere Preise sein sollten und daß ein im Ausland gemachter Film keinerlei Möglichkeit hatte, einen Hauptpreis zu gewinnen.

Außenstehende konnten den Eindruck gewinnen, daß da irgend etwas nicht mit rechten Dingen zuging. Hollywood-Kenner wissen indes – und daran gibt es nichts zu rütteln! –, daß die Oscars für und durch Hollywood existieren; daß ihr Zweck der ist, die Überlegenheit Hollywoods zu zementieren; daß die mit ihnen verbundenen Maßstäbe und Probleme die Maßstäbe und Probleme Hollywoods sind; und daß die mit ihnen verbundene Falschheit die Falschheit Hollywoods ist. Doch wenn die Akademie den Ausländern ein bißchen Flitter hinwirft, die Edelsteine für sich behält und dabei die Pose des Internationalismus aufrechterhalten will, muß sie lächerlich wirken. Als Schriftsteller ärgert es mich, daß Drehbuchpreise zu diesem Flitter gehören, und als Mitglied der Akademie ärgert es mich, daß sie eine Stellung einzunehmen sucht, die sie, wie ihr jährliches Spektakel vor der Öffentlichkeit zeigt, gar nicht einzunehmen vermag.

Sofern die Schauspieler und Schauspielerinnen die alberne Schau lieben – und ich bin mir gar nicht so sicher, daß die besten von ihnen das tun –, wissen sie wenigstens, wie man in starkem Licht elegant aussieht und die kleinen, ach so bescheidenen Ansprachen mit so treuherzig großen Augen vorbringt, als glaubte man selber an sie. Sofern die großen Produzenten sie lieben – und ich bin mir ganz sicher, daß sie das tun, denn sie enthält die einzigen Bestandteile, von denen sie wirklich etwas verstehen (Werbewirksamkeit und folglich verstärktes Kassenklingeln) –, wissen sie wenigstens, wofür sie kämpfen. Sofern aber die stillen, ernsten und etwas zynischen Leute, die wirklich Filme machen, sie lieben – nun, sie kommt schließlich nur einmal im Jahr und ist nicht schlimmer als eine Menge von dem Schmierentheater, das sie aus dem Weg räumen müssen, um mit ihrer Arbeit fertig zu werden.

Das ist natürlich auch nicht ganz der entscheidende Punkt. Der Chef eines großen Studios sagte einmal in privatem Kreise, wenn er ehrlich sei, bestehe das Filmgeschäft zu 25% aus ehrlichem Geschäft, die anderen 75% seien reine Kunkelei. Über Kunst hat er nichts gesagt, obgleich er davon schon gehört haben mag. Aber das *ist* der entscheidende Punkt, nicht wahr? – ob diese jährlichen Preise (abgesehen von dem grotesken Ritual, das mit ihnen einhergeht) tatsächlich etwas darstellen, was von künstlerischem Wert für das Medium Film ist; etwas Eindeutiges und Ehrliches, das bleibt, wenn die Lichter erloschen, die Nerze abgelegt und das Aspirin geschluckt ist? Ich glaube nicht, daß sie das tun. Ich glaube, sie sind bloß Theater, und nicht einmal gutes Theater. Was das persönliche Prestige betrifft, das mit dem Gewinn eines Oscars verbunden ist, so währt es, mit Glück, gerade so lange, daß dein Agent erreicht, daß dein Vertrag erneuert wird und daß dein Marktwert eine weitere Windung hochgeschraubt werden kann. Doch über die Jahre und in den Herzen der Menschen, die guten Willens sind? Ich glaube kaum.

Es war einmal vor vielen Jahren, da beschloß eine einst sehr erfolgreiche Hollywood-Dame (vielleicht hatte sie auch keine andere Wahl), ihre schönsten Möbel mitsamt ihrem schönen Heim versteigern zu lassen. Einen Tag, bevor sie auszog, führte sie eine Gesellschaft von Freunden zu einer privaten Besichtigung durch das Haus. Einem von ihnen fiel auf, daß die Dame ihre zwei goldenen Oscars als Türpuffer benutzte. Anscheinend hatten sie gerade das richtige Gewicht, und sie mußte wohl vergessen haben, daß sie aus Gold waren.

Abschied mit Vorbehalten

Vor etwa anderthalb Jahren, als mehrere Filmproduzenten in ihrer Hast, mich für irgendein billiges Projekt unter Vertrag zu kriegen, ihre Sekretärinnen überrannten, geschah es, daß der letzte Produzent, für den ich wirklich gearbeitet hatte, etwa fünfzehn Minuten Zeit und drei bis vier Zoll einer zur Persönlichkeit gewordenen Zigarre darangab, um meinem Agenten zu erzählen, zu seiner großen Überraschung sei ich gar kein eigenständiger Drehbuchautor. Es hat einmal eine Zeit gegeben, da hätte ich mich wegen so etwas in die finsterste Ecke des Kleiderschrankes verkrochen, um das Gesicht im Sonntagskleid meiner Mutter zu vergraben und mir mein kleines Herz aus dem Leib zu weinen. Aber ich weiß nicht, anscheinend berührt mich so etwas nicht mehr. Ich scheine jenes Stadium geistiger Erniedrigung erreicht zu haben, wo warmes Blut mich froh durchpulst, wenn ich gelobt werde, und wo mein Gemüt irgendwie leer wird, wenn man mich tadelt. Gleichviel, der Bursche hatte ganz recht. Ich bin in der Tat kein eigenständiger Drehbuchautor, wenn mit dieser Schote ein schöpferischer Künstler gemeint ist, der ganz aus sich heraus eine saubere und runde Drehvorlage hervorzubringen vermag, die, so wie sie ist, alle Beteiligten zufriedenstellt und ihnen Jubelrufe entlockt. So gut bin ich einfach nicht. Aber wer ist das schon? möchte ich auf die Gefahr hin fragen, als ungehobelter Klotz angesehen zu werden. Ein paar wenige schreibende Regisseure fallen einem vielleicht ein, die ihre Sache ohne wesentliche nachgewiesene Eingriffe auf Zelluloid zu kriegen scheinen; vielleicht auch ein paar schreibende Produzenten. Von einem Firmenchef weiß ich sogar, daß er, wenn er zu abgearbeitet ist für wichtigere Tätigkeiten, ganz allein ein komplettes Drehbuch aufs Papier haut – jedenfalls sagt das der Vorspann – und als toller Autor angesehen wird; außer vielleicht von Leuten, die nicht für ihn arbeiten. Es mag auch zwei oder drei Routiniers geben, die einfach schreiben, und es kommt dann irgendwer daher und dreht die Sache, wie sie dasteht. Zu deren Klasse gehöre ich nicht. Nach fast fünf Jahren Arbeit für Hollywood weiß ich, daß ich nicht dazu geschaffen bin. Und der einzige Zweck der vorliegenden feinen, kleinen Verlautbarung ist der, daß ich Ihnen, werter Leser, zu verstehen geben möchte, daß ich dazu auch nicht geschaffen sein will, und warum nicht.

Ich versuche nicht, die Kunst oder Profession des Schreibens für die Leinwand herunterzumachen. Dies hier hat zu tun mit meiner privaten Vorstellung von dem, was Schreiben ist und was ein Schriftsteller haben sollte von seiner Arbeit – außer Geld. Es hat zu tun mit Magie und Emotion und Vision, mit dem freien Fluß von Bildern, Gedanken und Ideen, mit Disziplin, die von innen kommt und nicht von außen auferlegt ist. Es hat zu tun mit jenem Gefühl des Beherrschens seines Ausdrucksmittels, das nicht oft kommt und nicht lange anhält und das eines der am wenigsten egoistischen Gefühle der Welt ist, weil man sehr wohl weiß, daß es lediglich eine mit dem Unterbewußtsein hergestellte Verbindung ist. Es hat zu tun mit jener seltenen Fertigkeit im Ausdruck, die nichts zu tun hat mit bewußter Technik, denn Technik steht dazu im selben Verhältnis wie ein Grammatiker zum Dichter. Ohne es oder die Hoffnung auf es ist Schreiben verlorene Mühe. Ohne Magie gibt es keine Kunst; ohne Kunst keinen Idealismus; ohne Idealismus keine Integrität. Und ohne Integrität gibt es nur noch Produktion und am Ende nicht einmal mehr das, denn das Schaustellergewerbe enthält auf seiner unverhülltest kommerziellen Ebene noch ein Element unablässigen Strebens nach Perfektion, selbst wenn es nur eine Perfektion im Detail ist.

Abgebrühte Veteranen des Filmgeschäfts werden meine Bemerkungen wahrscheinlich etwas zu hochfliegend finden für praktische Handhabung. Sie sind es vielleicht auch. Als Kritiker des Prozesses der Filmherstellung habe ich schwerwiegende Fehler, deren augenfälligster der ist, daß ich von dem Geschäft nicht genug verstehe. Täte ich das, hätte ich entweder den Antrieb zum Kritisieren verloren oder würde schon lange ein Leben führen, worin mich wirksame Kritik in Gefahr brächte. Das Dilemma des Kritikers ist schon immer gewesen, daß er, wenn er genug weiß, um mit Autorität zu sprechen, zuviel weiß, um mit Unvoreingenommenheit zu sprechen. Vor wenig weniger als drei Jahren, als ich davon viel weniger verstand als jetzt, schrieb ich einen ziemlich vergrätzten Artikel über die Stellung des Schriftstellers in Hollywood. Dem Vernehmen nach erregte er beträchtlichen Anstoß bei den leitenden Herren des Studios, bei dem ich damals unter Vertrag stand, und verursachte mir erheblichen Schaden bei den Produzenten. Ich hatte dafür nie einen handgreiflichen Beweis, aber ich will gern annehmen, daß es sich so verhielt. Es war zu einer Zeit, als die Kasseneinnahmen automatisch horrend waren und die einzige Möglichkeit, einen uneinträglichen Film zu machen, die war, ihn gar nicht zu machen. In der Glorie solchen Erfolges mag jede Kritik der Methoden, die zu ihm führten, ungehörig erschienen sein. Sollten die maßgebenden Herren noch immer dieses Gefühl haben – und dessen bin ich mir nicht sicher –, so ist das eine Art Ungehörigkeit, an die sie sich zu gewöhnen haben werden. Hollywoods Versagen, auf eine aufgeklärte Weise zu verfallen, wie man mit schöpferischen Menschen umgeht, ist nicht mehr allein eine Sache verletzter Egos. Es ist das Versagen einer Methode des Filmemachens, und die Ergebnisse dieses Versagens zeigen sich am Kassenerfolg. Gute Filme kann man

nicht ohne gute Drehbücher machen, und gute Drehbücher
kann man nicht von Leuten kriegen, die nicht wissen, wie
man sie schreibt – technisch gesehen; oder die zwar wissen,
wie man sie schreibt – technisch gesehen –, von Hollywood
aber dermaßen verführt und verdorben wurden, daß
Technik alles ist, was sie noch haben. Technik allein ist nie
genug. Es braucht Leidenschaft. Technik allein ist nur ein
bestickter Topflappen.

Um effektiv für die Leinwand zu schreiben, muß man
die trotzigen Hindernisse und die mechanischen Prozesse
kennen, die sich zwischen das Skript und das endgültige
Negativ schieben. Innerhalb des mit Roßhaar gepolsterten
Rahmens einer hochviktorianischen Zensur soll man eine
Illusion objektiver Wahrheit erzeugen, die zu unterdrücken
eines der Hauptanliegen dieser Zensur ist. Man geht mit
Träumen hinein und kommt mit dem Eltern-Lehrer-Verein
wieder heraus. Eine Anzahl der gängigsten und kraftvoll-
sten Wörter der englischen Sprache, im Grunde nicht obszöner als ein Kerzenständer, sind tabu, weil irgendwo, irgendwie, irgendwer sie mit einem unreinen oder gottlosen Gedanken in Verbindung gebracht hat. Wahrscheinlich gibt
es nicht eine Facette des amerikanischen Lebens, die man
genau darstellen kann, aber man kann Clark Gable in
Unterhose fotografieren, man kann auf einen ehebreche-
rischen Kuß überblenden, und man kann obszöner sein
durch Andeutungen als mit der direkten Zotensprache von
Soldaten in einem Kasernenraum. Das Endergebnis dieses
Zwangsjacken- und Scheuklappenkultes ist geistige Trägheit
und Lähmung der Phantasie. Was nützt es, sich hochdra-
matische Stories oder Szenen auszudenken, wenn man schon
vorher weiß, daß sie sich so zahm ausnehmen werden wie
Tante Mimis Rezept für Eierstich?

Die nächste Gefahr ist der Produzent oder vielmehr die
Funktion des Produzenten. Mein Freund Joe Sistrom hat
diese Funktion privat und gedruckt so gut umrissen, wie sie

besser nicht umrissen werden kann von einem Mann, der viel zu intelligent ist, als daß man ihn als typischen Produzenten ansehen könnte, und der, ohne sich in irgendeiner Weise anzumaßen, Schriftsteller zu sein, einige der glänzendsten Zeilen zu einem der glänzendsten Drehbücher beisteuerte, die je geschrieben wurden. Ich meine, ohne verlegen zu werden, *Double Indemnity*. Und dennoch, je intelligenter und stärker ein Produzent ist, desto betäubender wirkt er sozusagen auf das schöpferische Denken des Schriftstellers. Der schwache Produzent läßt dich deine Probleme lösen und deine Story schreiben. Der starke nimmt dir die Story weg und macht sie zu der seinen. Selbstverständlich ist er der beste Freund des Schriftstellers. Oftmals dessen einziger Freund. Behutsam, geschickt und mit nahezu unendlicher Geduld wiegt er den Schriftsteller in der rosigen Illusion, er arbeite in einem künstlerischen Medium, und auch die Szenen noch, die bedauerlicherweise weggeworfen werden mußten, seien dem Produzenten ins Herz eingebrannt, und in den einsamen wachen Stunden der Nacht spreche er sie sich vor und weine. Ist der Schriftsteller verzweifelt, so richtet er ihn auf; ist er hochfahrend, so besänftigt er ihn, und wenn das künstlerische Temperament verrückt spielt, so nimmt der Produzent ihn bei der Hand und macht ihn langsam, methodisch und gründlich stockbesoffen. Vielleicht fällt dem Produzenten um alles in der Welt keine anständige Zeile ein, aber er wird sich bis zur Erschöpfung abrackern, damit dir eine einfällt. Mit welch zarter Hand er die Feinheiten aus deiner Story streicht, denn er weiß verdammt gut, daß die Yahoos auf dem Balkon eine Feinheit nicht von einem Goldfisch unterscheiden können. Mit welch väterlicher Behutsamkeit er deine Phantasie narkotisiert, denn er weiß, daß Phantasie Gift ist für den Kassenerfolg. Und wie traurig er deiner Story das Lebensblut entzieht und dir die einbalsamierten Überreste zurückreicht, als ob das es wäre, was du wolltest – oder wenigstens wollen solltest, sofern du ein vernünftiger Bursche bist und bereit, den Tatsachen des Lebens ins Auge zu sehen. Es ist nicht das, was zu schreiben du im Sinn hattest, in der Regel nicht einmal, was der Produzent sich von dir erhofft hatte. Doch alles in allem ist es wahrscheinlich ein solides und annehmbares Skript. Es hat die richtige Länge, mehr oder weniger; die Szenen laufen ganz gut, mehr oder weniger, sofern der Regisseur sie läßt und sofern die Stars genügend Text zu haben meinen; der Dialog klingt wahrscheinlich recht gewandt; und nur eine weitaus eingehendere Prüfung, als ihm bei der üblichen Projektionsgeschwindigkeit zuteil werden kann, würde die wesentliche Leere und Trivialität des Drehbuchs enthüllen. Es ist vielleicht nicht ganz der aufsehenerregende Brocken Drama oder Komödie, den zu bauen du dich anschicktest, aber es ist schließlich doch noch ein weiterer Hollywood-Film. In ein paar Jahren wird er so tot sein wie Julius Cäsar und noch ein ganzes Ende toter als Kleopatra.

Was hast du dir denn vom Drehbuchschreiben überhaupt versprochen – den Stolz, etwas geleistet zu haben; das Gefühl, ein schwieriges und anspruchsvolles Medium gemeistert zu haben; und nebenbei vielleicht ein bißchen reine Freude? All das und erst noch Geld? Ziemlich lächerlich, nicht? Erlauben Sie mir, lächerlich zu sein vor Ihnen. Auch ich stelle diese unmöglichen Forderungen, wohl wissend, daß sie unmöglich sind und daß für die Technik des Filmemachens der Verstand grundlegend ist. Der Inhalt eines Filmes ist Person, Emotion und Situation sowie die Kombination dieser Dinge zu einem Drama. Dieses ist das Ergebnis eines reinen Schöpfungsaktes. Eben noch war nichts, und im nächsten Moment stehen Worte auf dem Papier: Dialog und Bühnenanweisungen, gegossen in eine bestimmte Form, die man Drehbuch nennt. Aber selbst auf dem Papier hat dies noch keine reale Existenz. Es muß auf Zelluloid fotografiert werden. Das Schreiben eines Drehbuchs ist eine üble Plackerei, teils weil es eine schwierige und wesentlich unbefriedigende Form ist und teils weil neunundneunzig Leute mehr darüber wissen, wie es geschrieben werden sollte, als derjenige, der es schreibt. In dieser Hinsicht ist Drehbuchschreiben einzigartig unter den literarischen Künsten. In allen anderen kann der Schriftsteller gut sein oder schlecht, aber man erwartet von ihm, daß er weiß, was er tut. Ein Drehbuchautor weiß aber nicht, was er tut. Jemand, der kein Schriftsteller ist, muß ihm sagen, was er tut. Ich bin nicht entrüstet über diese Situation. Ich bin nicht einmal bereit, ein Heilmittel zu empfehlen. Und schon gar nicht möchte ich den Gedanken aufkommen lassen, die etwas über tausend aktiven Mitglieder des Verbandes der Drehbuchautoren seien per definitionem Drehbuchautoren oder tatsächlich irgendwelche anderen literarischen Autoren. Viele von ihnen sind offenbar nichts dergleichen. Mein eigentlicher Kummer ist der, daß diejenigen unter ihnen, die Schriftsteller *sind* und dies auf anderen Gebieten bewiesen haben, einfach keinen richtigen Spaß am Drehbuchschreiben haben können. Alles, was sie davon haben können, ist Geld, und wenn Geld sie befriedigt, sind sie keine Schriftsteller. Mich befriedigt es nicht. Es kümmert mich nicht, wieviel man mir zahlt, es sei denn, man kann mir auch Freude an der Arbeit geben. Das kann man nicht. Und faßt man diese Situation ins Auge – nicht vom Gesichtspunkt einiger Knurrhähne oder unvernünftiger Leute, zu denen ich zufällig vielleicht auch gehöre, sondern vom Gesichtspunkt des allgemeinen Problems der Herstellung von Filmen, und zwar guten, nach Drehbüchern, und zwar guten –, so wird ziemlich klar, daß es mit dem schöpferischen Niveau des Films so lange mehr und mehr eher bergab als bergauf gehen wird, wie das Drehbuchschreiben nicht eine Arbeit ist, die über den Geldlohn hinaus auch noch anderweitig lohnend ist. Denn Hollywood ist nicht mehr der einzige goldene Weingarten für Schriftsteller. Und selbst wäre es das – Geld, wie andere Annehmlichkeiten, kann so viel kosten, daß es nicht mehr gefragt ist. Die Erfolgsstatistik zeigt, daß Hollywood selten in der Lage war, erstklassige Schreibtalente zu kaufen oder gekaufte zu halten. Es wird immer offensichtlicher, daß es kaum auch nur die besten der zweitklassigen kaufen kann, denn die können mit dem Schreiben erzählender Prosa und dem Verkauf der Verfilmungsrechte ebenso viel Geld machen wie mit dem direkten Schreiben für die Leinwand. Und was Sicherheit angeht, so spreche wiederum die Erfolgsstatistik. Es gibt keine Sicherheit. Es gab sie nie.

Wir haben in unserer Mitte eine Gruppe von Leuten, die an einer sonderbaren Anämie der Denkfähigkeit zu leiden scheinen, einer Art Konstitutionsschwäche, wie man sie bei Adelsfamilien beobachtet, die zuviel untereinander heiraten. Diese Leute scheinen zu glauben, daß sie als Drehbuchautoren die Verwertungsrechte ihrer Schreiberzeugnisse besitzen und verwalten und dabei auch noch von den Leuten, die das ganze finanzielle Risiko tragen, in vernünftigem Luxus gehalten werden sollten. So aufgestellt, ist die These absurd, aber nicht so absurd, wie sie aussieht. Die Absurdität liegt nicht so sehr in der Forderung selbst als in der Definiton derjenigen, die berechtigt sind, die Forderung zu stellen. Da die Prozesse des Filmemachens, wie in Hollywood praktiziert, so beschaffen sind, daß sie die Unabhängigkeit und den künstlerischen Mut des Drehbuchautors zerstören, ist das mindeste, was die Branche ihm als Entgelt rückerstatten kann, eine Art Versicherung gegen Angst. Ein Haufen schlechter Filme wird in Hollywood deswegen gemacht, weil die Männer und Frauen, die sie schrieben, Angst haben, sich gegen das Diktat aufgeblasener Quatschköpfe zu behaupten. Integrität ist ein hübsches Wort, und man hört es dauernd in Hollywood, aber die Eigenschaft selber findet man selten. Die Stelle eines Schriftstellers hängt ab von der Laune der Produzenten oder Studioleiter, Vertrag oder kein Vertrag. Sieht man einmal ab von den offenkundig Unfähigen auf der einen Seite und den offenkundigen Gangstern auf der anderen, so gibt es nur sehr wenige Drehbuchautoren, die wichtigen Produzenten sagen können, sie sollen sich zum Teufel scheren, und heil dabei wegkommen. Doch eben dies ist Integrität – ein Akt des Mutes und Stirnbietens auf die Gefahr hin, den Job zu verlieren, und mit keinem anderen persönlichen Ziel vor Augen, als diesen Job ein bißchen besser machen zu wollen, als den Produzenten lieb ist. Selbst wenn man den Mut hat, wird man es leid, ihn einzusetzen. Es steht so wenig auf dem Spiel, künstlerisch gesehen; kein Ideal, lediglich ein etwas würdigerer Kompromiß zwischen Kreativität und Kommerzialismus. Wenn du die Routiniers vor den Kopf stößt, sind sie über deinen Widerspruch aufgebracht; wenn du sie nicht vor den Kopf stößt, schimpfen sie dich einen Lohnschreiber ohne Integrität. Was Hollywood anscheinend haben möchte, ist ein Schriftsteller, der bei jeder Story-Konferenz zum Selbstmord bereit ist. Was Hollywood tatsächlich kriegt, ist der Bursche, der wie ein brünftiger Hengst schreit und sich dann mit einer Banane den Hals durchschneidet. Der Schrei demonstriert die künstlerische Reinheit seiner Seele, und die Banane kann er essen, während irgendwer mit irgendwem wegen irgendeines anderen Films telefoniert.

Und was ist es schon, wofür er kämpft? *Er* wird den Film nicht machen. Die Leute, die ihn machen werden, der Produzent, der Regisseur, der Kameramann, die Schauspieler und die Cutter, sind viel zu charakterfest, um sich zu erlauben, Skript-Süchtige zu werden. Es sei mir gestattet, auf die Worte des Herrn Gregg Toland zu verweisen, wie sie von Lester Koenig in der Dezembernummer unserer Gemeindegazette wiedergegeben sind. Eine der Fragen, die Herr Koenig an Herrn Toland richtete, war: »Was geschieht mit den Kameraanweisungen, die sie (die Schriftsteller) in ihren Drehbüchern mit Großbuchstaben schreiben?« Die Antwort des Herrn Toland: »Regisseure und Kameramänner haben im Laufe der Jahre eine Methode des Skriptlesens entwickelt, die ihnen ermöglicht, diese Anweisungen gar nicht erst zu sehen. Der Regisseur kann die Inszenierung und das Technische nicht am Schreibtisch ausarbeiten, warum sollte sich also der Schriftsteller um fahrende Kamera usw. kümmern. Meistens redet er von etwas, wovon er kaum etwas versteht. Schriftsteller wie Sherwood schreiben meisterhafte Szenen hin und halten sich mit detaillierten Instruktionen für die Kamera nicht auf. Und so sollte es sein.« Als ein etwas magerer schöpferischer Künstler in diesem faszinierenden Medium bin ich fasziniert von dem, was ungesagt hinter diesen Worten steht. Sie werden gesprochen mit der Autorität desjenigen, der, obwohl selber kein Schriftsteller, weitaus mehr vom Drehbuchschreiben verstehen muß, als ich es je werde. Würde es Herrn Toland aufschrecken, wenn er erführe, daß der Drehbuchautor die Kamera als seine Hauptperson betrachtet und daß er, schriebe er für diese Person keine Rolle, auch kein Drehbuch schreiben würde? Nicht dem Regisseur oder dem Kameramann zuliebe schreibt er die Kamerabewegungen ins Drehbuch, sondern sich selber zuliebe – damit er sich eine Vorstellung machen kann von der Spieldauer des Skripts; damit er aus seinem Dialog diejenigen Effekte herauslassen kann, die die Kamera ohne Worte besser zu erzielen vermag; damit er ins Gefühl bekommt, in welchem Rhythmus und Tempo der Film sich über die Leinwand bewegt. Der Schriftsteller weiß sehr wohl, daß der Regisseur seinen Kameraanweisungen nicht nach dem Buchstaben folgen wird. Er weiß ja zunächst gar nicht, wer der Regisseur sein wird. Und die Stile und Methoden der Regisseure ändern sich, nicht nur von Mann zu Mann, sondern von Jahr zu Jahr und von Film zu Film; wenn sie, was zuweilen vorkommt, genügend Phantasie haben, sogar von Szene zu Szene. Manche Regisseure bewegen ihre Kamera ständig, fahren zu Nahaufnahmen heran und entfernen sich wieder, machen Schwenks über die gesamte Szenerie hinweg. Andere bevorzugen ein statisches Fotografieren und blenden vor und zurück. Manche mögen Überblendungen so sehr, daß sie zweimal überblenden, um eine Person eine Treppe hochzukriegen. Andere verabscheuen Überblendungen und bedienen sich ihrer nur, wenn sie unbedingt müssen. Manche Regisseure folgen einer langen Bewegung wortlos, weil sie die Bewegung selbst spannend zu gestalten wissen. Andere können eine Person nicht wortlos aus einer Haustür kommen lassen, weil ihr Mangel an bildlicher Erfindungsgabe so groß ist, daß sie die einfachste Exkursion mit Dialog zudecken müssen. Und da wir gerade über Dialog sprechen – auch hier trifft Herr Toland wieder ins Schwarze mit einer Handvoll Kartoffelsalat. »Ich würde Schriftstellern raten«, fügt er hinzu, »ihr Augenmerk auf den Dialog und die Szene zu konzentrieren.« Welchen Dialog meinten Sie, Herr Toland? Das Zeug, das im Skript steht, oder das, was von der Leinwand kommt, nachdem der Regisseur es zurechtgebogen hat? Ich gebe zu, so riesig vielen Regisseuren habe ich bei der Arbeit noch nicht auf die Finger geguckt, aber nur zwei habe ich kennengelernt, die sich nicht für so überaus kompetent hielten, daß sie sich zutrauten, in zwei Minuten eine Dialogsequenz zu verbessern, die vielleicht zwanzigmal überarbeitet und nachgefeilt wurde, bevor der Regisseur sie überhaupt zu Gesicht bekam. Und durch einen merkwürdigen Zufall kamen diese beiden Gentlemen aus europäischen Ländern, wo die literarische Qualität des Drehbuchs der unseren weit voraus ist.

Sollten irgendwelche der in diesem Essay bisher geäußerten Bemerkungen Anstoß erregen, so laßt mich sagen, daß ich mir selber als erster gratulieren würde. Anstoß können sie nur bei denjenigen erregen, bei denen es mir eine

Freude und ein Recht und sogar eine Pflicht ist, Anstoß zu erregen. Meine Autorität bleibt in den Grenzen ehrlicher Überzeugung. Ich bin kein hervorragender Techniker oder unerbittlicher Szenenausquetscher wie Billy Wilder. Ich bin der Mann, der das Rohmaterial produziert, auf das die hervorragende Technik angewendet werden kann; der Mann, der die Szenen schreibt, die darauf warten, ausgequetscht zu werden. Wäre ich mehr, würde ich auch weniger sein, und das Mehr, das ich sein würde, wäre, von meinem Gesichtspunkt aus, das Weniger nicht wert, das ich sein würde. Man zahlt mir keine großen Geldsummen dafür, daß ich Kameraeinstellungen zu Papier bringe, obgleich ich das tue, weil ich muß, selbst wenn ich es schlecht tue. Dies ist genau der Punkt, weswegen ich Klage führe. In Hollywood kann man technische Fertigkeiten nicht erwerben, ohne dabei die Kraft zu verlieren, die nötig ist, um das hervorzubringen, was der Fertigkeit Nahrung gibt. Wenn ich keine Meisterschaft über das Medium haben kann, kann ich keine Freiheit haben, und kann ich keine Freiheit haben, ist das Geld nicht genug. Es kommen hundert Techniker auf jeden einen Mann, der auf fünf Seiten Dialog Personen ins Leben zu rufen vermag und es versteht, zwischen ihnen die emotionale Spannung zu erzeugen, durch die Drama entsteht. Hollywood braucht den einen Mann mehr als die hundert, aber es kann ihm keine Freude geben. Es kann ihm nur Ziffern auf einem Scheck geben. Da ist etwas falsch, was meiner Meinung nach nicht falsch sein muß. Die Filmemacher sind nicht durchweg dumme Leute, und doch gehen sie mit Schriftstellern um, als wären es komische, einfältige Kreaturen mit irgendeiner unerklärlichen Gabe, Vorstellungen anderer in Worte zu fassen und, unter strenger Aufsicht, in eine der Fotografie zweckdienliche Form zu bringen. Manchmal trifft das zu. Angesichts seiner miserablen Schriftsteller, so bemerkte ein anderer Freund von mir, macht Hollywood seine Sache großartig; es schlägt sie mit

Ochsenpeitschen und blendet sie mit Gold, und irgendwie kriegt es ein Skript heraus. Mit wenigen Einschränkungen, die kaum mehr als höfliche Gesten sind, ist das ziemlich genau, wie Hollywood mit allen Schriftstellern umgeht. Aber mit guten Schriftstellern kann man so nicht umgehen. Weil das, was sie einem wertvoll macht, sich der Kontrolle durch Leute entzieht, die keine Schriftsteller sind. Hollywood sollte das inzwischen gemerkt haben, hat es aber nicht, und ich glaube, das liegt hauptsächlich daran, daß Hollywood im Grunde keine zivilisierte Gemeinde ist. Es ist provinziell, inzüchtig, scheuklappig und in ein Gewirr von Techniken verstrickt, die einst ausreichten, die Welt zu beherrschen, heute aber nicht mehr genügen, um auch nur in den Vereinigten Staaten tonangebend zu sein. Seine großen Männer sind zumeist kleine Männer mit tollen Büros und einer Menge Geld. Nicht wenige von ihnen sind zudem dumme kleine Männer mit Konfektionsgehirnen, Kleinstadtarroganz und einem animalischen Riecher für den Geschmack des dümmsten Teiles des Publikums. Sie sind nicht von derselben Klasse wie Männer, die große Eisenbahnen leiten, Banken, Versicherungsgesellschaften, Verlagshäuser oder Industriekonzerne. Sie haben so lange mit dem Glück gespielt, daß sie unterdessen Glück mit Aufgeklärtheit verwechseln. Sie feilschen zu hart, wenn das Geschäft läuft, und kriegen zu schnell Angst, wenn es mal nicht so läuft. Bei einer Krise werden sie hysterisch. Diplomatie ersetzen sie durch Intrige. Sie wissen, wie man mit Agenten und temperamentvollen Stars umgeht, von denen die meisten morgen tot umfallen könnten, ohne daß dies eine spürbare Auswirkung auf die wesentlichen Prozesse der Filmerei haben würde. Aber vom schöpferischen Gebrauch von Talent, das ja die wesentliche Grundlage des Filmgeschäftes ist, verstehen die Herrscher gar nichts, sonst hätten sie schon seit langem danach getrachtet, die Umstände zu schaffen, in denen es gedeihen kann. Alles, was sie können, ist, für es zu zahlen und auf Ablieferung zu warten. Ist man Schriftsteller, und ein redlicher, so gibt man sich große Mühe abzuliefern, aber zu vieles kommt dazwischen, zu viele Hände richten einen zu, zu viele Wörter hat man in den Ohren und zuviel fades Denken, das einen selber fad macht, und man mag sich abmühen, wie man will, am Ende wird man nur müde.

Die fünf Jahre, die ich in und in der Nähe von Filmstudios verbracht habe, entsprechen ziemlich genau einer Hollywood-Generation. In dieser recht kurzen Spanne habe ich gesehen, daß ein Chargen-Mädchen, das keine Nebenrolle kriegen konnte, auf einem anderen Filmgelände ein Star wurde. Ich habe gesehen, daß ein junger und fähiger Autor von Kriminalromanen den Auftrag bekam, ein Originaldrehbuch zu schreiben. Er hatte keine Erfahrung mit der Form und niemand half ihm, also wurde er gefeuert, weil das Ergebnis natürlich etwas enttäuschend war. Bald darauf war er bei einer anderen Filmgesellschaft ein erfolgreicher Regisseur geworden. Ich habe gesehen, daß sich fast das gesamte Personal (außer den Schauspielern) eines großen Studios in Luft auflöste und ersetzt wurde durch eine im Preis herabgesetzte Kollektion von Amateuren und »B«-Film-Impresarios, und das alles ohne merkliche Auswirkungen auf die Einspielkapazität der Gesellschaft. Ich habe weltberühmte Romanciers von Studio zu Studio ziehen sehen, von Auftrag zu Auftrag, monatelang, jahrelang, ohne daß sie in der gesamten Zeit je eine Szene zuwege brachten (nicht zu reden von einem ganzen Skript), die professionell genug gewesen wäre, um vor die Kamera zu kommen. Die alten verläßlichen Lohnschreiber sind noch immer da, oder wenn sie es nicht sind, sehen diejenigen, die an ihre Stelle traten, genauso aus wie sie. Wir haben immer noch die Konstruktionisten, die nicht schreiben können; die Dialog-Leute, die keine Handlung ersinnen können; die Kopfpicker, die dir die Ideen wegputzen und sie dir am nächsten Tag als ihre eigenen verkaufen wollen; und die Ruhmfresser, die eher das beste Skript, das sie je zu Gesicht bekamen, versauen als auf ihren Namen auf dem Titelblatt verzichten würden.

Vielleicht hätte ich besser sagen sollen, *ihr* habt all diese Dinge noch, denn ich ziehe um in ein anderes Klima. Ich möchte nicht mißverstanden werden. Der Film als Kunst steht nicht in Frage. Ich glaube, daß Filme wie *Variety, The Last Laugh, Sous les Toits de Paris, Mayerling, Open City, Odd Man Out, Stagecoach, The Informer* und andere ihresgleichen die überspannten Effekte des Theaters albern erscheinen lassen, obgleich die hohe Bühnenkunst eine gewisse reine Magie hat, die der Film bis jetzt vergeblich zu erreichen suchte. Aber solche Filme sind äußerst selten, und selbst wenn ich die Fähigkeit hätte, einen zu schreiben, habe ich nicht die Geduld, auf das genaue Zusammentreffen von Glück und Einfluß und Talent zu warten, das einen solchen Film ermöglicht. Die Fähigkeiten, die man zu anhaltendem Erfolg haben muß und die mir fehlen, sind maßlose Begeisterung für die Arbeit, die gerade anliegt, gepaart mit einer nahezu völligen Gleichgültigkeit gegenüber dem Gebrauch, den man davon machen wird. Die Zukunft des Films liegt in den Händen jener kleinen Gruppe von Leuten, die sich das Genick brechen werden, um etwas Schönes zu erreichen, obwohl ihnen klar ist, daß es so gut wie sicher von Banausen verdorben werden wird. Wenn es genug von ihnen gibt und sie die Feuerprobe lange genug durchstehen können, kommt vielleicht einmal der Tag, an dem es nicht verdorben werden wird. Die selbsternannten Fürsprecher der Filmbranche scheinen sich bei allem Gerangel in anderen Dingen darauf geeinigt zu haben, daß alles an der Story hängt; und daß die Story schlecht ist; und daß der Übeltäter der Schriftsteller ist. Freunde, laßt uns in bescheidener Dankbarkeit den Kopf neigen. Für diesen kurzen Augenblick stehen wir allein im

eisigen Licht der Öffentlichkeit. Die Architekten des Mißerfolgs sind wir! Endlich kommen wir als Stars auf die
Anzeige! Friede – es ist wundervoll!

Mit diesen rührenden Worten möchte ich mich verab-
schieden. Es hat mir Freude gemacht, dieses Prosastück zu
schreiben, auch wenn ich im Grunde weiß, daß es ein
Testament des Mißerfolgs ist. Es zu schreiben hätte sich
nicht gelohnt, wenn es sich lediglich um einen persönlichen
Mißerfolg handelte. Es ist aber wohl viel mehr. Von dem,
was ich aus Motiven persönlichen Grolls oder gekränkter
Eitelkeit aus Hollywood herausholen konnte, wendet man
sich nicht vorsätzlich ab. Aber solche Stimmungen vergehen.
Meine begleitet mich nun schon seit langem. Ich habe das
Gefühl, aus dem Denken verbannt zu sein; die Sehnsucht
nach dem stillen Zimmer und dem ausgeglichenen Gemüt.
Ich bin Schriftsteller, und da kommt dann die Zeit, wo
das, was ich schreibe, mir gehören muß; allein und schweigend geschrieben werden muß; ohne daß mir jemand über
die Schulter schaut; ohne daß mir jemand sagt, wie ich es
besser schreiben soll. Es muß kein großes Werk sein, es muß
nicht einmal furchtbar gut sein. Es muß einfach nur meins
sein.

*»Keine Kunst kann sich durch rein mechanische Inspiration
am Leben erhalten. Wenn der Film seinen technischen Elan
aufgebraucht hat, muß er unvermeidlich zu den Dichtern
zurückkehren.«*
Aus: Herbert Read, *Towards Film Aesthetics (1932)*

Eine Erinnerung
von John Houseman

Vergessene vierzehn Tage

Raymond Chandler war siebenundfünfzig, als er sein Leben für mich riskierte. Zu der Zeit waren die meisten seiner Bücher geschrieben – manche davon zweimal: das erstemal, vor langer Zeit, für einen Hungerlohn von billigen Zeitschriften; dann, noch einmal, als sie für die Veröffentlichung als Hardcovers und später als Paperbacks kombiniert und erweitert wurden (»ausschlachten« nannte er das). Seine schöpferische Zeit war fast vorbei, aber sein großer Erfolg begann gerade erst; Tantiemen flossen herein, gefolgt von Einkünften aus Verfilmungen. Zum erstenmal seit vielen Jahren – seit er seine Stellung als leitender Angestellter bei einer Ölgesellschaft in Los Angeles aufgegeben hatte – waren er und seine Frau in der Lage, sich die bescheidenen Genüsse Südkaliforniens zu leisten, die sie sich wünschten.

Ray tauchte im Paramount-Studio in Hollywood auf, kurz nachdem ich dort angefangen hatte. Joe Sistrom hatte ihn eingeladen, unter Billy Wilder an dem Film *Double Indemnity* mitzuarbeiten. Ray sollte am Dialog feilen und dabei das Lokalkolorit von Los Angeles mit hineinbringen. Der Film (mit Edward G. Robinson, Barbara Stanwyck und Fred MacMurray) spielte eine Menge Geld ein und wurde für einen Akademiepreis nominiert. Damals waren zwei seiner Bücher bereits verfilmt worden *(Lebwohl, mein Liebling* und *Der große Schlaf)*, aber da hatte man Ray nicht eingeladen, an den Drehbüchern zu arbeiten. Er hatte geknurrt deswegen – und über noch so manches andere, was ihm in Hollywood widerfahren war. Manchmal tat er auch noch etwas mehr als nur zu knurren.

Ich kannte Ray noch kaum, als er dem Studio sein erstes Ultimatum stellte. Auf ein langes Blatt gelben Papiers getippt, führte er die zahlreichen Entwürdigungen auf, die er von seiten seines Regisseurs zu erleiden behauptete, und verlangte deren sofortige Einstellung. Ich erinnere mich an zwei Punkte seiner Beschwerde: Mr. Wilder habe unter keinen Umständen mit seinem dünnen, am Handgriff mit Leder überzogenen Rohrstock unter Mr. Chandlers Nase herumzufuchteln oder damit auf ihn zu zeigen, wie er es während ihrer gemeinsamen Arbeit zu tun pflege. Und: Mr. Wilder habe es zu unterlassen, Mr. Chandler willkürliche oder das Persönliche betreffende Befehle zu erteilen, wie etwa »Ray, machst du das Fenster da mal auf?« oder »Ray, machst du die Tür da bitte zu?«

Seine Forderungen wurden offenbar erfüllt, denn er blieb und stellte das Drehbuch fertig. In dieser Zeit begann unsere Freundschaft, die auf der für mich überraschenden Voraussetzung beruhte, daß unter all den damals bei Paramount Beschäftigten er und ich die einzigen waren, die eine englische Public School besucht hatten und folglich – Gentlemen waren. Unsere Freundschaft hielt bis zu seinem Tod im Jahre 1959.

Man vergißt leicht, daß Chandler – dessen literarisches Territorium im Westen von Malibu, im Süden von Long Beach und im Osten von San Bernardino begrenzt wurde und dessen Werk der Welt einige der schonungslosesten Dokumentationen über die Schattenseiten der Gesellschaft Südkaliforniens während der zwanziger und dreißiger Jahre dieses Jahrhunderts lieferte – den größten Teil seiner Jugend in England verbracht hat und in Dulwich in den Klassikern unterrichtet wurde. Wenn er zur Mittagszeit in meinem Büro erschien und Erholung suchte von den oberflächlichen und hemdsärmeligen Männern, mit denen er arbeitete, so hoffte er, glaube ich, bei mir für ein paar Minuten die Klänge und Erinnerungen seiner Kindheit wiederzufinden.

Es gehörte zum Kodex dieses englischen Schulsystems, nicht nach der Vergangenheit des Kameraden zu fragen; folglich brachte ich über Chandlers Leben nie viel in Erfahrung. Im Studio erzählte man sich die Geschichte, er habe sich den Lebensunterhalt eine Zeitlang mit dem Bespannen von Tennisschlägern verdient. Außerdem ging das Gerücht, er sei viele Jahre lang Alkoholiker gewesen. Das zu glauben fiel nicht schwer, denn auf den ersten Blick wirkte Ray sehr gebrechlich; erst nach einiger Zeit konnte man entdecken, daß unter seinem aschfahlen, ausgebrannten Äußeren und seiner mürrischen Hypochondrie eine besondere Kraft schlummerte.

Im Umgang mit Menschen war er zu gehemmt, um fröhlich zu sein; zu gefühlsbetont, um witzig zu sein. Und das System der englischen Public School, das er liebte, hatte sich in sexueller Hinsicht verheerend auf ihn ausgewirkt. Die Anwesenheit junger Frauen – und auf dem Studiogelände gab es immer Sekretärinnen und Statistinnen – verwirrte und erregte ihn. Seine Stimme war normalerweise gedämpft; zu einem heiseren Flüstern wurde sie, wenn er jene unreifen Obszönitäten äußerte, an denen er als erster Anstoß genommen hätte, wenn sie von einem anderen ausgesprochen worden wären.

Bald nachdem er mit *Double Indemnity* fertig war, ergab es sich, daß Ray mit mir an dem arbeitete, was mein erster Film werden sollte. Charles Brackett hatte gerade eine erfolgreiche Schauergeschichte mit dem Titel *The Uninvited* produziert. Es war also nur natürlich, daß das Studio den Titel meines ziemlich banalen Kriminalfilms umänderte zu *The Unseen.* Man war der Meinung, das Drehbuch bedürfe noch einiger zusätzlicher »Härtung«. Wer war befähigter, ein Drehbuch zu härten, als Ray Chandler? Für tausend Dollar die Woche war Ray einverstanden. Die Tatsache, daß wir uns beide keine Illusionen machten über den vergänglichen Wert des Projekts, mit dem wir es zu tun hatten, trug dazu bei, die sieben oder acht Wochen unserer gemeinsamen Arbeit entspannt und angenehm zu gestalten.

Nachdem der »Glanzputz« getan war, brach unsere Verbindung nicht ab. Wir aßen während des Sommers mehrmals zusammen, und eines Sonntagnachmittags fuhr Ray den monumentalen graugrünen Veteranen von Packard-Kabrio, auf den er so stolz war, die steile unbefestigte Straße hinauf, die um den Kamm des Berges zwischen der King's und Queen's Road herumführte, hoch oberhalb der Ciro's und dem Hollywood Strip. Von meiner Terrasse aus konnten wir zur Rechten den Pazifik und Catalina sehen; links, weit weg, noch sichtbar über dem Smog, den pyramidenförmigen Turm des Rathauses; direkt unter uns die lange dünne Linie der Cienega (bevor sie die Fiftyseventh Street des Westens wurde), die sich geradeaus in die Ferne erstreckte, bis sie sich zwischen den Ölpumpen von Baldwin Hills verlor – alles Chandler-Territorium.

Auf solchen Besuchen – eigentlich immer, außer wenn er zum Studio fuhr – begleitete ihn seine Frau »Cissie«. In Hollywood, wo das Erwählen der Ehefrau oft mit dem Besetzen einer Filmrolle verwechselt wird, war Cissie eine Anomalie und ein Phänomen. Rays Leben war schwer gewesen; er sah zehn Jahre älter aus, als er war. Seine Frau sah zwanzig Jahre älter aus als er und kleidete sich dreißig Jahre jünger. Später, nachdem sie gestorben war – »nicht Zoll für Zoll, sondern Halbzoll für Halbzoll« –, schrieb mir Ray von ihren »dreißig Jahren, zehn Monaten und vier Tagen eines Eheglücks, wie ein Mann es sich nur wünschen konnte«.

Er schrieb von der Einsamkeit seines großen Hauses in La Jolla, von dem man über das Meer hinausblickte und in dem er und Cissie gehofft hätten, gemeinsam ihren Lebensabend zu verbringen. Der Brief schloß:

Bevor ich aufhöre, über mich selbst zu reden – eigentlich will ich das gar nicht, aber wenn man einsam ist, tut man es fast unverschämt, ich weiß –, denke ich noch einmal zurück an die Arbeit mit Dir; und ich denke wirklich gern daran zurück. Wir schrieben einmal einen Film, *Die blaue Dahlie*, weißt Du noch? Es ist vielleicht nicht der beste geworden, aber wenigstens haben wir's versucht. Und die Umstände *waren* ein bißchen schwierig . . .

Und *ob* ich es noch weiß. Wir *haben's* versucht. Und die Umstände *waren*, wie Ray sagte, »ein bißchen schwierig«.

Es war Anfang 1945, nicht lange nach Buddy da Silvas stürmischem Rücktritt, als der Direktion von Paramount mit Schrecken klarwurde, daß Alan Ladd, Paramounts Top-Star und stärkste Zugnummer (damals der höchstbezahlte männliche Darsteller in den Staaten), nach Ablauf der nächsten drei Monate wieder zur Armee eingezogen werden würde, und zwar ohne einen einzigen Meter Film zu hinterlassen, den die Gesellschaft während seiner Abwesenheit würde herausbringen können. Bei unserer nächsten Produzentenkonferenz gab man uns zwischen den fürchterlichen Drohungen und widerlichen Schmeicheleien, mit denen unser neuer Chef-Produzent uns zu unterhalten pflegte, zu verstehen, daß jeder, der eine brauchbare Filmidee für Alan Ladd anbringen und innerhalb eines Monats drehfertig machen könne (eine schiere Unmöglichkeit), sich die ewige Dankbarkeit des Studios und Mr. Balabans, seines Hauptaktionärs, erwerben würde.

Zwei Tage darauf, beim Essen in einer der Grabkammern bei Lucey's gegenüber dem Studio, klagte Ray Chandler darüber, daß er mit dem Buch, an dem er gerade sitze, nicht weiterkomme. Brummig sagte er, daß er sich ernsthaft überlege, ob er ein Drehbuch daraus machen und es an irgendeine Filmgesellschaft verkaufen solle. Nach dem Essen fuhr ich mit ihm zu seinem Haus – einem kleinen

Stuck-Bungalow im spanischen Stil im Westen von Fairfax, wo Cissie in einer Wolke aus blaßrotem Tarlatan mit gebrochenem Bein darniederlag – und las die ersten 120 getippten Seiten seines Buches. Achtundvierzig Stunden später hatte Paramount *The Blue Dahlia* für eine ansehnliche Summe gekauft, und Ray Chandler saß an einem Drehbuch für Alan Ladd. Ich sollte die Produktion machen, und zwar unter Aufsicht von Joseph Sistrom, einem quicklebendigen Hollywood-Filmmann der zweiten Generation, der mit seinen rosigen Backen und seiner struppigen schwarzen Vogelscheuchenmähne aussah wie ein vierzehnjähriger Schuljunge.

In jenen fetten Jahren dauerte die Produktion eines A-Films gewöhnlich anderthalb Jahre. Für eine Romanadaption gingen im Durchschnitt etwa fünf Monate drauf; für ein Originaldrehbuch eher noch mehr. Danach kam eine Zeit der Verdauung, in der jeder am Skript herummeckern und herumpfuschen konnte; dadurch wurden Überarbeitungen nötig, die weitere drei Monate in Anspruch nahmen. Dann kam die Besetzung. Und solange wir das phantastische Niveau der titanischen Verhandlungen noch nicht erreicht hatten, die später kamen (als es bergab ging mit dem Geschäft), dauerte es oft drei oder vier Monate, bis wir für einen Film die richtigen Schauspieler gefunden hatten. Endlich, wenn dann ein Regisseur ausgesucht worden war, der so gut wie sicher verlangt hatte, bestimmte Passagen müßten umgeschrieben werden, konnte die Produktion beginnen. Der Arbeitsplan für einen A-Film sah an reiner Drehzeit sechs bis zwölf Wochen vor, und für Schnitt und Ton brauchte man danach noch einmal drei bis vier Monate.

Ray Chandler lieferte die erste Hälfte seines Skripts – etwa fünfundvierzig Minuten Film – in weniger als drei Wochen ab, d. h. vier oder fünf Seiten pro Tag. Das war kein Wunder; die Szenen und Dialoge waren bereits geschrieben, mit Übergängen, die Ray direkt in das Drehbuch übernahm. Nachdem die ersten siebzig Seiten vervielfältigt worden waren, wurde der Drehbeginn festgesetzt – noch drei Wochen waren Zeit. Jeder staunte und war bemüht, sich dieses Tempo selber als Verdienst anzurechnen.

Unser Regisseur war einer der alten Maestros von Hollywood – George Marshall, der seit den Anfängen des Films dabei war, zuerst als Schauspieler, dann als Regisseur. Er war nie einer der ganz Großen geworden, galt in der Branche aber als gediegen und ehrenwert. Sein berühmtester Film war *Destry Rides Again*, den er, nach eigener Aussage, praktisch erst beim Drehen erschaffen hatte. Dieser und ähnliche Erfolge führten zu einer Geisteshaltung (die er damals mit vielen seiner Kollegen teilte), bei welcher der Regisseur absolut keinen Respekt vor dem Skript hatte und es – um seine hohe Bezahlung zu rechtfertigen – zu einer Frage des persönlichen Prestiges machte, es während der Dreharbeit so gut wie völlig umzuschreiben. Ich (wenngleich George mir kaum zuhörte, da ich ein Anfänger war) und Joe Sistrom mußten lange und ernsthafte Gespräche mit George Marshall führen, um ihn davon zu überzeugen, daß *The Blue Dahlia* ein inspiriertes Skript sei, an das er sich zu halten habe, ohne es beim Drehen umzuschreiben oder sich improvisierend über es hinwegzusetzen.

Die Besetzung war kein großes Problem. Die Hauptrolle, die Chandler ja für Alan Ladd geschrieben hatte, deckte sich vollkommen mit den besonderen Eigenschaften dieses überraschenden Stars, der in *Citizen Kane* eine so kleine Rolle gespielt hatte, daß ich mich kaum noch an sie erinnern konnte, und der sich dann zwischen Statistenrollen als Bühnenarbeiter über Wasser gehalten hatte, bis der glückliche Tag kam, an dem er in *This Gun for Hire* einen berufsmäßigen Killer spielte, und zwar mit einer derart packenden und haarsträubenden Wildheit, daß er die männlichen Helden seiner Zeit weit in den Schatten stellte.

Als Star hatte Ladd bei der Auswahl der Personen, mit denen er arbeiten sollte, ein Wörtchen mitzureden. Selber extrem klein, hatte er nur einen Maßstab, nach dem er seine Kollegen beurteilte: ihre Körpergröße. Wurde er einem Schauspieler oder einer Schauspielerin vorgestellt, und sein Blick traf sein Gegenüber irgendwo unterhalb des Schlüsselbeins, so stand fest, daß er, sobald wir wieder allein waren, erklärte, er oder sie sei seiner Ansicht nach wohl doch nicht so ganz für die Rolle geeignet; ob wir nicht bitte wen andern finden könnten.

Veronica Lake hatte genau die richtige Größe für ihn, aber Schwierigkeiten machte die Rolle seiner liederlichen Frau, die wir – nicht unbedingt in perverser Absicht – mit einem schönen, schwarzhaarigen Mädchen namens Doris Dowling besetzt hatten. Da sie gut fünfzehn Zentimeter größer war als er, machte er einen entschlossenen Versuch, sie loszuwerden. Wir beruhigten ihn damit, daß wir ihre gemeinsamen Szenen immer so drehen würden, daß sie sich gerade setzte oder hinlegte. Außerdem spielten mit Bill Bendix und eine ganze Truppe von diesen erbärmlichen Typen, die den Film und heute das Fernsehen schon immer so reichlich bevölkert haben.

Das Drehen von *The Blue Dahlia* lief von Anfang an gut. Am Ende der ersten Woche hatten wir anderthalb Tage über das Plansoll im Kasten. Im Laufe der nächsten vierzehn Tage gewannen wir einen weiteren Tag. Erst in der vierten Woche fuhr uns im Studio ein leichter Schreck in die Glieder, als das Skriptgirl darauf aufmerksam machte, daß die Kamera weitaus schneller Drehbuchseiten fraß, als nachgeliefert wurden. Wir hatten 62 Seiten in vier Wochen abgedreht; Mr. Chandler hatte während dieser Zeit nur zweiundzwanzig nachgeliefert – und dreißig standen noch aus.

Rays Problem mit dem Drehbuch (wie mit dem Roman) war ein einfaches: Er hatte keinen Schluß. Auf Seite 83 des Drehbuchs steckte er in folgender Sackgasse: Ladds Frau (in ihrer ganzen Länge von einssiebzig) war erschossen aufgefunden worden – in einer Stellung, die Selbstmord vermuten ließ, jedoch eindeutig keiner war. Unser Held wurde verdächtigt (von der Polizei, sonst aber von niemandem), sie in einem Wutanfall umgebracht zu haben, nachdem er entdeckt hatte, was für ein Lotterleben sie geführt hatte, während er im südpazifischen Raum stationiert gewesen war. Von seiner Bomberbesatzung, die mit ihm aus dem Krieg heimgekehrt war, war einer ein schwerfälliger, treu ergebener Freund; der andere (Bill Bendix), der eine große Silberplatte im Schädel und vorteilhafte Momente totaler Geistesverwirrung hatte, stand unter sehr schwerem Verdacht, den er durch alles mögliche noch verstärkte. Es war klar, daß er unschuldig war. Weiterhin gab es einen Schurken, den Liebhaber der Frau des Helden; als Hauptverdächtiger war auch er eindeutig über jeden Verdacht erhaben. Außerdem gab es die Frau des Schurken (Veronica Lake) – ihrem Mann entfremdet –, die unseren Helden nachts auf dem Pacific Highway aufgelesen hatte; da sie sich aber sofort in ihn (und er sich in sie) verliebt hatte – und zwar in schöner Weise –, war es so gut wie ausgeschlossen, daß der Mord ihr Werk war. Andere Personen und Verdächtige waren ein Berufskiller, ein paar kleine Ganoven, zwei Erpresser, ein Winkeladvokat, ein Hausdetektiv, ein Barmann und ein Nachtwächter. Mit zwei oder drei zusätzlichen Großaufnahmen und ein paar eingefügten Sätzen konnte jeder von ihnen durchaus einleuchtend für den Mord verantwortlich gemacht werden.

Trotzdem sah ich keinen Grund zur Beunruhigung. Ray hatte solche Stories seit Jahren geschrieben, und ich baute darauf, daß er den Knoten früher oder später (wahrscheinlich später, denn er schien das Hinauszögern zu genießen) mit einer »artistischen« Enthüllung (sein Wort) und einem bissigen Schlußsatz lösen würde. Doch als die Tage vergingen und die Kamera sich weiter durch das Skript fraß, ohne daß der Schluß angeliefert wurde, begannen Anzeichen von Gespanntheit sich im Studio bemerkbar zu machen. Joe Sistrom, der wie ich an Ray glaubte, aber von der Produktionsleitung dauernd getreten wurde, berief mehrere Konferenzen ein. Wir versammelten uns in seinem Reich im Parterre der Zentralverwaltung von Paramount – elisabethanisches Deckengebälk und Flügelfenster –, um die Situation zu diskutieren und die verschiedenen Verdächtigen noch einmal durchzugehen. Und es war während einer dieser Konferenzen, als eines frühen Nachmittags ein Mann die Studiostraße heruntergelaufen kam und an den verschiedenen Fenstern stehenblieb, um den Leuten drinnen etwas zuzurufen, was wir nicht verstehen konnten. Als er bei uns war, streckte er seinen Kopf herein und teilte uns mit, Präsident Roosevelt sei tot.

Ich erinnere mich, daß wir eine Weile benommen dasaßen. Dann, eins nach dem andern, brachten wir all die Dinge vor, die auf der Hand lagen: wie krank er bereits auf den Fotos von Yalta ausgesehen habe; wie leichtsinnig es gewesen sei von ihm, bei strömendem Regen diese Fahrt durch die Straßen von New York zu machen; wie er an jenem Morgen bei seiner ersten Amtseinsetzung vor fast genau zwölf Jahren ausgesehen und geklungen habe – all die Dinge, die in diesem Augenblick jeder sagte, auf der ganzen Welt, und die er in den kommenden Tagen und Jahren wieder sagen würde. Schließlich schwiegen wir und saßen eine Weile düster da. Dann, allmählich, fanden wir wieder zurück zu unserer Story-Konferenz; nach einer halben Stunde steckten wir tief in den Verwicklungen von *The Blue Dahlia*, suchten nach dem unwahrscheinlichsten Verdächtigen und versuchten zu entscheiden, wem den Mord anzuhängen am meisten Genugtuung verschaffen würde. Wir kauten all die abgeschmackten Alternativen noch einmal durch, benutzten sie, um die Realitäten der Außenwelt damit zu überdecken, und Ray saß da, nur halb anwesend, mit dem Kopf nickend und kaum etwas sagend.

Zwei Tage später saß ich in meinem Büro, und meine Sekretärin kam hereingestürzt, um mir zu sagen, Mr. Chandler sei draußen und wünsche mich zu sprechen. Ich war diese Förmlichkeit nicht gewohnt, und irgend etwas an der Art, wie sie das sagte, war sonderbar. Als Ray hereinkam, war er leichenblaß, und seine Hände zitterten. Sie machte ihm eine Tasse Kaffee, und Stück für Stück hörte ich seine Geschichte: Spät am Abend zuvor war Ray von seinem Agenten angerufen worden – der Chef der Produktion würde ihn gern sprechen, privat, in seinem Büro, morgen vormittag um halb zehn. Ray verbrachte eine schlaflose Nacht; er war ein furchtsamer Mensch, und die Ermahnung, er solle die Verabredung unter keinen Umständen mir gegenüber erwähnen, beunruhigte ihn um so mehr.

Als er in dem getäfelten Direktionsbüro mit den englischen Jagddrucken und dem cremefarbenen Spannteppich erschien, bekam Ray zu hören, Paramounts Zukunft sei ernstlich in Gefahr, sofern der fehlende Teil des Drehbuchs für *The Blue Dahlia* nicht termingerecht abgeliefert werde. *Werde* er allerdings pünktlich abgeliefert, so würde der Dank und die Anerkennung des Studios darin bestehen, daß er im Austausch für die letzte Skriptseite auf der Stelle einen Scheck über fünftausend Dollar ausgehändigt bekäme.

Vermutlich hatte das Direktionsbüro sich ausgerechnet, es wäre ein glänzender und listiger Schachzug, Chandler diese frische Karotte unter die Nase zu halten. Aber da kannten sie ihren Mann schlecht. Sie erreichten lediglich, ihn auf dreierlei gänzlich verschiedene Weisen aus der Bahn zu werfen: Erstens der Glaube an sich selbst war zerstört. Dadurch, daß ich Ray nie etwas von meinen Befürchtungen mitteilte, hatte ich ihn davon überzeugt, daß ich auf seine Fähigkeit vertraute, das Drehbuch rechtzeitig fertigzustellen. Dieses Gefühl der Sicherheit war jetzt hoffnungslos erschüttert. Zweitens, man hatte ihn beleidigt. Für Ray war der Bonus nichts anderes als Bestechung. Eine große zusätzliche Geldsumme für die Erfüllung eines Auftrags angeboten zu bekommen, für den er bereits einen Vertrag unterschrieben hatte, den er selbstverständlich auch erfüllen wollte, war nach seinen Maßstäben entwürdigend und entehrend. Drittens, man hatte ihm zugemutet, einen Freund und Fellow der Public School zu hintergehen. Die Art, wie das Gespräch geführt worden war (»hinter deinem Rücken«), demütigte Ray und erfüllte ihn mit Zorn.

Mit einem Schlag hatten diese Mißstände Ray auf einen Zustand nervöser Verzweiflung reduziert, deren Tiefe mir erst nach einiger Zeit bewußt wurde. Doch als er mir zum Schluß versicherte, sein schöpferischer Mechanismus sei zerschlagen worden, und er habe keine andere Wahl, als sich von einem Projekt, zu dem er nichts mehr beizutragen habe, zurückzuziehen, merkte ich, daß ich ihm glauben mußte.

Als er gegangen war – um sich hinzulegen und dann mit Cissie über die Sache zu sprechen –, versuchte ich, mir über meine Lage klarzuwerden. Nach dem letzten Wort von der Tonbühne würden wir noch vor Abend mit Seite 93 fertig werden. Damit blieben uns noch sieben Seiten ungedrehtes Skript und zwei kurze Szenen, mit denen wir warten wollten, bis feststehen würde, wer den Mord begangen hatte. Insgesamt keine drei Tage Arbeit. Und in zehn Tagen würde Alan Ladd uns unwiderruflich an die amerikanische Armee verlorengehen – für immer.

Am Nachmittag rief mich die Direktion über das interne Sprechgerät für die leitenden Angestellten zu sich, und ich ignorierte das. Daraufhin kam Joe Sistrom herüber, und ich erzählte ihm, was vorgefallen war. Während er noch bei mir war, erhielten wir von der Tonbühne eine Nachricht, die unter den gegebenen Umständen fast als gut gelten konnte. Bei einer Prügelszene war einem von unseren schweren Jungens die massive Platte eines Eichentisches ausgerutscht und einem anderen schweren Jungen so auf den großen Zeh gefallen, daß dieser danach gebrochen war. Doch als wir in das Studio kamen, in dem gedreht wurde, sagte uns George Marshall, wir brauchten uns keine Sorgen zu machen, er sehe eine Möglichkeit, wie der Verletzte den Rest seiner Szene vom Fußboden aus spielen könne. Außerdem fragte er, wo denn die restlichen Skriptseiten blieben.

Am nächsten Morgen erschien Chandler wie versprochen in meinem Büro. Er schaute nicht so bestürzt drein wie am Tag zuvor, dafür aber grimmiger. Er sagte, nach einer schlaflosen und qualvollen Nacht sei er zu dem unumstößlichen Schluß gelangt, daß er nicht in der Lage sei, das Drehbuch für *The Blue Dahlia* rechtzeitig fertigzustellen – oder überhaupt je. Auf diese Erklärung folgten mehrere Minuten Schweigen, während denen wir einander ansahen, eher betrübt als verärgert. Dann, als er seine Tasse Kaffee geleert und sie behutsam auf den Fußboden gestellt hatte, sprach Ray weiter, leise und ernst. Nach einigen einleitenden Bemerkungen über unseren gemeinsamen Bildungshintergrund und die Wertschätzung und Zuneigung, die er für mich hege, machte er folgenden erstaunlichen Vorschlag: Ich wisse sicherlich (oder es sei mir gerüchtweise zu Ohren gekommen), daß er einige Jahre lang ein schwerer Trinker gewesen sei – bis zu dem Punkt, wo er seine Gesundheit ernstlich gefährdet habe. Durch eine äußerste Willensanstrengung sei es ihm gelungen, seine Sucht zu besiegen. Diese Abstinenz, erklärte er, sei um so schwieriger durchzuhalten gewesen, als der Alkohol ihm eine Energie und Selbstsicherheit verleihe, die er auf keine andere Weise erlangen könne. Das brachte uns an den Haken der Sache;

nachdem er wiederholt hatte, daß er nicht in der Lage und willens sei, die Arbeit an *The Blue Dahlia* im Studio fortzusetzen, versicherte mir Ray, daß er fest davon überzeugt sei, das Drehbuch zu Hause fertigschreiben zu können – *betrunken*.

Er verniedlichte das Wagnis nicht: Er betonte, sein Plan, sofern er akzeptiert werde, erfordere meinerseits tiefen Glauben und seinerseits höchste Stärke, denn er vollende das Drehbuch dann tatsächlich unter Einsatz seines Lebens. (Es sei nicht das Trinken, was gefährlich sei, erklärte er, denn er habe einen Arzt, der ihm derart massive Traubenzuckerinjektionen geben würde, daß er wochenlang ohne jede feste Nahrung auskommen könne. Die eigentliche Gefahr liege im Nüchternwerden; in der furchtbaren Anspannung bei der Rückkehr ins normale Leben.) Das sei der Grund, warum Cissie sich so lange und so verbissen gegen seinen Plan gesperrt habe; bis er sie schließlich davon habe überzeugen können, daß Ehre vor Sicherheit gehe und daß diese Ehre – durch mich – aufs engste mit *The Blue Dahlia* verknüpft sei.

Meine erste Reaktion war reine Panik. Meine eigene Unsicherheit ist so beschaffen, daß der Kontakt mit einem menschlichen Hirn, das auch nur leicht der Selbstkontrolle entgleitet, mich erschreckt, abstößt und schließlich in Rage bringt. Allein aus diesem Grund war ich entsetzt über Rays Vorschlag. Zudem war mir klar, daß ich – sofern ich so wahnsinnig sein würde, das Risiko auf mich zu nehmen – die Verantwortung ganz allein und ohne Wissen des Studios zu tragen hätte. In dem Moment entfaltete Ray ein Blatt gelben Kanzleipapiers (desselben Formats wie jenes, auf das er das Ultimatum gegen Billy Wilder getippt hatte) und zeigte mir die Liste seines wichtigsten Versorgungsbedarfs:

A. zwei Tag und Nacht vor dem Haus bereitstehende Cadillac-Limousinen mit Fahrern, um –

1. den Arzt holen zu können (Rays Arzt oder Cissies Arzt oder beide);

2. Skriptseiten zwischen dem Haus und dem Studio hin und her zu transportieren;

3. das Dienstmädchen zum Markt zu fahren;

4. für alle Eventualitäten oder Notfälle beweglich zu sein.

B. Sechs Sekretärinnen – Zweiergespanne –, die ständig dienstbereit sind und jederzeit zum Diktat, zum Abtippen und für andere mögliche Bedarfsfälle zur Verfügung stehen.

C. Eine ständig freie Telefonverbindung, tagsüber zu meinem Büro, während der Nacht zur Zentrale des Studios.

Ich nahm das Blatt Papier von ihm entgegen und bat um eine Stunde Bedenkzeit. Sehr höflich und verständnisvoll war Ray damit einverstanden. Eine halbe Stunde wanderte ich auf den Straßen des Studios herum. Ich besuchte George bei seiner Dreharbeit. Nicht ohne Genugtuung teilte er mir mit, daß er gegen Abend des morgigen Tages keine Skriptseiten mehr haben werde. Auf dem Rückweg schaute ich bei Sistrom ins Büro. Ich zeigte ihm Rays Bedingungen und sagte ihm, daß ich mich entschlossen hätte, das Risiko auf mich zu nehmen. Joe war einverstanden. Er sagte, wenn der Film platze, würden wir hier sowieso alle gefeuert. Der Direktion werde er irgendeine wilde Geschichte erzählen, und die Limousinen und Sekretärinnen werde er sofort unter verschiedenen Auftragsnummern anfordern.

Ich dankte ihm und ging zurück zu meinem Büro, wo Ray saß und *Variety* las. Mit dem ganzen Public-School-Eifer und Corps-Geist, den ich aus der verblaßten Erinnerung an meine zehn Jahre in Clifton noch zutage fördern konnte, nahm ich seinen Vorschlag an.

Ray wurde nun sehr glücklich und froh. Inzwischen war

es fast Mittag geworden, und er meinte, als Beweis meines Glaubens an ihn und die Durchführbarkeit unseres Planes sollten wir sofort zu dem teuersten Restaurant von Los Angeles fahren und gemeinsam einen zwitschern. Wir verließen das Studio in Rays offenem Packard und fuhren zu Perino's, wo ich zusah, wie er drei doppelte Martinis kippte, dann ein reichhaltiges und sorgfältig zusammengestelltes Menü zu sich nahm, auf das drei doppelte Whiskys mit Soda folgten. Danach fuhr ich – mit Ray neben mir – den Packard zurück zu seinem Haus, wo die zwei Cadillacs schon bereitstanden und das erste Gespann von Sekretärinnen Posten bezogen hatte.

Früh am nächsten Morgen, glänzend in der Sonne, standen die Limousinen noch da. Die Fahrer waren ausgewechselt worden; ebenso die Sekretärinnen. Ray, im tiefsten Schlaf, lag auf dem Sofa des Wohnzimmers. Auf dem Tisch neben ihm stand ein schlankes halbvolles Highball-Glas Bourbon; daneben lagen, säuberlich korrigiert, drei getippte Seiten Skript – Rays Arbeit der Nacht. Während eine der schwarzen Limousinen mich rasch ins Studio zurückfuhr, las ich, was ich schon längst hätte ahnen müssen: daß der Mörder von Doris Dowling der Hausdetektiv war. Ray hatte ihm eine Sterbeszene gegeben:

Die blaue Dahlie
(Den Film retten – und den Krieg gewinnen!)

NEWELL: Billig, was? Ganz einfach – ne Zigarre und'n Drink und'n paar dreckige Dollars – und schon bin ich gekauft! So hat *sie* sich das gedacht –
(Seine Stimme wird plötzlich hart und grausam.)
Aber da hat sie sich wohl'n bißchen verrechnet, nicht? Ist doch denkbar, daß ich irgendwann mal keine Lust mehr habe, mich von Bullen rumstoßen zu lassen – und von

Hotelmanagern – und von reichen Ziegen in Bungalows. Ist doch denkbar, daß ich mal'n bißchen was koste. Bloß ein einziges Mal – auch wenn ich dafür im Leichenhaus landen sollte.

(Er reißt eine Kanone aus der Tasche.)

Will irgendwer mitkommen? Ist schön kühl da. Na, keine Angebote?

(Zu Lloyd)

Also schön – du! Aus dem Weg.

LLOYD: Klar – alles, was Sie sagen.

Er legt eine Hand auf den Türknopf. Man hört einen Pistolenschuß. Newell taumelt.

NEWELL: *(Beim Zusammenbrechen – mühsam sich noch aufrechthaltend)* Moment, meine Herrn – Sie haben mich – völlig falsch . . .

Während er fällt –

ÜBERBLENDEN ZU:

Ich war auf der Tonbühne, als ein Junge auf einem Fahrrad mit den von den Vervielfältigungsmaschinen noch feuchten Seiten ankam. George Marshall las sie und fand sie akzeptabel bis auf eine Szene, in der Ray den schweren Jungen mit dem gebrochenen Zeh (wovon er nichts wußte) noch auf den Füßen agieren ließ; aber das war leicht ausgebessert. Ich glaube, George hatte sich schon darauf eingestellt gehabt, den Tag damit zu retten, daß er die Arbeit der vergangenen Woche beim Drehen improvisierte. Und er war wohl enttäuscht und vielleicht auch ein wenig verletzt, weil wir seiner Arbeit die Arbeit eines Mannes vorzogen, der sich in einem fortgeschrittenen Stadium des Alkoholismus befand. Aber er verhielt sich bewundernswert; und alle anderen auch. Der Film wurde sechs Tage vor Ablauf der Frist fertiggedreht, und Alan Ladd marschierte ab zur Armee, und Paramount machte eine Menge Geld.

Während jener letzten acht Drehtage holte Chandler kein einziges Mal nüchtern Luft, und kein Bissen fester Nahrung passierte seine Lippen. Er war höflich und bester Laune, wenn ich auftauchte, und zweimal täglich kam sein Arzt, um intravenös Glukose zu spritzen. Die übrige Zeit – außer wenn er, mit seiner schwarzen Katze neben sich, schlief – hielt er ständig ein Glas in der Hand. Er trank nicht viel. Hatte er das Stadium der Euphorie, die er brauchte, erreicht, nahm er nur noch gerade so viel Bourbon mit Wasser zu sich, wie nötig war, um diesen Zustand beizubehalten. Er arbeitete etwa ein Drittel der Zeit. Von acht bis zehn jeden Abend saß er bei Cissie im Zimmer, und gemeinsam hörten sie das Rundfunkprogramm der Gas Company, die klassische Musik sendete. Die übrige Zeit wurde in einem leichten Schlaf verbracht, aus dem er im Vollbesitz seiner Fähigkeiten erwachte und genau an der Stelle fortfuhr, wo er mit irgendeiner der sich ablösenden Sekretärinnen aufgehört hatte. Er arbeitete, bis er das Gefühl hatte, langsam wieder müde zu werden; dann ließ er sich ruhig in den Schlaf zurücksinken, indes das Mädchen ins Nebenzimmer ging, die Seiten tippte und sie auf den Tisch legte, der neben ihm stand, so daß er gleich nach dem Aufwachen Korrektur lesen konnte. Als letzte Zeile des Drehbuchs schrieb Ray mit Bleistift: »*Hat irgendwer was von einem Schluck Bourbon gesagt?*« – und so haben wir's gedreht.

Ray hatte nicht übertrieben, als er sagte, er setze sein Leben für *The Blue Dahlia* ein. Sein langes Fasten hatte ihn ernstlich geschwächt, und es dauerte fast einen Monat, bis er sich wieder erholt hatte. In dieser Zeit kam zweimal täglich sein Arzt, um ihm geheimnisvolle und wiederbelebende Spritzen zu geben, die ihn eine Menge mehr kosteten, als der »Bonus« ihm eingebracht hätte. Während seiner Genesungszeit lag er säuberlich gekleidet in einem stets frischen Schlafanzug und darüber einem Seidenmantel auf dem Sofa. Wenn ich ihn besuchte, reichte er mir eine zitternde weiße Hand und würdigte meine Dankbarkeit mit dem bescheidenen Lächeln eines schwerverwundeten Helden, der eine weit über das Maß der Pflichterfüllung hinausgehende Tapferkeit gezeigt hatte.

In den Jahren, die folgten, sprachen und schrieben wir oft über einen weiteren gemeinsamen Film oder eine Fernseh-Show. Aber es wurde nichts daraus. Wie blieben dreizehn Jahre lang Freunde, sogar über eine Zeit hinweg, in der Ray so tat, als wäre er mir böse. Ich hatte in der jährlichen Amerika-Nummer von *Vogue* abfällig über den gerade im Schwange befindlichen Typ des Bogartschen Helden geschrieben und ihn mit Chandlers Philip Marlowe gleichgesetzt, den ich (Rays eigene Worte benutzend) als einen düsteren, melancholischen Mann von beschränkter Intelligenz und mediokrem Streben beschrieb, der sich damit zufrieden gibt, für zehn Dollar pro Tag zu arbeiten, und der zwischen seinen Drinks regelmäßig verprügelt und gelegentlich auch mal verführt wird. Ray schrieb mir einen scharfen Brief, in dem er sagte, was ich da geschrieben hätte, sei typisch für das oberflächliche Denken und die niedrigen Wertvorstellungen, die ihn dazu gebracht hätten, Hollywood-Produzenten samt all ihren Werken zu verabscheuen. Nach seiner Meinung seien Marlowe und seinesgleichen die letzten ehrlichen Männer, die es in unserer Gesellschaft noch gebe; sie erledigten ihre Aufträge und nähmen ihren Lohn; sie seien nicht habsüchtig, und sie kämen nicht dadurch in der Welt voran, daß sie anderen aufs Gesicht träten; weder strebten sie nach der Weltherrschaft noch versuchten sie, ihre eigene Schwäche durch das Herumstoßen anderer zu kompensieren. Es sei in der Tat so, daß Marlowe die einzige Haltung verkörpere, die ein Mann mit Selbstachtung und Anstand in der heutigen beutegierigen und brutalen Welt noch verteidigen könne.

Nachdem Ray nach La Jolla gezogen war, sah ich ihn

kaum noch. Und erst in den letzten zwei Jahren seines Lebens, nach Cissies Tod, als er zwischen La Jolla und London hin und her flog, begannen wir noch einmal, Briefe zu wechseln. In einem davon schrieb er über einen Gegenstand, über den er sich früher, wie ich immer fand, nur sehr widerstrebend geäußert hatte – sein Leben als Schriftsteller:

Was soll der Mensch anfangen mit dem Talent, das Gott ihm vielleicht zufällig in einem Moment der Zerstreutheit mitgegeben hat? Soll er hartnäckig sein und wie ich eine Menge Geld machen? Das kriegt man natürlich nicht allein dadurch, daß man hartnäckig ist. Bei jeder Verhandlung legt man seinen Hals auf den Block. Und aus irgendeinem mir unerfindlichen Grund habe ich meinen Kopf noch. Ein Schriftsteller hat nichts zu verkaufen als sein Leben, und das fällt einem nicht gerade leicht, wenn andere von einem abhängig sind. Wie weit kann man also Zugeständnisse machen? Ich weiß nicht. Ich könnte einen Bestseller schreiben, hab's aber nie getan. Immer gab es etwas, was ich nicht weglassen konnte; oder etwas, was ich hineinbringen mußte. Ich weiß nicht, warum ...

Ich bin kein hingebungsvoller Schriftsteller. Ich bin nur als Mensch hingebungsvoll ... Die meisten Schriftsteller sind frustrierte Säcke, bei denen der Haussegen schief hängt. Vielleicht hat mein häusliches Glück allzu lange gedauert. Was ich schrieb, habe ich nie höher eingeschätzt als ein Feuerchen, an dem Cissie sich die Hände wärmen konnte. Sie begriff nicht – und die meisten Menschen begreifen das nicht –, daß man, um Geld zu kriegen, die Welt, in der man lebt, bis zu einem gewissen Grade meistern muß und nicht so gebrechlich sein darf, daß man ihre Maßstäbe nicht akzeptieren kann. Und außerdem begriffen sie nie, daß man durch die Hölle geht, um Geld zu kriegen; und daß man es dann größtenteils für andere ausgibt, die die Strafe nicht verkraften können, aber dennoch Bedürfnisse haben.

Zum Schluß, als eine Art Postskriptum, fügte er hinzu:

Du weißt hoffentlich, daß ich mich nie für bedeutend gehalten habe und es auch nie konnte. Schon das Wort erregt leichte Übelkeit. Ich habe viel Freude mit der amerikanischen Sprache gehabt. Sie hat faszinierende Idiome, ist – sehr ähnlich dem Englischen zur Zeit Shakespeares – dauernd schöpferisch, ihr Slang und Argot sind prächtig und so weiter. Aber Los Angeles ist mir entglitten. Es ist nicht mehr der Ort, den ich so gut kannte und fast als erster zu Papier brachte. Ich habe dieses nicht besonders seltsame Gefühl, daß ich mithalf, die Stadt zu erschaffen, und dann von den Drahtziehern aus ihr verstoßen wurde. Ich kann mich kaum noch zurechtfinden . . .

Anhang
Chandler-Bibliographie
und -Filmographie

Buchausgaben

Romane

The Big Sleep. New York: Alfred A. Knopf 1939
London: Hamish Hamilton 1939
Der tiefe Schlaf. Deutsch von Mary Brand.
Nürnberg: Nest 1950. Frankfurt/M.: Das goldene Vlies 1956
Frankfurt/M.: Ullstein 1958
Der große Schlaf. Deutsch von Gunar Ortlepp.
Zürich: Diogenes 1974 (detebe 70/1)

Farewell, my Lovely. New York: Alfred A. Knopf 1940
London: Hamish Hamilton 1940
Lebewohl, mein Liebling. Deutsch von Thomas A. Martin.
Bern: Ascha 1953
Betrogen und gesühnt. Deutsch von Georg Kahn-Ackermann.
München/Wien/Basel: Desch 1958
Lebwohl, mein Liebling. Deutsch von Wulf Teichmann.
Zürich: Diogenes 1976 (detebe 70/7)

The High Window. New York: Alfred A. Knopf 1942
London: Hamish Hamilton 1943
Das hohe Fenster. Deutsch von Mary Brand.
Nürnberg: Nest 1952. Frankfurt/M.: Ullstein 1956
Das hohe Fenster. Deutsch von Urs Widmer.
Zürich: Diogenes 1975 (detebe 70/3)

The Lady in the Lake. New York: Alfred A. Knopf 1943
London: Hamish Hamilton 1944
Einer weiß mehr. Deutsch von Mary Brand.
Nürnberg: Nest 1949. Frankfurt/M.: Das goldene Vlies 1955
Die Tote im See. Deutsch von Hellmuth Karasek.
Zürich: Diogenes 1976 (detebe 70/6)

The Little Sister. London: Hamish Hamilton 1949
Boston: Houghton Mifflin 1949
Die kleine Schwester. Deutsch von Peter Fischer.

Nürnberg: Nest 1953. Frankfurt/M.: Ullstein 1957
Die kleine Schwester. Deutsch von W. E. Richartz.
Zürich: Diogenes 1975 (detebe 70/2)

The Long Goodbye. London: Hamish Hamilton 1953
Boston: Houghton Mifflin 1954
Der lange Abschied. Deutsch von Peter Fischer.
Nürnberg: Nest 1954. Frankfurt/M.: Das goldene Vlies 1956
Frankfurt/M.: Ullstein 1958 [gekürzte Ausgaben]
Der lange Abschied. Deutsch von Hans Wollschläger.
Zürich: Diogenes 1975 (detebe 70/4)

Playback. London: Hamish Hamilton 1958
Boston: Houghton Mifflin 1958
Spiel im Dunkel. Deutsch von Georg Kahn-Ackermann.
München/Wien/Basel: Desch 1958
Playback. Deutsch von Wulf Teichmann.
Zürich: Diogenes 1976 (detebe 70/8)

Geschichten

(Deutsche Übersetzungen der einzelnen Geschichten: siehe Zeitschriftenveröffentlichungen der Geschichten)

Five Murderers. New York: Avon 1944 (Murder Mystery Monthly 19)
[Erste Buchausgabe von: Goldfish. Spanish Blood. Blackmailers Don't Shoot. Guns at Cyrano's. Nevada Gas.]

Five Sinister Characters. New York: Avon 1945 (Murder Mystery Monthly 28)
[Erste Buchausgabe von: Trouble is My Business. Pearls Are a Nuisance. I'll Be Waiting. The King in Yellow. Red Wind.]

Finger Man and other stories. New York: Avon 1946 (Murder Mystery Monthly 43)
[Erste Buchausgabe von: Finger Man. The Bronze Door. Smart-Alek Kill. The Simple Art of Murder.]

The Simple Art of Murder. Boston: Houghton Mifflin 1950
[Enthält 12 Geschichten und die revidierte Fassung von The Simple Art of Murder.]

A Couple of Writers. In: Raymond Chandler Speaking. Edited by Dorothy Gardiner and Kathrine Sorley Walker. London: Hamish Hamilton 1962. Boston: Houghton Mifflin 1962

Ein Schriftstellerehepaar. Deutsch von Wilm W. Elwenspoek. In: Chandler über Chandler. Frankfurt/M.: Ullstein 1965

Ein Schriftstellerehepaar. Deutsch von Hans Wollschläger. In: Die simple Kunst des Mordes. Zürich: Diogenes 1975 (detebe 70/5)

The Poodle Springs Story. In: Raymond Chandler Speaking. Edited by Dorothy Gardiner and Kathrine Sorley Walker. London: Hamish Hamilton 1962. Boston: Houghton Mifflin 1962

Die Poodle Springs Story. Deutsch von Wilm W. Elwenspoek. In: Chandler über Chandler. Frankfurt/M.: Ullstein 1965

Die Poodle Springs Story. Deutsch von Hans Wollschläger. In: Die simple Kunst des Mordes. Zürich: Diogenes 1975 (detebe 70/5)

Killer in the Rain. London: Hamish Hamilton 1964
Boston: Houghton Mifflin 1964
[Erste Buchausgabe von: Killer in the Rain. The Curtain. Try the Girl. Mandarin's Jade. Bay City Blues. The Lady in the Lake.]

The Smell of Fear. London: Hamish Hamilton 1965
[Enthält die erste Buchausgabe von The Pencil.]

Gefahr ist mein Geschäft. Deutsch von Wilm W. Elwenspoek. Frankfurt/M.: Ullstein 1959
[Enthält: Gefahr ist mein Geschäft. Heißer Wind. Ich werde warten. Stichwort Goldfisch. Schüsse bei Cyrano.]

Der König in Gelb. Deutsch von Wilm W. Elwenspoek.
Frankfurt/M.: Ullstein 1959
[Enthält: Der König in Gelb. Zu raffinierter Mord. Gesteuertes
Spiel.]

Spanisches Blut. Deutsch von Wilm W. Elwenspoek.
Frankfurt/M.: Ullstein 1960
[Enthält: Spanisches Blut. Ärger wegen Perlen. Auf Noon
Street aufgegriffen. Mord ist keine Kunst.]

Erpresser schießen nicht. Deutsch von Wilm W. Elwenspoek.
Frankfurt/M.: Ullstein 1960
[Enthält: Nevada Gas. Der Bleistift. Erpresser schießen nicht.]

Mord bei Regen. Deutsch von Wilm W. Elwenspoek.
Frankfurt/M./Berlin: Ullstein 1966
[Enthält: Mord bei Regen. Der Mann, der Hunde liebte. Die
Frau im Bergsee.]

Gefahr ist mein Geschäft. Deutsch von Wilm W. Elwenspoek.
Zeichnungen von Claus Knézy.
Zürich: Diogenes 1967 (Diogenes Erzähler Bibliothek)
[Enthält: Gefahr ist mein Geschäft. Erpresser schießen nicht.
Spanisches Blut.]

Mord aus dem Handgelenk. Deutsch von Wilm W. Elwenspoek.
Frankfurt/M./Berlin: Ullstein 1968
[Enthält: Geld im Schuh. Mord aus dem Handgelenk.]

Mord in der Salbeischlucht. Deutsch von Wilm W. Elwenspoek.
Frankfurt/M./Berlin: Ullstein 1969
[Enthält: Zielscheibe. Heim zu Beulah. Mord in der Salbei-
schlucht.]

Professor Bingos Schnupfpulver / Die Bronzetür. Deutsch von
Walter Spiegl und Lore Puschert.
Frankfurt/M./Berlin/Wien: Ullstein 1976

Mord im Regen: Frühe Stories. Deutsch von Hans Wollschläger. Vorwort von Philip Durham.
Zürich: Diogenes 1976 (detebe 70/9)
[Enthält: Mord im Regen. Der Mann, der Hunde liebte. Der Vorhang. Cherchez la femme. Mandarin-Jade. Bay City Blues. Die Tote im See. Keine Verbrechen in den Bergen.]

Gesammelte Detektivstories. Deutsch von Hans Wollschläger. Vorwort von Raymond Chandler. Zürich: Diogenes 1976
[Enthält: Ich werde warten. Erpresser schießen nicht. Einfache Chancen. Der superkluge Mord. Nevada-Gas. Spanisches Blut. Zierfische. Schüsse bei Cyrano. Blutiger Wind. Der König in Gelb. Perlen sind eine Plage. Gefahr ist mein Geschäft. Straßenbekanntschaft Noon Street. Der Bleistift.]
Dasselbe auch in drei Taschenbüchern:
Erpresser schießen nicht. Deutsch von Hans Wollschläger.
Zürich: Diogenes 1980 (detebe 70/10)
[Enthält: Ich werde warten. Erpresser schießen nicht. Einfache Chancen. Der superkluge Mord. Nevada-Gas.]

Der König in Gelb. Deutsch von Hans Wollschläger.
Zürich: Diogenes 1980 (detebe 70/11)
[Enthält: Spanisches Blut. Zierfische. Schüsse bei Cyrano. Blutiger Wind. Der König in Gelb.]

Gefahr ist mein Geschäft. Deutsch von Hans Wollschläger.
Zürich: Diogenes 1980 (detebe 70/12)
[Enthält: Perlen sind eine Plage. Gefahr ist mein Geschäft. Straßenbekanntschaft Noon Street. Der Bleistift.]

Straßenbekanntschaft Noon Street. Deutsch von Hans Wollschläger.
Frankfurt/M.: Suhrkamp 1978 (Bibliothek Suhrkamp 562)
[Enthält: Erpresser schießen nicht. Straßenbekanntschaft Noon Street. Gefahr ist mein Geschäft. Die Poodle-Springs Story. Die simple Kunst des Mordes.]

Englischer Sommer. Deutsch von Wulf Teichmann und Hans Wollschläger. Zürich: Diogenes 1980 (detebe 70/13)
[Enthält u. a. die Geschichten: Englischer Sommer. Die Bronzetür. Professor Bingos Schnupfpulver.]

Essays. Drehbücher. Briefe. Nachlaß

Double Indemnity. Screenplay by Billy Wilder and Raymond
  Chandler.
  In: Best Film Plays – 1945. Edited by John Gassner and
  Dudley Nichols. New York: Crown 1946

The Simple Art of Murder. Boston: Houghton Mifflin 1950
  London: Hamish Hamilton 1950
  [Enthält die revidierte Fassung von The Simple Art of Murder
  und 12 Stories.]

Raymond Chandler Speaking. Edited by Dorothy Gardiner and
  Kathrine Sorley Walker. London: Hamish Hamilton 1962
  Boston: Houghton Mifflin 1962

*Chandler Before Marlowe: Raymond Chandler's Early Prose
  and Poetry.* Edited by Matthew J. Bruccoli. University of
  South Carolina Press 1973

*The Notebooks of Raymond Chandler and ›English Summer‹,
  a Gothic Novel.* Illustrated by Edward Gorey. Edited by
  Frank MacShane. New York: Ecco 1976. London: Weidenfeld
  and Nicolson 1976

The Blue Dahlia. A Screenplay. With a Memoir by John Houseman. Edited, with an Afterword by Matthew J. Bruccoli.
  Carbondale: Southern Illinois University Press 1976
  Der Beitrag von John Houseman. Deutsch von Wulf Teichmann. In: Englischer Sommer. Zürich: Diogenes 1980
  (detebe 70/13)

Chandler über Chandler. Briefe, Aufsätze, Fragmente. Herausgegeben von Dorothy Gardiner und Kathrine Sorley Walker.
  Deutsch von Wilm W. Elwenspoek. Frankfurt/M./Berlin: Ullstein 1965

Die simple Kunst des Mordes. Briefe, Essays, Notizen, eine
  Geschichte und ein Romanfragment. Herausgegeben von
  Dorothy Gardiner und Kathrine Sorley Walker. Deutsch von
  Hans Wollschläger. Zürich: Diogenes 1975 (detebe 70/5)

Englischer Sommer. Drei Geschichten und Parodien, Aufsätze, Skizzen und Notizen aus dem Nachlaß. Deutsch von Wulf Teichmann und Hans Wollschläger. Zürich: Diogenes 1980 (detebe 70/13)
[Enthält u. a. Auszüge aus den Notebooks.]

Zeitschriftenveröffentlichungen

Geschichten

Blackmailers Don't Shoot. In: ›Black Mask‹, December 1933
Erpresser schießen nicht. Deutsch von Wilm W. Elwenspoek. Frankfurt/M.: Ullstein 1960
Erpresser schießen nicht. Deutsch von Hans Wollschläger. In: Gesammelte Detektivstories. Zürich: Diogenes 1976
Auch in: Erpresser schießen nicht. Zürich: Diogenes 1980 (detebe 70/10)

Smart-Alek Kill. In: ›Black Mask‹, July 1934
Zu raffinierter Mord. Deutsch von Wilm W. Elwenspoek. In: Der König in Gelb. Frankfurt/M.: Ullstein 1959
Der superkluge Mord. Deutsch von Hans Wollschläger. In: Gesammelte Detektivstories. Zürich: Diogenes 1976
Auch in: Erpresser schießen nicht. Zürich: Diogenes 1980 (detebe 70/10)

Finger Man. In: ›Black Mask‹, October 1934
Gesteuertes Spiel. Deutsch von Wilm W. Elwenspoek. In: Der König in Gelb. Frankfurt/M.: Ullstein 1959
Einfache Chancen. Deutsch von Hans Wollschläger. In: Gesammelte Detektivstories. Zürich: Diogenes 1976
Auch in: Erpresser schießen nicht. Zürich: Diogenes 1980 (detebe 70/10)

Killer in the Rain. In: ›Black Mask‹, January 1935
Mord bei Regen. Deutsch von Wilm W. Elwenspoek. Frankfurt/M./Berlin: Ullstein 1966

Mord im Regen. Deutsch von Hans Wollschläger.
Zürich: Diogenes 1976 (detebe 70/9)

Nevada Gas. In: ›Black Mask‹, June 1935
Nevada Gas. Deutsch von Wilm W. Elwenspoek.
In: Erpresser schießen nicht. Frankfurt/M.: Ullstein 1960
Nevada-Gas. Deutsch von Hans Wollschläger.
In: Gesammelte Detektivstories. Zürich: Diogenes 1976
Auch in: Erpresser schießen nicht. Zürich: Diogenes 1980
(detebe 70/10)

Spanish Blood. In: ›Black Mask‹, November 1935
Spanisches Blut. Deutsch von Wilm W. Elwenspoek.
Frankfurt/M.: Ullstein 1960
Spanisches Blut. Deutsch von Hans Wollschläger.
In: Gesammelte Detektivstories. Zürich: Diogenes 1976
Auch in: Der König in Gelb. Zürich: Diogenes 1980
(detebe 70/11)

Guns at Cyrano's. In: ›Black Mask‹, January 1936
Schüsse bei Cyrano. Deutsch von Wilm W. Elwenspoek.
In: Gefahr ist mein Geschäft. Frankfurt/M.: Ullstein 1959
Schüsse bei Cyrano. Deutsch von Hans Wollschläger.
In: Gesammelte Detektivstories. Zürich: Diogenes 1976
Auch in: Der König in Gelb. Zürich: Diogenes 1980
(detebe 70/11)

The Man Who Liked Dogs. In: ›Black Mask‹, March 1936
Der Mann, der Hunde liebte. Deutsch von Wilm W. Elwenspoek.
In: Mord im Regen. Frankfurt/M.: Ullstein 1966.
Der Mann, der Hunde liebte. Deutsch von Hans Wollschläger.
In: Mord im Regen. Zürich: Diogenes 1976 (detebe 70/9)

Noon Street Nemesis [Späterer Titel: *Pick-up on Noon Street*].
In: ›Detective Fiction Weekley‹, 30 May 1936
Auf Noon Street aufgegriffen. Deutsch von Wilm W. Elwenspoek.
In: Spanisches Blut. Frankfurt/M.: Ullstein 1960

Straßenbekanntschaft Noon Street. Deutsch von Hans Wollschläger.
In: Gesammelte Detektivstories. Zürich: Diogenes 1976
Auch in: Gefahr ist mein Geschäft. Zürich: Diogenes 1980
(detebe 70/12)

Goldfish. In: ›Black Mask‹, June 1936
Stichwort Goldfisch. Deutsch von Wilm W. Elwenspoek.
In: Gefahr ist mein Geschäft. Frankfurt/M.: Ullstein 1959
Zierfische. Deutsch von Hans Wollschläger.
In: Gesammelte Detektivstories. Zürich: Diogenes 1976
Auch in: Der König in Gelb. Zürich: Diogenes 1980 (detebe
70/11)

The Curtain. In: ›Black Mask‹, September 1936
Zielscheibe. Deutsch von Wilm W. Elwenspoek.
In: Mord in der Salbeischlucht. Frankfurt/M.: Ullstein 1969
Der Vorhang. Deutsch von Hans Wollschläger.
In: Mord im Regen. Zürich: Diogenes 1976 (detebe 70/9)

Try the Girl. In: ›Black Mask‹, January 1937
Heim zu Beulah. Deutsch von Wilm W. Elwenspoek.
In: Mord in der Salbeischlucht. Frankfurt/M.: Ullstein 1969
Cherchez la femme. Deutsch von Hans Wollschläger.
In: Mord im Regen. Zürich: Diogenes 1976 (detebe 70/9)

Mandarin's Jade. In: ›Dime Detective Magazine‹, November 1937
Mord in der Salbeischlucht. Deutsch von Wilm W. Elwenspoek.
Frankfurt/M.: Ullstein 1969
Mandarin-Jade. Deutsch von Hans Wollschläger.
In: Mord im Regen. Zürich: Diogenes 1976 (detebe 70/9)

Red Wind. In: ›Dime Detective Magazine‹, January 1938
Heißer Wind. Deutsch von Wilm W. Elwenspoek.
In: Gefahr ist mein Geschäft. Frankfurt/M.: Ullstein 1959
Roter Wind. Deutsch von Hans Wollschläger.
In: Gesammelte Detektivstories. Zürich: Diogenes 1976

Auch in: Der König in Gelb. Zürich: Diogenes 1980
(detebe 70/11)

The King in Yellow. In: ›Dime Detective Magazine‹, March 1938
Der König in Gelb. Deutsch von Wilm W. Elwenspoek.
Frankfurt/M.: Ullstein 1959
Der König in Gelb. Deutsch von Hans Wollschläger.
In: Gesammelte Detektivstories. Zürich: Diogenes 1976
Auch in: Der König in Gelb. Zürich: Diogenes 1980
(detebe 70/11)

Bay City Blues. In: ›Dime Detective Magazine‹, June 1938
Mord aus dem Handgelenk. Deutsch von Wilm W. Elwenspoek.
Frankfurt/M.: Ullstein 1968
Bay City Blues. Deutsch von Hans Wollschläger.
In: Mord im Regen. Zürich: Diogenes 1976 (detebe 70/9)

The Lady in the Lake. In: ›Dime Detective Magazine‹, January
1939
Die Frau im Bergsee. Deutsch von Wilm W. Elwenspoek.
In: Mord bei Regen. Frankfurt/M.: Ullstein 1966
Die Tote im See. Deutsch von Hans Wollschläger.
In: Mord im Regen. Zürich: Diogenes 1976 (detebe 70/9)

Pearls Are a Nuisance. In: ›Dime Detective Magazine‹, April 1939
Ärger wegen Perlen. Deutsch von Wilm W. Elwenspoek.
In: Spanisches Blut. Frankfurt/M.: Ullstein 1960
Perlen sind eine Plage. Deutsch von Hans Wollschläger.
In: Gesammelte Detektivstories. Zürich: Diogenes 1976
Auch in: Gefahr ist mein Geschäft. Zürich: Diogenes 1980
(detebe 70/12)

Trouble Is My Business. In: ›Dime Detective Magazine‹, August
1939
Gefahr ist mein Geschäft. Deutsch von Wilm W. Elwenspoek.
Frankfurt/M.: Ullstein 1959
Gefahr ist mein Geschäft. Deutsch von Hans Wollschläger.
In: Gesammelte Detektivstories. Zürich: Diogenes 1976
Auch in: Gefahr ist mein Geschäft. Zürich: Diogenes 1980
(detebe 70/12)

I'll Be Waiting. In: ›Saturday Evening Post‹, 14 October 1939
Ich werde warten. Deutsch von Wilm W. Elwenspoek.
In: Gefahr ist mein Geschäft. Frankfurt/M.: Ullstein 1959
Ich werde warten. Deutsch von Hans Wollschläger.
In: Gesammelte Detektivstories. Zürich: Diogenes 1976
Auch in: Erpresser schießen nicht. Zürich: Diogenes 1980
(detebe 70/10)

The Bronze Door. In: ›Unknown‹, November 1939
Die Bronzetür. Deutsch von Lore Puschert.
In: Professor Bingos Schnupfpulver / Die Bronzetür.
Frankfurt/M.: Ullstein 1976
Die Bronzetür. Deutsch von Hans Wollschläger.
In: Luzifer läßt grüßen. Teuflische Geschichten gesammelt von
Peter Haining. Tübingen: Wunderlich 1976
Auch in: Englischer Sommer. Zürich: Diogenes 1980 (detebe
70/13)

No Crime in the Mountains. In: ›Detective Story‹, September 1941
Geld im Schuh. Deutsch von Wilm W. Elwenspoek.
In: Mord aus dem Handgelenk. Frankfurt/M.: Ullstein 1968
Keine Verbrechen in den Bergen. Deutsch von Hans Woll-
schläger.
In: Mord im Regen. Zürich: Diogenes 1976 (detebe 70/9)

Professor Bingo's Snuff. In: ›Park East Magazine‹, June-August
1951
Auch in: ›Go‹, June-July 1951
Professor Bingos Schnupfpulver. Deutsch von Walter Spiegl.
Frankfurt/M.: Ullstein 1976
Professor Bingos Schnupfpulver. Deutsch von Wulf Teichmann.
In: Englischer Sommer. Zürich: Diogenes 1980 (detebe 70/13)

Marlowe Takes on the Syndicate [Spätere Titel: *Wrong Pigeon,
The Pencil* und *Philip Marlowe's Last Case*]. In: ›London
Daily Mail‹, 6–10 April 1959
Der Bleistift. Deutsch von Wilm W. Elwenspoek.
In: Erpresser schießen nicht. Frankfurt/M.: Ullstein 1960

Der Bleistift. Deutsch von Hans Wollschläger.
In: Gesammelte Detektivstories. Zürich: Diogenes 1976
Auch in: Gefahr ist mein Geschäft. Zürich: Diogenes 1980
(detebe 70/12)

English Summer. A Gothic Romance. In: ›Antaeus‹, Autumn 1976
Englischer Sommer. Deutsch von Wulf Teichmann.
Zürich: Diogenes 1980 (detebe 70/13)

Essays. Aufsätze. Interviews

The Genteel Artist. In: ›Academy‹, 19 August 1911

The Remarkable Hero. In: ›Academy‹, 9 September 1911

The Literary Fop. In: ›Academy‹, 4 November 1911

Realism and Fairyland. In: ›Academy‹, 6 January 1912

The Tropical Romance. In: ›Academy‹, 20 January 1912

Houses to Let. In: ›Academy‹, 24 February 1912

The Phrasemaker. In: ›Academy‹, 29 June 1912

The Simple Art of Murder. In: ›Atlantic Monthly‹, December
1944
Neue Fassung in: ›Saturday Review of Literature‹, 15 April
1950
Mord ist keine Kunst. Deutsch von Wilm W. Elwenspoek.
In: Spanisches Blut. Frankfurt/M.: Ullstein 1960.
Die simple Kunst des Mordes. Deutsch von Hans Wollschläger.
Zürich: Diogenes 1975 (detebe 70/5)

Writers in Hollywood. In: ›Atlantic Monthly‹, November 1945
Schriftsteller in Hollywood. Deutsch von Wilm W. Elwenspoek.
In: Chandler über Chandler. Frankfurt/M.: Ullstein 1965

248

Schriftsteller in Hollywood. Deutsch von Hans Wollschläger.
In: Die simple Kunst des Mordes. Zürich: Diogenes 1975
(detebe 70/5)

The Hollywood Bowl. In: ›Atlantic Monthly‹, January 1947

Critical Notes. In: ›The Screen Writer‹, July 1947

Oscar Night in Hollywood. In: ›Atlantic Monthly‹, March 1948
Oscar-Abend in Hollywood. Deutsch von Wulf Teichmann.
In: Englischer Sommer. Zürich: Diogenes 1980 (detebe 70/13)

10 Greatest Crimes of the Century. In: ›Cosmopolitan‹, October
1948

Ten Per Cent of Your Life. In: ›Atlantic Monthly‹, February
1952
Zehn Prozent des Lebens. Deutsch von Wilm W. Elwenspoek.
In: Chandler über Chandler. Frankfurt/M.: Ullstein 1965
Zehn Prozent vom Leben. Deutsch von Hans Wollschläger.
In: Die simple Kunst des Mordes. Zürich: Diogenes 1975
(detebe 70/5)

Iced Water and Cool Customers. Interview by Donald Gomery.
In: ›London Daily Express‹, 7 July 1958

The Detective Story as an Art Form. In: ›Crime Writer‹, Spring
1959

Rezensionen

Studies in Extinction. In: ›Atlantic Monthly‹, April 1948
[Über: James Sandoe, Murder Plain and Fanciful]

Bonded Goods. In: ›London Sunday Times‹, 25 March 1956
[Über: Ian Fleming, Diamonds Are Forever]

Waren unter Zollverschluß. Deutsch von Wulf Teichmann.
In: Englischer Sommer. Zürich: Diogenes 1980 (detebe 70/13)

The Terrible Dr. No. In: ›London Sunday Times‹, 30 March 1958
[Über: Ian Fleming, Dr. No]

Drehbücher von Chandler

realisierte

Double Indemnity. Paramount 1942
Drehbuch: Raymond Chandler und Billy Wilder nach dem
Roman von James M. Cain
Mit Fred MacMurray, Barbara Stanwyck,
Edward G. Robinson.
Produzent: Joseph Sistrom
Regie: Billy Wilder

And Now Tomorrow. Paramount 1944
Drehbuch: Raymond Chandler und Frank Partos nach dem
Roman von Rachel Field
Mit Alan Ladd, Loretta Young, Susan Hayward, Barry Sullivan.
Produzent: Fred Kohlmar
Regie: Irving Pichel

The Unseen. Paramount 1945
Drehbuch: Raymond Chandler und Hagar Wilde nach ›Her
Heart in Her Throat‹ von Ethel Lina White
Mit Joel McCrea, Gail Russell, Herbert Marshall.
Produzent: John Houseman
Regie: Lewis Allen

The Blue Dahlia. Paramount 1946
Originaldrehbuch: Raymond Chandler
Mit Alan Ladd, Veronica Lake, William Bendix.
Produzent: John Houseman
Regie: George Marshall

Strangers on a Train. Warner Brothers 1951
Drehbuch: Raymond Chandler und Czenzi Ormonde nach dem
Roman von Patricia Highsmith
Mit Farley Granger, Ruth Roman, Robert Walker,
Leo G. Carroll, Patricia Hitchcock.
Regie und Produzent: Alfred Hitchcock

nicht realisierte

The Innocent Mrs. Duff. Paramount 1946
Nach dem Roman von Elizabeth Sanxay Holding

Playback. Universal 1947/48
Nach einem Originalstoff Chandlers, den er später zum Roman umarbeitete.

Filme nach Werken von Chandler

The Falcon Takes Over. RKO 1941
Drehbuch: Lynn Root und Frank Fenton nach *Farewell, my Lovely*
Mit George Sanders, Lynn Bari, James Gleason, Allen Jenkins, Ward Bond.
Regie: Irving Reis

Time to Kill. Twentieth Century Fox 1942
Drehbuch: Clarence Upson Young nach *The High Window*
Mit Lloyd Nolan, Heather Angel, Doris Merrick, Ralph Byrd, Ethel Griffies.
Regie: Herbert I. Leeds

Murder, My Sweet. RKO 1945
Drehbuch: John Paxton nach *Farewell, my Lovely*
Mit Dick Powell, Claire Trevor, Anne Shirley, Otto Kruger.
Regie: Edward Dmytryk

The Big Sleep. Warner Brothers 1946
Drehbuch: William Faulkner, Leigh Brackett und Jules Furthmann
Mit Humphrey Bogart, Lauren Bacall, Martha Vickers, John Ridgely, Dorothy Malone, Charles Waldron.
Regie: Howard Hawks

The Lady in the Lake. MGM 1946
Drehbuch: Steve Fischer [Chandler arbeitete zu Beginn an diesem Drehbuch, zog sich dann aber zurück.]
Mit Robert Montgomery, Audrey Totter, Lloyd Nolan.
Regie: Robert Montgomery

The Brasher Doubloon. Twentieth Century Fox 1947
Drehbuch: Dorothy Hannah nach *The High Window*
Mit George Montgomery, Nancy Guild, Fritz Kortner, Florence Bates, Roy Roberts, Conrad Janis.
Regie: John Brahm

Marlowe. MGM 1969
Drehbuch: Stirling Silliphant nach *The Little Sister*
Mit James Garner, Gayle Hunnicutt, Caroll O'Connor, Rita Moreno, Jackie Coogan.
Regie: Paul Bogart

The Long Goodbye. United Artists 1973
Drehbuch: Leigh Brackett
Mit Elliott Gould, Nina von Pallandt, Sterling Hayden, Mary Rydell, Jim Bouton, Henry Gibson.
Regie: Robert Altman

Farewell, my Lovely. EK ITC 1975
Drehbuch: David Zelag Goodman
Mit Robert Mitchum, Charlotte Rampling, John Ireland, Sylvia Miles, Sylvester Stallone, Jack O'Halloran.
Regie: Dick Richards

The Big Sleep. Winkast 1978
Drehbuch: Michael Winner
Mit Robert Mitchum, Sarah Miles, Edward Fox, John Mills, James Stewart, Oliver Reed, Colin Blakely.
Regie: Michael Winner

Sekundärliteratur in Auswahl

Bibliographisches

Sandoe, James: *The Hard-Boiled Dick: A personal Checklist.* Chicago: Lovell 1952

Anon.: *Some Uncollected Authors.* In: ›Book Collector‹, Autumn 1952, S. 209–211

Bruccoli, Matthew J.: *Raymond Chandler. A Checklist.* Kent State University Press 1968

Pendo, Steven: *Raymond Chandler On Screen.* Metuchen: The Scarecrow Press 1976

Berger, Jürgen/Thienhaus, Bettina: *Dashiell Hammett. Raymond Chandler.* Berlin: Freunde der Deutschen Kinemathek 1979 (= Materialien zur Filmgeschichte 11)

Biographisches

Bechert, Hilde/Dexel, Klaus: *Chandler erfindet Marlowe.* Fernsehfilm. Bayerischer Rundfunk. Sendung 26. 12. 1979

Durham, Philip: *Down These Mean Streets A Man Must Go.* Chapel Hill: University of North Carolina Press 1963

Eames, Hugh: *Philip Marlowe – Raymond Chandler.* In: H. E., Sleuths Inc.: Studies of Problem Solvers, Philadelphia/New York: Lippincott 1978

MacShane, Frank: *The Life of Raymond Chandler.* London: Jonathan Cape 1976. New York: Dutton 1976
Dazu: Highsmith, Patricia: *Parcival schreibt Reißer. Eine Biographie des Kriminalschriftstellers Raymond Chandler.* In: ›Deutsche Zeitung‹, Bonn, 1. Oktober 1976

Ruehlmann, William: *Saint With a Gun*. New York: New York University Press 1974

Ruhm, Herbert: *Raymond Chandler – From Bloomsbury to the Jungle – and Beyond*. In: Tough Guy Writers of the Thirties, ed. David Madden. Carbondale: Southern Illinois University Press 1968

Essay-Sammlungen

Gross, Miriam (Ed.): *The World of Raymond Chandler*. Introduction by Patricia Highsmith. London: Weidenfeld and Nicolson 1977
[Enthält Beiträge von Eric Homberger, Julian Symons, Russell Davies, Billy Wilder, John Houseman, Philip French, Dilys Powell, Michael Mason, Michael Gilbert, Clive James, Natasha Spender, Jacques Barzun, Frank Norman, T. J. Binyon.]
Vorwort von Patricia Highsmith. Deutsch von Wulf Teichmann. In: Englischer Sommer. Zürich: Diogenes 1980 (detebe 70/13)

Deutschsprachige Kritiken und Rezensionen zur Neuübersetzung

Alewyn, Richard: *Die Welt der Hartgesottenen. Zwei neu übersetzte Detektivromane der Meister dieses Genres: Raymond Chandler und Dashiell Hammett*. In: ›Frankfurter Allgemeine Zeitung‹, 18. Mai 1974

Alewyn, Richard: *Für Chandler-Fans. Drei Romane und ein Briefband*. In: ›Frankfurter Allgemeine Zeitung‹, 13. Juni 1975

Anon.: *Raymond Chandler, ›Das hohe Fenster‹*. In: ›Stern‹, Hamburg, 27/1975

Bondy, François: *›Die simple Kunst des Mordes‹ von Raymond Chandler*. In: ›Die Zeit‹, Hamburg, 26. September 1975

Busche, Jürgen: *Das schmutzige Land und der traurige, einsame Detektiv. Sämtliche Romane und Erzählungen Raymond Chandlers.* In: ›Frankfurter Allgemeine Zeitung‹, 7. Dezember 1976

Eisenreich, Herbert: *Der Held mit dem dummen Gesicht. Chandler – Ein Dichter, der Krimis schrieb.* In: ›Die Furche‹, Wien, 25. März 1977

Halstenberg, Armin: *Hammett und Chandler, neu übersetzt im Diogenes Verlag.* Norddeutscher Rundfunk, Hamburg, Sendung 10. Juni 1975

Karsunke, Yaak: *Ein Yankee an Sherlock Holmes' Hof. Der Kriminalromancier Raymond Chandler.* In: ›Frankfurter Rundschau‹, 10. Januar 1976

Karsunke, Yaak: *Raymond Chandler.* Norddeutscher Rundfunk, Hamburg, Sendung 7. Oktober 1978

Kersten, Peter Michael: *Raymond Chandler, ›Der lange Abschied‹.* RIAS, Berlin, Sendung 23. Januar 1977

Kruntorad, Paul: *Raymond Chandler: Gesammelte Detektivstories um Philip Marlowe und seine Vorläufer.* Hessischer Rundfunk, Frankfurt, Sendung 1. März 1977

mey. (Meyer, Martin): *Ein langer Abschied. Romane von Raymond Chandler.* In: ›Neue Zürcher Zeitung‹, 11. Juni 1975

mey. (Meyer, Martin): *Chandlers Prosa.* In: ›Neue Zürcher Zeitung‹, 13./14. Mai 1978

Ortlepp, Gunar: *Der kleinen Schnüffler langer Abschied.* In: ›Der Spiegel‹, Hamburg, 51/1974

Richter, Klaus: *Das Vergnügen, Chandler zu lesen. Erfahrungen mit Kriminalgeschichten.* Sender Freies Berlin, Sendung 2. Juni 1978

Röllin, Klaus: *Raymond Chandler: Erz gesucht und Gold gefunden*. In: ›Luzerner Neueste Nachrichten‹, 7. Oktober 1975

Rotzoll, Christa: *Ein Meiṣter legt los. Grundsätze und Ausbrüche von Raymond Chandler*. In: ›Süddeutsche Zeitung‹, München, 5./6. Juli 1975

Schmidt, Jochen: *Die Raymond-Chandler-Kassette des Diogenes Verlags*. Südwestfunk, Baden-Baden, Sendung 18. Dezember 1976

Stumm, Reinhardt: *Philip Marlowe überlebt seinen Erfinder. Das Leben und Schreiben des Raymond Chandler*. In: ›Tages-Anzeiger-Magazin‹, Zürich, 7. August 1976

Stumm, Reinhardt: *Die Halbwelt als Metier. Raymond Chandlers ›Gesammelte Detektivstories‹ in der Übersetzung von Hans Wollschläger*. In: ›Nürnberger Nachrichten‹, 7. Februar 1978

Wallmann, Jürgen P.: *Raymond Chandler, ›Der große Schlaf‹*. Süddeutscher Rundfunk, Stuttgart, Sendung 31. Juli 1974